Ilie Nastase gehörte die meiste Zeit seiner Tenniskarriere zu den ersten zehn der Weltrangliste. Er hat fast alle wichtigen Turniere gewonnen, u. a. 1972 das US-Open, 1973 in Paris, 1970 und 1973 in Rom und viermal das Masters. In Wimbledon siegte er im Doppel und erreichte zweimal das Finale im Einzel. Vor einigen Jahren hat er sich aus dem aktiven Sport zurückgezogen.

Von Ilie Nastase ist außerdem als Knaur-Taschenbuch erhältlich:

»Tie-Break« (Band 1489)

Deutsche Erstausgabe 1988

Titel der Originalausgabe »Le filet«

Umschlaggestaltung Adolf Bachmann
Umschlagfoto Eva Lindenburger/Silvestris
Satz MPM, Reitmehring/Wasserburg
Druck und Bindung Elsnerdruck, Berlin
Printed in Germany 5 4 3 2 1
ISBN 3-426-01672-9

Ilie Nastase:
Liebe im Aus

Roman

Aus dem Französischen von Christine Steffen

Knaur

Erster Teil

1

Ein Geräusch der Enttäuschung begleitet seinen langsamen, nicht endenwollenden Lauf zum Netz. Der gedämpfte Protest des verdutzten Publikums läßt seine schweren Sohlen, die in der lockeren Erde einsinken, nur noch stärker am Boden haften. Der Taucher bewegt sich im Schlamm vorwärts und streckt die Arme nach der mit Gold beladenen Galeone aus. Doch das versunkene Schiff, das schon seit drei Jahrhunderten unbeweglich dort liegt, entfernt sich und macht einer felsigen Masse Platz, die die große Tiefe ankündigt.

Kilometer davon entfernt bricht Stuart Mill auf der Aufschlaglinie, an die er sich niemals hätte wagen dürfen, in Lachen aus. Er ist sehr weit weg, der Mann, den es zu besiegen gilt, und trotzdem riesig. Er schüttelt den Kopf. Seine blonden Strähnen quellen unter dem Stirnband hervor. Jetzt ist es für Istvan zu spät. Stuart wird nichts durchgehen lassen, und das Netz entfernt sich noch mehr.

Und plötzlich löst Istvan sich vom Boden, wird nach vorne geworfen; der Atem stockt ihm. Er hat die Kontrolle über seine Arme und Beine verloren. Er wird aufgesogen in einem Strudel, ein schwindelerregender Sturz in den Abgrund, begrenzt durch das Netz, das sich über ihm schließt, ihn einsperrt, ihn lähmt und wie eine Krake erstickt. Eine Krake, die ihn in ihrer Tinte ertränkt. Es ist vorbei.

Seine Hand tastet die Knöpfe der langen Schalttafel entlang, die die Drehung des Bettes, das Licht, die Vorhänge, die Fensterläden, die Balkontüren, und auch Thieu, seinen vietnamesischen Diener, in Gang setzt.

Istvan liegt schweißgebadet auf dem Bauch und leidet unter der Steifheit seiner Muskeln, die schmerzen, als hätte das Netz aus seinem Alptraum ihn wirklich eingezwängt. Er dreht sich vorsichtig um, als ob er, Istvan Horwat, die ehemalige Nummer eins der Tennisweltspitze, der mit 32 Jahren immer noch an fünfter Stelle steht, so zerbrechlich wäre wie eine Figur aus Meißener Porzellan. Auf den Regalen stehen um die Trophäen herum gruppiert die kleinen weißen Figürchen, die seine alte Freundin, die Gräfin Balanska, ihm schenkt, um jeden neuen Sieg zu feiern. Er läßt das runde Bett eine Drehung vollführen und bleibt gegenüber dem Fenster stehen. Die Leinenvorhänge öffnen sich, die Metalljalousien werden hochgezogen und lassen einen für Anfang Oktober erstaunlich blauen Himmel sehen. Er drückt auf den Knopf, der die Türen öffnet, und atmet mehrmals tief frische Luft ein, bevor er aus dem Bett schlüpft. Er achtet seinen Körper zu sehr, um ihm plötzliche Bewegungen zuzumuten.

Im Bad geht er um die schwimmbadähnliche Badewanne herum, sie ist rund und schwarz wie das Bett, und unzählige Mädchen vertreiben sich hier gewöhnlich die Zeit und spielen mit den vielfältigen Kombinationen der vergoldeten Wasserhähne. Träge durch das heiße Wasser und den Duft der Badesalze, zögern sie stets den Moment hinaus, in dem sie die niedrigen Stufen betreten, als ginge es darum, die Stufen eines Stadions hinaufzuschreiten. Er liebt nur eine kräftige, ja heftige Dusche, die seiner eigenen Kraft gleichkommt. Die Duschkabine hat er in einer Ecke, trotz der Proteste des Innenarchitekten, einbauen lassen. Sie paßt nicht zum Luxus des Restes, das stimmt. Ihn kümmert's nicht.

Er gibt sich dem Rauschen des Wassers hin, das den Schweiß des Traums vertreibt. Auch hier keine scharfen Kontraste: nicht zu heiß und nicht zu kalt. Dann schaudert er. Erinnert sich an den Strudel, das Netz, das wie eine ausgelegte Reuse war. Die Falle, die sich über dem Flugzeug der Iberia geschlossen hat, das gestern nachmittag ins Mittelmeer gestürzt ist.

Je geordneter seine Gedanken werden, desto schwerer kann er atmen. Das Wasser der Dusche schmeckt nach Salz auf seinen Lippen. Das Meer in seinen Tränen.
»Màrton Kotany, der lange ein Star bei den internationalen Tennisturnieren war, befand sich mit seiner Frau Jane an Bord. Er hatte Patrice Martinez, die französische Nummer eins, deren Trainer er war, zum Turnier nach Barcelona begleitet. Martinez hatte nach seinem Sieg über Richardson beschlossen, noch ein paar Tage in Spanien zu bleiben. Das bewahrte ihn vor der Katastrophe, die sich in die Unglückssträhne der Luftfahrt in diesen letzten Monaten einreiht. Die Marine hat die Suche aufgenommen, aber bisher ist trotz des klaren Wetters keine Schwimmweste entdeckt worden. Deshalb ist es wenig wahrscheinlich, daß es Überlebende gibt.
Die Suche soll mehrere Tage lang fortgesetzt werden. Dann wird in Barcelona ein Trauergottesdienst zum Gedenken an die Toten zelebriert werden, dem am Sonntagmorgen eine Trauerfeier auf See folgen wird.«

Màrton, der Freund aus Kinderzeiten, wie er in Ungarn geboren. Màrton, der von Orly aus angerufen hatte, kurz vor dem Abflug nach Barcelona.
»Natürlich kommt Jane mit mir. Du kennst doch die Presseformel: *Die unzertrennliche Gattin von Màrton Kotany* . . . Und du, langweilst du dich auch nicht, widmest du dich deiner Mädchentruppe?«
»Dienstag habe ich ein Schauturnier in Lyon. Ich gehe mit meiner neuen Flamme hin.«
»Wie heißt sie?«
»Mercedes . . . 450.«
»Versuch trotzdem in Form anzukommen.«
Mit diesen so oft wiederholten Worten hatte Màrton aufgelegt. Nie wieder wird Istvan diesen warmen, manchmal

ironischen Tonfall hören. Er konzentriert sich auf den Gürtel seines Morgenmantels, braucht zweimal, um ihn zuzubinden. Er sagt sich, daß er sich fangen muß, zwingt sich, das Zimmer mit großen Schritten zu durchqueren, bis zur Terrasse, die über dem Bois de Boulogne liegt und über Roland-Garros, dem abgeschlossenen Gebiet. Er zwingt sich, sich den Rhythmus seiner üblichen Atemübungen aufzuerlegen, aber vergebens. Der Druck ist zu stark.
Wütend auf sich selbst, bemüht er sich, Routinegesten auszuführen, ohne an etwas zu denken. Er wirft einen automatischen Blick auf das Außenthermometer, das siebzehn Grad anzeigt.
Im Ankleideraum, in dem Thieu sich so um Ordnung bemüht, fischt er nach irgendwelchen Kleidern. Als er seine Mokassins anzieht, wird er sich bewußt, daß er gar nicht merkt, was er anzieht, er, den die Leserinnen der *Vogue* zum elegantesten Mann des Jahres gewählt haben. Müde blickt er auf sein Spiegelbild und erkennt, daß er vergessen hat, sich zu rasieren. Es wundert ihn nicht einmal. Heute morgen kommt es ihm vor, als handele ein anderer an seiner Stelle.

Istvan geht die Treppe zur siebten Etage hinunter. Thieu hat den ovalen Marmortisch im Eßzimmer, das mit grauem Samt bespannt ist, gedeckt. Die Sonne hebt durch die Scheiben hindurch die Umrisse des Silbergeschirrs, von der bauchigen Teekanne bis zur sanften Wölbung der Eierbecher, hervor.
»Thieu!«
»Ich komme, Monsieur. Die Eier sind fertig.«
»Gut, Sie werden sie essen.«
Thieu ist verblüfft und kommt aus dem Büro. Er hält sich sehr gerade hinter dem Tisch und hebt den Kopf, um Istvan anzusehen.

»Ich weiß, ich bin nicht rasiert. Ich habe keine Zeit mehr, ich rasiere mich im Auto. Geben Sie mir meinen Orangensaft und meinen Tee. Ich kann nichts anderes runterbringen.«
»Der Unfall . . .«
Thieu, ein Geretteter der Boat-People, der von Piraten im Golf von Thailand gefangen wurde, hat sein Schicksal mit dem von Istvan verbunden. Er hat keine andere Familie mehr. Die Piraten hatten seine Frau vergewaltigt, bevor sie sie über Bord warfen, zu ihren zwei kleinen Kindern. Er hat nie verstanden, warum man ihn hatte davontreiben lassen. Dank Istvan hat er allmählich wieder Geschmack am Leben gefunden, bebt bei seinen Siegen, studiert die Skala seiner weiblichen Eroberungen und wacht peinlich genau über die Ordnung der Wohnung.
Er gießt den Tee ein und murmelt:
»Die Koffer sind im Kofferraum. Er ist so groß, daß er fast leer aussieht, aber alles ist da . . . Sie sollten doch etwas essen . . .«
»Danke, Thieu. Ich rufe Sie von Lyon aus an.«

Das Auto bahnt sich einen Weg durch den unvermeidlichen Stau an der Porte d'Orléans. Istvan hat den Kassettenrecorder sehr laut gestellt, um das Hupkonzert zu übertönen. Die sechs Lautsprecher übertragen den *Mephisto* von Liszt. Er entdeckt in ihm traurige Akzente, die er bisher nicht gehört hatte. Dabei hat er die klassische Musik erst vor zwei Jahren lieben gelernt, dank Inge, der Sängerin, die er in Berlin nach seinem Sieg in einem Davis-Cup-Match kennengelernt hatte. Inge, die man mit der Callas verglich, und die ihn in die verschlungenen Wege einer stürmischen Leidenschaft ziehen sollte, die jetzt glücklicherweise vorbei war.
Er spürt die Lücke, die sich für einige Sekunden im Meer

der unentschlossenen Fahrer öffnet, und läßt in Sekundenschnelle den großen Mercedes hineingleiten. Schon als er ganz jung war, liebte er schwere, mächtige und luxuriöse Autos. Als seine Freunde sich noch in abgeflachten Karrosserien und Kabrios übertrafen, suchte er nach alten Bentleys, die ihm das Gefühl gaben, in einem Wohnzimmer zu reisen. Seitdem liebt er nur den Geruch des Neuen, das Parfum jungfräulicher Haut.

Mit einem Satz manövriert er den Wagen nach rechts an den Randstein, weit weg von dem massigen Knoten störender Autos. Der Rachen der Südautobahn öffnet sich fünfhundert Meter weiter. Er parkt vor einem grauen Haus, dessen Läden mit kreuzweise genagelten Brettern verriegelt sind. Das Schild eines Unternehmens verkündet, daß es abgerissen werden wird. Er dreht sich um. Die stumme Fassade, deren Putz abbröckelt, erinnert an den Tod. Er nimmt den Hörer ab, wählt die Nummer, sieht zerstreut die vorbeifahren, die er gerade überholt hat, während das Telefon in der Suite des Plaza Athen klingelt, wo Frank Fenwick haust, sein Manager und Freund, der keine Büros mag, und seine Taschen in einen Ordner verwandelt hat.

»Ich habe gestern abend versucht, dich zu erreichen«, sagt Fenwick.

»Ich war aus. Ich bin ziellos spazierengegangen. Ich dachte an Màrton.«

»Dieser Unfall ist furchtbar . . . Ich weiß nicht, was ich dir sagen soll . . . Dein bester Freund . . .«

»Es gibt nichts zu sagen.«

»Sei vorsichtig, du. Bei diesen Unfällen in einem fort . . . Fahr nicht wie ein Verrückter auf der Autobahn.«

2

Ein leichter Nebel läßt die Herbstsonne in ein kaltes Licht zerfallen. Die Felder neben der Autobahn haben keine genauen Umrisse, keine Grenzen mehr. Istvan fährt im Herzen eines geheimnisvollen Reiches. Er hat die Lichter angemacht. Die Armaturen des Autos leuchten verschwörerisch auf der Tafel aus poliertem, exotischem Holz.
Er bleibt in der linken Spur und überholt, wie ein Schatten in der unwirklichen Beleuchtung dieses späten Vormittags, die Autos, die immer weniger geworden sind, je weiter er sich von Paris entfernt hat. Er bemüht sich, an nichts zu denken und nur das Vibrieren seines neuen Autos zu spüren. Gegen den Ratschlag des Händlers hat er eine Automatikschaltung abgelehnt, um allein Herr über die Kraft des Motors zu sein.
Er hält vor einer Tankstelle an. Sobald er »Volltanken« verlangt hat, macht er das Fenster wieder zu und wählt unter seinen Kreditkarten die »Visa«, wozu ihn die Schilder zwischen den Zapfstellen auffordern. Der junge Mann mit den krausen Haaren, der mit der Karte zur Kasse geht, hat ihn zwischen zweimaligem Öffnen der Fenster kaum gesehen. Aber als er zurückkommt, bittet er um zwei Unterschriften. Eine auf den Durchschlag der Rechnung, die den Namen Istvan Horwat trägt. Die andere auf einem herausgerissenen Blatt eines Notizblockes von »Total«. Istvan unterschreibt schnell, zwingt sich zu lächeln, fragt, wo er eine Flasche Wasser kaufen kann. Der Junge zeigt auf den Laden, etwa hundert Meter weiter. Er stopft das Autogramm in die Tasche seiner grünen Kombination und geht zu dem Tank mit Diesel, vor dem ein Weintransporter mit dem Seufzer einer Lokomotive bremst. Einige wenige Autos sind schräg vor dem Laden geparkt. Istvan findet einen Platz genau vor der Tür. Die pausbäckige Kassiererin ist in

einen Fotoroman vertieft und hebt ihren Blick zu dem großen Typen von mindestens ein Meter neunzig, mit schwarzen Haaren und dunkelgrünen Augen. Die Figuren ihres Romans, die neben diesem schönen Mann erbärmlich wirken, werden achtlos beiseite gelegt.
»Mineralwasser bitte?«
»Hinten links«, antwortet sie.
Sie sieht ihm nach, als er an den Regalen mit Autozubehör vorbeigeht und an der kleinen Spielzeugabteilung ankommt. Sie hat noch nie ein Tennismatch angesehen. Deshalb kann er in ihren Augen nur ein Schauspieler sein. Aber wer? Sie beschließt, daß sie ihn in einer Fernsehserie gesehen hat, wagt aber nicht, ihn zu fragen, in welcher.
Da er unbeweglich vor den Spielsachen stehenbleibt, traut sie sich, ihm zuzurufen:
»Weiter links, Monsieur!«
Er winkt ihr dankend zu, nickt, rührt sich aber nicht.

Die Spielzeugabteilung ist verwaist. Offensichtlich hat man das Lager nach den großen Sommerverkäufen nicht erneuert, wenn die Kinder, die sich in den überhitzten Autos in der langen Prozessionsreihe langweilen, alles, was sie wollen, von ihren entnervten Eltern bekommen. Zwei Barbiepuppen, eine rosa, eine orange, haben die Ferien überlebt. Istvan, der diese steifen und glitzernden Mannequins bisher als ein Meisterwerk des schlechten Geschmacks angesehen hatte, betrachtet sie mit Tränen in den Augen. Er hört die aufgeregte Natty:
»Hast du gesehen, da steht *Barbie Douceur* auf der Schachtel. Ich werde sie Barbie Douce nennen.«
Natty, Natascha, die Tochter von Màrton und Jane, geboren in New York, an einem Tag Ende August bei drückender Hitze, während Flushing Meadow. Natty, das Tennis-Kind.

In Paris, vor fünf Jahren, hatte Istvan Horwat seine Wohnung auf der Avenue Robert Schumann, in der Nähe von Roland-Garros, noch nicht gekauft. Er hatte für ein Jahr in der Rue de Boulainvilliers ein kleines Einfamilienhaus gemietet, das ungemütlich und schlecht zu heizen war, dessen chaotischen englischen Garten er jedoch liebte. »Mein Landsitz«, sagte er, meinte jedoch dann, daß er schnell des Landes überdrüssig wurde, vor allem im Winter.
Er hatte dort drei Monate mit Julie Charrière gelebt, der Modefotografin, deren Launen den Gegenstand der Unterhaltung in der internationalen Chronik bildeten. Eines Tages hatte er sorgfältig das ganze Zeug, das sie auf dem Speicher deponiert hatte, in die Allee des Gartens gestellt. Er hatte sich im Ritz niedergelassen und gewartet, bis die anstrengende Julie den Platz geräumt hatte. Aus der Fassung, fast ein wenig enttäuscht darüber, einer ihrer berühmten Szenen beraubt zu sein, für die sie so schwärmte, war sie ihm jedoch wegen dieser friedlichen, aber wirkungsvollen Methode nicht böse gewesen. Danach sollte sie einmal Fotos von Istvan für *Vogue* machen. Eines, auf dem er ganz in Tweed gekleidet aus einem irischen Schloß zu kommen schien, erschien sogar auf der Titelseite.
Er war allein geblieben und hatte die Kotanys eingeladen, die in Rom waren und wieder nach New York zurück wollten, dabei aber einen Umweg über Paris machten. Natty könnte im Garten spielen. Sie war damals fünf. Blaßblonde Haare, die ihr auf die Schultern fielen, und riesige blaugraue Mandelaugen.
Eines Nachmittags, als ihre Eltern ins Kino gegangen waren, hatte sie genug davon gehabt, Madame Reine, der Gouvernante, beim Bügeln zuzusehen. Madame Reine war sehr geschwätzig, und Natty verstand nur ein paar Worte Französisch. Sie hatte beschlossen, daß sie müde sei und sich mit Istvan ausruhen wollte. Tatsächlich hatte er ver-

kündet, daß er Siesta halten würde, während Màrton und Jane mit dem Taxi zur Champs-Elysées fuhren. Doch er hatte nicht erklärt, daß er nicht allein sein würde. Die Frau von Ratsmitglied Müller, die die Kunst beherrschte, zu ihren Liebhabern zu kommen, ohne sich zu kompromittieren, war unter dem Laken verschwunden, erschrocken über die Schläge, mit denen das kleine Mädchen an die Tür hämmerte.
»Warte unten auf mich, Natty!« schrie Istvan. »Ich bin in fünf Minuten fertig. Ich geh mit dir Eis essen.« Er lachte, als er sich wieder anzog, was die enttäuschte Rätin noch mehr aufregte.
»Ich bleib keine fünf Minuten mehr in diesem Kindergarten«, protestierte sie.
»Warten Sie immerhin noch, bis wir weg sind«, erwiderte Istvan.
Er öffnete vorsichtig die Tür und fand Natty, die auf der Treppe saß und ihn mit um die Knie geschlungenen Armen erwartete.
Er hatte die Frau des Ratsmitglieds im Zimmer zurückgelassen, ebenso wie etwas später, auf dem Parkplatz an der Place Vendôme, den schwarzen Daimler, den er wieder verkaufen wollte, weil die ewigen Reparaturkosten ihn ärgerten. Er war mit Natty die Rue du Faubourg Saint-Honoré entlanggegangen. Er mochte sich noch so sehr anstrengen, langsam zu gehen, sie trabte an seiner Hand.
Die Passanten drehten sich nach dem ungewöhnlichen Paar um, ein kleines, ganz blondes Mädchen, und ein so großer Mann mit so schwarzen Haaren. Mit siebenundzwanzig hatte Istvan noch nie die Hand eines Kindes gehalten. Er hatte das Gefühl, eine Macht zu besitzen, die ihm niemand in diesem Moment streitig machen konnte. Gleichzeitig ungeschickt und verantwortungsbewußt, senkte er dauernd den Blick zu Natty, als ob er sie hätte verlieren

können, obwohl er spürte, daß seine Hand so fest gehalten wurde wie der Griff eines Schlägers. In Wahrheit sah er sie an, weil er erstaunt war, sie dort zu sehen. Es war ein seltsames Gefühl, so weit weg von dem Leben eines Champions und seinen verliebten Eskapaden . . .

»Du wirst sehen«, sagte er und hob die Stimme, um den Lärm der Autos zu übertönen, »das ist das schönste Spielwarengeschäft von Paris.«

»Wie heißt es?«

»Der blaue Zwerg.«

»Ah.«

Schon der Name war ein Traum.

Die untätigen Bürgerinnen, die alle gleichzeitig aus ihrem Schlupfwinkel hervorgekommen waren, um sich in den Boutiquen des Faubourg Saint-Honoré verwöhnen zu lassen, hupten wütend. Eine Platinblonde, die Istvan aufgeregt erkannte, drehte sich unglücklicherweise um, um ihm nachzusehen; dabei quetschte sie den Kühler ihres Autobianchi in die gleichgültige Stoßstange eines Rolls Corniche. Istvan fand diese kampflose Niederlage Davids gegen Goliath eher komisch, aber Natty machte sich ernsthafte Sorgen, ob die Dame weiterfahren könnte. Er wartete darauf, sie in Lachen ausbrechen zu hören, vor allem als die leichtsinnige Blondine sich aus ihrer verbeulten Kiste gezwängt hatte, um den Rolls-Fahrer zu beschimpfen, der, nachdem er kurz ausgestiegen war, um sich zu vergewissern, daß der Rolls keinen Kratzer hatte, sich wieder hinters Steuer setzte und ungerührt auf Grün wartete.

»Mach nicht so ein Gesicht«, sagte Istvan. »Sie kann noch fahren. Es ist kein Drama.«

»Ja, aber ihr Auto ist kaputt.«

Im *Blauen Zwerg* machte die Erforschung des Parterre und des ersten Stocks, die mühsamer war, als Istvan angenommen hatte, denn Natty hatte jeden Zeitbegriff verloren, das kleine Mädchen schwindlig. Da gab es absolut alles, was sich ein Kind nur wünschen konnte. Und Natty, die Istvans Hand losgelassen hatte, um von einer Abteilung in die andere zu laufen, wünschte sich nichts, nahm dieses Luxusgeschäft hin wie ein Volksfest.

»Such dir aus, was du willst«, wiederholte Istvan.

»Warte, wir haben noch nicht alles gesehen!«

Die Kundinnen des nahe gelegenen Hermès kamen, um zur Beruhigung ihres Gewissens Geld für ihre lieben Kleinen auszugeben, die um diese Zeit in der Schule gefangen waren. Sie waren weniger diskret als die gut erzogenen Verkäuferinnen und zögerten nicht, ihre Notizhefte mit feuchten Augen herauszuziehen:

»Ein Autogramm, Monsieur Horwat . . .«

»Ist das Ihre Tochter?« fragte die Mutigste.

»Eine meiner zahlreichen Töchter«, stellte Istvan richtig und blieb ganz ernst.

»Wie heißt sie?«

»Ich weiß es nicht mehr. Ich verwechsle sie alle.«

Eine sehr blasse Rothaarige, deren Körper in einem engen blauen Bisonmantel steckte, buchstabierte ihren Namen, damit er ihn auf parfümiertes Papier schrieb. Als er es ihr pflichtbewußt signiert hatte, gab sie ihm dafür ihre Visitenkarte: Nadine Bellini. Von der Karte sollte er einige Tage später Gebrauch machen.

Natty war verschwunden. Er nutzte das, um mit großen Schritten zu gehen. Eine Verkäuferin zeigte ihm das Kind, das vor einer Wand mit Puppen stand. Alle Größen, alle Farben, herablassend wie romantische Heldinnen oder mollig wie die Badenden von Renoir . . .

Istvan sah für einige Sekunden die kleinen Brüste von Martha Möhl wieder, der begehrten Nymphomanin, die sich nur vor ihrer Sammlung aus alten Porzellanpuppen lieben ließ, die wie zu einer Parade aufgereiht standen und deren Haare, echte Haare, unter Spitzenhütchen hervorkamen und deren starre Augen ohne Gefühlsausdruck ihre verrückte Mutter ansahen . . .

»Welche willst du? Du kannst zwei haben, wenn du willst.«

»O nein! Man kann nicht zwei neue Puppen gleichzeitig liebhaben!«

Istvan spielte mit, als ob er einer Modenschau oder der Wahl der Miss Universum beiwohnte. Er verglich den Schnitt der Kleider, die Form der Gesichter, die Wölbung der Beine, vernachlässigte nüchterne Kreaturen, die zu realistisch nackt waren und an denen ein Schild verkündete, daß sie ihr Fläschchen trinken, weinen, Mama rufen und Pipi machen könnten. Er gefiel sich als Ratgeber:

»Die Große da, im Reitkostüm, mit ihren Stiefeln, ihrer Kappe und der Peitsche . . . Sie ist schön, oder?«

»Ich mag die Blonde im langen Tennisrock von früher noch lieber«, antwortete Natty.

Sie ist erst fünf und kennt sogar die Kleidung von Suzanne Lenglen! dachte er.

»Also gut, nimm sie!«

»Ich hab sie schon.«

»Du hast aber doch sicher noch nicht alle.«

»Schau, welche ich will.«

Sie hatte ihn bei der Hand genommen, hatte ihn von den strahlenden Modellen der Weiblichkeit weggezogen in eine bescheidene Ecke, wo Schachteln aufgereiht waren mit billigen Körpern, angetan mit Kleidern, die nicht einmal eine drittklassige Operette geschmückt hätten. Die, auf die Natty zeigte, in einem leuchtenden blauen Kleid, war vielleicht die schlimmste von allen.

»Sie gefällt dir?«

»Warum? Magst du sie nicht?«

Sie hob ihr plötzlich verschlossenes Gesicht zu ihm empor

und richtete einen Blick voller Mißtrauen und Vorwurf auf ihn.
»Aber . . . doch. Warum?«
»Es ist eine Barbie, siehst du, dort steht es. Keiner will mir eine Barbie schenken. Mama sagt, sie sind häßlich. Du willst es doch, oder?«
Istvan hatte Natty hochgehoben, um sie zu umarmen; er war erstaunt, als er spürte, daß er zu Tränen gerührt war, ohne zu wissen, warum.
»Ich will gerne, aber es ist kein sehr schönes Geschenk. Nun, ich will sagen . . . Oder ich schenke dir mehrere.«
»Nein, sie! Aber wir können andere Kleider kaufen. So könnte ich sie verändern . . . Auf der Schachtel steht Barbie Douceur. Ich werde sie Barbie Douce nennen.«

Unter den Arkaden der Rue de Rivoli drückte sie die elegante Tüte aus dem *Blauen Zwerg* mit ihrem neuen Schatz an sich. Bei Angelina, dem Teesalon, den die alten Pariser immer noch *Rumpelmeyer* nannten, nach dem Namen des berühmten Konditors, der ihn zur Zeit der Belle Époque gegründet hatte, waren zur Teestunde alle Tische besetzt. Istvan, der immer noch Nattys Hand hielt, hatte einen Versuch in den hinteren Raum unternommen, dabei überragte er mit seiner Größe alle Mannequins und Modelle, die ihren Plausch unterbrachen, um ihm und Natty nachzusehen.
Schon waren zwei Bedienungen, obwohl sie vollbeschäftigt waren, herbeigestürzt und redeten gleichzeitig:
»Monsieur Horwat! Wenn Sie bitte einige Minuten Geduld haben . . . Ich muß noch eine Rechnung bringen.«
Während er zustimmend lächelte, hatte sich Nattys kleine Stimme erhoben.
»Was sagt sie?« hatte der Chor der Serviererinnen gefragt. Eine junge Brünette mit dreieckigem Gesicht, das kreideweiß war, hatte geantwortet:

»Sie sagt, daß es zu lange dauert, sie will woanders hingehen.«
Und dann, als Natty ihn zum Ausgang zerrte:
»Ich liebe Kinder, Monsieur Horwat. Meine Freundin und ich wären glücklich, Sie an unserem Tisch zu haben. Sehen Sie, diese beiden Sessel gehören niemandem.«
Sie streckte Natty die Hand hin und sprach sie mit sanfter Stimme auf Englisch an:
»Willst du dich zu uns setzen?«
Das mißtrauische Kind sah schweigend die zwei Frauen an, die sich seltsam ähnlich waren und sie anlächelten. Istvan wußte nicht, wie er das leise Schütteln von Nattys Hand in der seinen deuten sollte. Hieß es, daß man abhauen oder bleiben sollte? Offensichtlich nutzten die beiden Frauen das Mädchen aus, um den Fürsten der Courts mit Beschlag zu belegen, was sie niemals so offen gewagt hätten, wenn er allein gewesen wäre . . . Die Sekunden zogen sich endlos dahin, während er sie ebenfalls musterte. Schließlich war es seine Entscheidung. Sie waren schön . . . Völlig ausreichend für eine zukünftige Nacht. Aber — und das war noch ein neues Gefühl, das er Natty verdankte —, er hatte keine Lust, sich an diesen Tisch zu setzen. Der Gedanke, das kleine Mädchen mit Frauen zu teilen, die er überall finden konnte, wo er wollte, die er sogar oft zurückweisen mußte, kam ihm wie ein Verrat an Natty vor. Und er selber verspürte eine Art Eifersucht, die er noch nie gekannt hatte.
Kalt blickte er die beiden Wesen an, die versuchten, ihm diesen besonderen Augenblick zu stehlen.
»Also, entschließt du dich?«
Kaum hatte er das gesagt, wurde er sich seiner Lächerlichkeit bewußt. Er gestand sich ein, daß er an der Laune eines kleinen Mädchens hing.
»Aber ja, sie kommt zu uns«, sagte die erste Brünette.
»Was ist denn in deiner Tasche?« fragte die zweite.

»Barbie Douce«, antwortete das Kind mechanisch.
»Eine Barbie-Puppe? Zeigst du sie uns?«
»Sie ist blond«, fügte Natty hinzu.
Dann:
»Schau, Istvan, da gehen Leute, da hinten!«
Wieder und wieder wollte er sie vom Boden hochreißen, sie hochheben, um sie ans Herz zu drücken. Glücklich hatte er mit ernster Stimme und undefinierbarem Akzent gemurmelt: »Danke für Ihre Einladung. Ein andermal . . .«
Natty, die sich offenbar der Blicke, die ihnen folgten, nicht bewußt war, schlängelte sich zwischen den Tischen hindurch, sie schwenkte ihre Tüte wie eine Trophäe, die Nase in Höhe der mit Lippenstift befleckten Tassen, der Untertassen mit Kuchenkrümeln und der marmeladeverschmierten Teller.
»Es ist dreckig«, sagte sie und zeigte auf den vollen Aschenbecher.
»In zwei Minuten ist es fertig«, meinte die Bedienung fieberhaft.
Istvan, der neben dem Kind saß, war stolz.
»Schau dir dieses riesige Eis an. Willst du so eins?«
»Ärgere dich nicht, Istvan, aber ich mag Eis nicht sehr. Glaubst du, sie haben Erdbeertorte?«
»Natürlich«, antwortete die Bedienung, während sie den Tisch abwischte, »Erdbeertorte und Himbeertorte.«
Natty hatte die Schachtel aus der Tüte geholt und betrachtete die Puppe durch das durchsichtige Plastikpapier.
»Ich bestelle ein Messer, um Barbie Douce zu befreien«, sagte Istvan, der glücklich war, sie ein bißchen verwöhnen zu können.
»Aufpassen, das ist ihr Haus!«
Und der große Istvan Horwat machte sich gehorsam daran, vorsichtig die Schachtel der Länge nach aufzutrennen, unter den gerührten Blicken der Nachbarinnen und der Bedienung, die fasziniert mit ihrem Tortentablett stehenblieb.

»Sie haben Kinder, Monsieur«, stellt die Kassiererin im Laden der Total-Tankstelle fest und legt in eine Tüte zwei Barbiepuppen, in die andere die zwei Flaschen mit Enzianwasser. Sie ist sich jetzt sicher, ihn im Fernsehen gesehen zu haben, und findet nur dieses armselige Mittel, um ihn zum Reden zu bringen.
»Nein«, antwortet Istvan, »ich sammle Puppen.«

Istvan setzt den Blinker, um die rechte Spur zu verlassen, und beschleunigt. Der Motor reagiert sofort. Es macht ihm keinen Spaß mehr, den Tacho zu beobachten. Während der vierhundertundfünfzig Kilometer, die er hinter sich hat, hat er Zeit gehabt, sich an das Auto zu gewöhnen. Im Nebel der unentschlossenen Stunden, in denen die Erinnerungen auf ihn einhämmerten, während er allein mit seiner Qual war.
Der Nebel wurde kurz vor Lyon dichter. Istvan hat diese Stadt zehnmal auf der Fahrt in den Süden durchquert, ohne sie zu sehen. Ihr Name, der für ihn auf Autobahnschilder reduziert ist, ist verbunden mit den Hollywoodfesten, die in Saint-Tropez von Charlie Berton gegeben wurden, dem Produzenten, der sein Vater sein könnte und der für ihn eine unbeirrbare Zuneigung pflegte; der seine Flugpläne nach den Daten der Matchs von Istvan Horwat abstellte und es nie versäumte, ihm die erstaunlichsten Mädchen seines Hofes anzubieten. Für Istvan wird die Autobahn in den Süden immer Berton heraufbeschwören und den architektonischen Rausch der Villa in Pamplona, wo das Vergnügen regierte.
Als er aus dem Tunnel herausfährt, vertreiben die leuchtenden Auffahrten den Nebel. Istvan muß nur den Schildern folgen, die direkt ins *Sofitel* führen. Diese internationalen Hotels ähneln sich alle. Mit geschlossenen Augen findet man hin. Man folgt den Schildern, um auf einen Portier, einen Hausmeister, eine Bar zu treffen.

3

Aus dem Fenster seines Zimmers im sechsten Stock schaut Istvan auf das trübe Wasser der Rhône. Das graue Wetter dieses Samstags Mitte September paßt zu seinen düsteren Gedanken. Er hat nicht schlafen können. Einen Teil der Nacht zogen Bilder von Màrton vor seinen Augen vorbei, ungeordnete Erinnerungen . . . Der Strand von Ostia, an dem sie bei ihrem ersten internationalen Turnier in Rom schliefen, zu dem sie ohne Geld gekommen waren . . . die Doppel bei den internationalen Matchs, die sie zusammen bestritten hatten . . . die Familienbilder, auf denen Istvan, der immer mit seiner jeweiligen Begleiterin eingeladen wurde, in seinem ewigen schwarzen Trainingsanzug neben dem immer weißgekleideten Màrton posierte, zu Nattys größter Freude, die den Ausdruck sicher in einem Buch gefunden hatte und sie »die Dominobrüder« nannte. Màrton, der, obwohl er vier Jahre älter als Istvan war, wegen seiner mittleren Größe jünger, zerbrechlicher aussah. Diese blonde, ein wenig schwache Silhouette taucht wie ein Geist auf.

Es ist zehn Uhr, als das Auto vor dem Wächter des Stadions hält, der seine Nase an der Scheibe plattdrückt, um Istvan zu identifizieren, und ihn ehrerbietig grüßt. Das Training erfolgt meistens unter Ausschluß der Öffentlichkeit, aber schon gelingt es einigen Neugierigen, sich unter die Gruppen aus Profis zu mischen, um ihre Idole aus der Nähe zu sehen. Istvan hat sich noch nie so wenig motiviert gefühlt wie bei diesem Turnier in Lyon. Mit ungewohnt schlechter Laune hält er einige morgendliche Autogrammjäger fern, bevor er im Umkleideraum verschwindet.

In der Nähe der Courts herrscht noch nicht die geduldete Invasion des Nachmittags, aber die Statisten sind schon da. Manche ziehen das Training dem Match vor, da sie den

Eindruck haben, in die Intimität der Spieler vorzudringen. Als er zu dem Jugoslawen Franulovic geht, mit dem er heute morgen trainieren soll, begegnet er Benson, dem Assistenten von Frank Fenwick, seinem Impresario. Er hatte darauf bestanden, daß Istvan bei diesem leichten Turnier mitspielt, das jedoch mit 25000 Dollar dotiert ist.
»Die Leute von Adidas sind da«, sagt er. »Sie wollen dir ihr neues Schlägermodell zeigen, das du signieren wirst.«
»Ich werde sie mittags sehen. Das genügt doch, oder?«
»Sie sind nicht allein«, antwortet Benson. »Eine Menge Sponsoren sind nach Lyon gekommen, um uns zu sehen. Vor allem Franzosen . . . Da du nur zwei- oder dreimal im Jahr in Frankreich spielst, nützen sie es aus, daß du da bist.«
»Das ist dein Job«, meint Istvan und geht fort.

Istvan mag Franulovic gern. Alle beide kommen aus dem Osten, sind gleich alt, haben sehr oft zusammen gespielt. Auch er erträgt die Aufregung schlecht, die man in den Stadien während des Trainings duldet, die vielfältige Menge der Bewunderinnen auf Kriegspfad, Kinder, die Block und Stift schwenken, Sponsoren, die schon die Verträge des nächsten Jahres vorbereiten, die sogenannten Sportliebhaber, die nur kommen, um gesehen zu werden . . . »Die Hochzeit des Geldes mit dem Schein«, sagte Màrton.
Die Organisatoren des Turniers haben vier Spieler der oberen Klasse versammelt, damit das Ereignis über den lokalen Rahmen hinausgeht. Neben Istvan, der ehemaligen Nummer eins und jetzigen Nummer acht, der Italiener Panata, fünfzehnter der Rangliste, dessen schöner Stil bei Schauturnieren Wunder bewirkt. Der Spanier Orantes. Der Amerikaner Rosco Tanner, der am Nachmittag auch mit Franuvolic spielen muß. Istvan überflügelt den Jugoslawen nicht so deutlich wie sonst. Der Tod von Màrton und Jane

Kotany, den keiner vor Istvan erwähnen mag, belastet die Atmosphäre. Während er ohne Appetit ißt, antwortet Istvan zerstreut Benson und den Vertretern von Adidas, die ihm die perfekte Nachbildung seiner Unterschrift »Istvan Horwat« auf dem neuen Schlägermodell zeigen, das bald auf den Markt kommen wird.

»Ich mache eine Runde«, sagt er. »Ich brauche frische Luft.«

Benson sieht ihm sorgenvoll nach, als er zum Auto geht.

»Er muß sich heute nachmittag gegen Panata wieder gefangen haben«, meint er bestürzt.

Als er gegen drei Uhr wieder zurück ist, zeigt sich Istvan, den alle als Star des Turniers begrüßen, offen ungenießbar. Er schubst eine Gruppe junger Mädchen weg, die ihn lachend umringen. Er dreht sich um, um sich zu entschuldigen, ist wütend auf sich selbst, als er dem verblüfften Blick von Orantes, dem edlen Hidalgo, begegnet, der gleichgültig seinen Namen auf Zigarettenschachteln, Metrokarten und Banknoten setzt. Offensichtlich verärgert durch die Zuschauer, ruft er unter den Anwesenden ein Unbehagen hervor. Sein erster Service landet im Netz. Mehrmals rennt er auf Angriffe von Panata hin zum Netz und läßt sich besiegen. Es gelingt ihm nicht, sich zu konzentrieren, und dieses Match gegen Panata, den er in normalen Zeiten schlagen müßte, wird zur Katastrophe.

Istvan verschlägt die einfachsten Bälle. Die paar Schläge, die seiner würdig sind, werden gefolgt von Doppelfehlern. Panata ist überrascht zu sehen, daß ihm jedes zweite Mal sein mit der Rückhand geschlagener Passierball mißlingt, der doch einer seiner sichersten und einwandfreisten Schläge ist. Er, der mit unfehlbarer Regelmäßigkeit Meister wird, der so selten einen Fehler macht, wenn der Gegner angreift, und der immer retourniert, scheint sich überraschen zu lassen, ohne zu reagieren. Und als er den Service von Panata retourniert, sind seine Bälle so unplaziert, daß sein Gegner keine Schwierigkeiten hat, den Punkt zu machen. Istvan ist ganz einfach daneben. Mit etwas anderem beschäftigt, kann er sich nicht konzentrieren und scheint auf dem Court nicht ganz da zu sein.

Bestürzung herrscht unter den Geschäftsleuten des Tennis, die ihn auf die Niederlage zugehen sehen. Seine Bewunderer verstehen es nicht. Jemand setzt das Gerücht in die Welt, er hätte sich am Morgen beim Training mit Franulovic verletzt. Doch die Spieler und Trainer erraten die Wahrheit. Sie spüren die so drückende Atmosphäre dieses Stadions, über dem Màrtons Tod schwebt. Keiner will gerne hier sein. Sie sind als gute Profis alle gekommen, weil der Platz gemietet und ihre Teilnahme angekündigt war. Aus Respekt vor dem Publikum nehmen sie an diesem Schauturnier teil, das voller Trauer über den Absturz der Iberia-Maschine ist.

Nach dem letzten Spiel, das er mit einem erdrückenden 6:1, 6:1 gewinnt, drückt Panata Istvans Hand und murmelt: »Du mußt dich wieder fangen. Denk an was anderes . . .«

»Du bist nett, Adriano«, sagt Istvan.

Er entfernt sich, nachdem er seinem Bezwinger einen freundschaftlichen Klaps auf die Schulter gegeben hat.

»Ist dir klar, in welche Situation du uns bringst?« grollt Benson, der außer sich ist. »Ich habe gerade Frank angerufen. Er ist völlig aus dem Häuschen. Natürlich sagt er genauso wie ich, daß du nicht streichen darfst, du bist das Zugpferd, auf das alle warten!«

Sie sind von den Kameras von FR3 Lyon weggegangen, um die herum sich die Einheimischen scharen, bemüht, im Blickfeld zu sein, wenn man die Champions filmt. Als ihn

ein Journalist, nicht ohne Boshaftigkeit, gefragt hat, ob er sich in Form für das morgige Match fühle, hat Istvan nicht geantwortet.
»Du hast dich verpflichtet«, wiederholt Benson. »Du mußt dich dran halten. Wie soll ich den Organisatoren deine Zurückziehung mitteilen? Wenn ihnen nur noch drei Spieler bleiben, was sollen sie machen?«
»Ich kann nichts dafür. Das passiert mir zum ersten Mal, aber ich kann mich absolut nicht konzentrieren . . .«
»So was hab ich noch nie gesehen, Istvan. Von Berufs wegen ist das ein schwerer Fehler.«
»Ich sage dir noch mal, daß ich nicht spielen kann«, sagt Istvan müde. »Sag ihnen, daß mir der Rücken weh tut, irgendwas . . . Ich muß morgen früh in Barcelona sein.«

Dreimal ist der Wagen unter den Augen der Polizisten, die sich bemühten, woanders hinzusehen, auf den Bürgersteig gefahren. Und dreimal haben die Luxusläden Istvan enttäuscht, zu dieser samstäglichen Schicksalsstunde, kurz vor sieben Uhr, in der das Personal den Stall riecht. Als er bei Saint-Laurent herauskam, wollte Istvan es verzweifelt aufgeben, jemals die schwarze Kleidung zu finden, die er sich für die spanische Feier am nächsten Tag besonders streng vorstellte. Er wollte vor einer Gruppe junger Motorradfahrer, die, behelmt, blind, taub und stumm dastanden, abfahren, als er das Schild der Boutique an der Ecke las, deren Tür sein Auto versperrte: *À la Grande Maison*. Nachdem er einen Meter zurückgesetzt hatte, um sich Zugang zu dem alten Laden zu verschaffen, seiner letzten Chance um diese Zeit, stieß er die Tür auf und setzte ein Klingeln in Gang, das eine Herde Alpenkühe neidisch gemacht hätte.
Der Kopf eines kleinen Glatzkopfs tauchte hinter einer langen, mit Unmengen von Wachs polierten Theke auf.
»Sie wünschen?«

Istvan antwortet mit einer eintönigen Stimme, die zu dem alterslosen Mann in der gräulichen Jacke paßt.
»Ein schwarzer Anzug, eine schwarze Krawatte, ein schwarzer Mantel.«
Die Türglocken hören zu läuten auf, als hätte dieser Trauerfall sie ergriffen.
»Ich habe nur noch einen Überzieher aus Kaschmir in großer Größe. Was den Anzug angeht, so habe ich nur noch einen aus Flanell mittlerer Qualität . . . Sie haben einen schönen Wagen, Monsieur, aber Sie dürfen nicht vor der Tür parken.«
»Verzeihen Sie, ich bin in Eile.«
»Ein plötzlicher Trauerfall? Versuchen Sie zuerst die Hose. Ich muß die Aufschläge nach Ihrer Größe machen. Sie wollen alles heute abend? Ich kann es Ihnen in einer Stunde in Ihr Hotel liefern. Sie sind doch auf der Durchreise, oder? Wir werden sehen, wir werden sehen . . .«
Während er gleichgültig die Sachen anprobiert, träumt Istvan wieder; er sieht die Beerdigung seines Vaters in Budapest vor sich, graue Gruppen, die sich unter Schirmen drängten. Dieselben Gruppen, derselbe Regen, nur beim Begräbnis seiner Mutter, vor zwei Jahren.
»Also, liefern Sie mir alles in einer Stunde ins *Sofitel.* Mein Name steht auf dem Scheck . . .«

Sobald er den Mercedes dem Fahrer anvertraut hat, entdeckt er in der Halle wohlvertraute Gestalten vor der Hotelrezeption.
Die kleine Nomadenwelt des Tennis, die nach Lyon zu diesem Turnier gekommen ist, trifft sich natürlich in diesem Hotel. Er zögert, tut so, als sei er in die Betrachtung eines Schaufensters links von der Tür versunken. Er wartet, verborgen hinter einer riesigen Grünpflanze, bis der übliche Troß aus Spielern, Managern, Journalisten und Sponsoren

sich in Richtung der zwei Bars verflüchtigt hat, der im Parterre, die als Tropendschungel verkleidet ist, und der im achten Stock, die über dem Fluß und über den Dächern der Stadt liegt.

Er will niemanden sehen, mit niemanden reden. Als sich die Türen des Aufzugs hinter den letzten Stimmen geschlossen haben, kommt er aus seinem Versteck hervor, holt seinen Schlüssel und gibt Anweisungen, ihm sein Abendessen auf dem Zimmer zu servieren und ihm die Pakete zu bringen, die geliefert werden. Er gibt die Anweisung, ihm keine Anrufe durchzustellen, ihn jedoch um vier Uhr morgens zu wecken.

4

Der Nordwind fegt über das Vorgebirge, reißt die Blumen aus dem Wall aus Kränzen gegenüber dem Meer. Die weissen Chorhemden der drei Priester flattern wie Vorhänge. Die Wellen donnern, wenn sie an die Felsen schlagen. Schaumfontänen erheben sich drohend und fallen dann wieder, hinuntergezogen vom Strudel. Die düstere Menge vor dem bunten Blumenmeer steht bestürzt vor Respekt, in den sich Schrecken mischt vor diesem Mittelmeer, in das irgendwo da draußen eine Boeing der Iberia gestürzt ist.
Die kleine Bootsflotte, die für die Bestattung der Opfer vorgesehen ist, mußte wieder den Hafen anlaufen. Das Meer verschafft sich vor der Familie und den Freunden der Verschiedenen Respekt. Die Worte des Priesters verlieren sich im Wind. Vom Wind, der ihn nach rechts treibt, aus dem Gleichgewicht gebracht, kommt Istvan mühsam vorwärts, mühevoll atmend, und sein schwarzer Mantel bläht sich wie ein Segel. Er hat die Ortsangaben, die man ihm in Barcelona gegeben hat, schlecht verstanden und mehr als eine Stunde dabei verloren, um diese düstere Ecke der Küste zu finden. Er konnte keinen Blumenhändler mehr suchen.
Er drückt seinen Mantel gegen die Beine und dreht sich kurz um, um einen bedauernden Blick auf sein Auto zu werfen, das vor den ungefähr hundert anderen Autos blitzt, die ungeordnet vor der Wüste aus Steinen und verbranntem Gras geparkt sind. Verzweifelt über seine Verspätung und darüber, mit leeren Händen zu kommen, hat er nicht gezögert, so nahe wie möglich heranzukommen und bis zur Hälfte des Abhangs zu fahren, ohne sich um die Reifen zu sorgen.
Er erkennt jetzt die Seile, die an beiden Händen von Männern in Schwarz gehalten werden, die die Kränze an den Felsen umstehen.

Natty steht wohl ganz am Ende bei den Priestern. Er benutzt die Ellenbogen und sagt immer wieder leise »sorry«. Er überragt die gesenkten Häupter und die vom Schmerz gebeugten Schultern.
Ihre blonden Haare schweben über dem Kragen des marineblauen Capes, das sie mit verschränkten Armen, als brave Schülerin, zuhält. Istvan suchte nach einer winzigen Silhouette. Natty kommt ihm groß vor, so aufrecht hält sie sich zwischen den Priestern und den Blumen, als ob die Gewalt des Windes keine Macht über sie hätte. Es sieht so aus, als wenn die unverständlichen lateinischen Worte des kleinen braunhaarigen Priesters mit dem violetten Überhang, der dem Meer den Rücken zukehrt, sich nur an sie wenden und nicht an alle Familien der Opfer, die einen Meter hinter ihr stehen. Istvan beißt sich auf die Lippen, so fest er kann. Auch er muß ungerührt bleiben.
Er läßt die Augen auf Nattys Nacken ruhen, den der Wind, der ihre Haare fliegen läßt, entblößt hat. Er möchte die blonde Mähne berühren, um dem Kind zu sagen, daß er da ist. Er ist jetzt einen Schritt von Natty entfernt. Es ist ein Schritt, den er nicht wagt, Die Würde der Tochter von Màrton im Angesicht des Meeresgrabes, lähmt ihn. Er sieht nichts als diesen blonden Nacken, der hartnäckig starr bleibt.

Der jüngste der drei Priester ergreift nun auf spanisch das Wort. Seine Stimme erhebt sich, hoch, scharf, und durchdringt die Mauer des Windes. Istvan versteht, daß die Kränze ins Meer geworfen werden. Eine Bewegung zeichnet sich in der Menge ab. Istvan streckt die Arme nach Natty aus, die sich nicht gerührt hat. Ein grauer Mantel schiebt sich zwischen das Kind und ihn. Die Frau mit der Brille und dem Knoten hält in der linken Hand einen kleinen Beutel aus grauem Filz und einen runden marineblauen

Hut. Sie legt die rechte Hand auf das Handgelenk von Natty, die zusammenzuckt, sich umdreht und nur Istvan sieht, der den Eindringling überragt. Sie drängt sie beiseite und stürzt sich in die weit geöffneten Arme, die sie vom Boden heben, verbirgt den Kopf an Istvans Schulter und schluchzt los.
Er spürt den zitternden leichten Körper. Er streichelt die wirren Haare. Die Frau in Grau sieht ihn verwirrt an. Schließlich bringt sie heraus:
»Mr. Horwat!«
Und während er sie kalt befragt, erklärt sie:
»Wir sind gestern abend aus London gekommen. Ich bin Mrs. Campbell, die Mutter einer Freundin von Natascha, in Rodean's. Die Direktorin hat sie mir anvertraut.«
»Rodean's?«
»Nataschas Schule.«
Das Kind beruhigt sich allmählich.
»Schau«, sagt Istvan.
Männer und Frauen kommen näher. Das Heulen des Nordwindes übertönt das Schluchzen. Keiner ergreift den Kranz, den er mitgenommen hat, um ihn in die Strömung zu werfen, wie eine Blume in ein geöffnetes Grab. Man hilft sich gegenseitig, um dem Meer gebeugte, kaputte, ausgerissene Blumen zu bieten. Die Verwirrung, die Anonymität machen diese Zeremonie noch ergreifender. Wieder gibt Istvan, um die Intimität seiner Trauer aufrechtzuerhalten, sich der Illusion hin, daß die Feier nur Màrton und Jane und sie alleine angeht.
Er schämt sich nicht einmal, den kleinsten Strauß mitgebracht zu haben . . .
»Warten Sie!«
Man macht Platz vor einem jungen Mann in schwarzer Lederjacke und -hose, der sich auf die Kränze stürzt, die man gerade dem Meer übergeben will. Alle sind unbeweglich.

Wie verrückt geht er die Inschriften auf den großen Bändern durch. Es ist Patrice Martinez, die französische Nummer eins, der Sieger des Turniers von Barcelona vom Sonntag. Istvan stellt Natty wieder hin. Sie nimmt seine Hand und drückt sich an ihn. Er macht ein paar Schritte auf den Jungen zu, der verzweifelt die Kränze umstößt.
»Was suchst du, Patrice?«
»Ach, du bist da? Ich suche zwei Kränze . . . Den vom Verband und meinen. Ich komme aus Ibiza. Wir mußten beinahe wieder umkehren; verdammter Wind . . . Hilf mir! Wir finden sie.«
»Unmöglich da drinnen. Vielleicht sind sie schon im Wasser. Alle werfen sie abwechselnd hinein, willkürlich. So ist es besser. Auf jeden Fall, schau . . .«
Sobald sie den Kamm der Wellen berührt haben, schweben die Blumen einen Moment lang nach Süden und verschwinden dann im Sog der Strömung.
»Ich muß jetzt zurückfahren«, sagt Martinez. »Wer ist das kleine Mädchen?«
»Natty, die Tochter von Màrton und Jane. Sie ist in England im Internat. Hast du sie nie gesehen?«
»Màrton war erst seit einem Jahr mein Trainer«, sagt Martinez und küßt Natty auf die Stirn. »Dieser Unfall hat mir einen ganz schönen Schock versetzt. Menschen wie er sollten nicht sterben.«
»Keiner sollte sterben«, sagt Istvan, während Natty wieder zu weinen anfängt.
Gestützt auf die Schulter von Istvan, der Nattys Hand drückt, ist der französische Meister einige Sekunden lang auch nur ein verlorenes Kind.
»Blöder Staub«, sagt er und reibt sich die Augen.
Die letzten Kränze sind im Schaum verschwunden.
»Kommst du kurz nach Ibiza rüber, Istvan? In dieser Richtung geht es ganz von selber. Wir werden den Wind im Rükken haben.«

»Unmöglich«, antwortet Istvan. »Aber wir treffen uns bald wieder, vergiß das nicht: Davis-Cup in Budapest, in zwei Wochen! Wenn ich daran denke, daß ich im Doppel mit Màrton spielen sollte . . .«

»Kann ich Sie irgendwo absetzen?«
Istvan hat die Tür seines Autos geöffnet, und schon ist Natty leise, ohne auch nur die Rückenlehne zu berühren, hinten eingestiegen.
»Ja, das heißt . . . Ja, gerne, wir sind mit dem Taxi gekommen. Macht es Ihnen nichts aus?«
»Aber nein. Sagen Sie mir, wo Sie hin müssen?«
»Nach Barcelona, zum britischen Konsulat«, sagt Mrs. Campbell. »Die Frau des Konsuls ist eine Freundin. Wir essen mit ihr.«
»Ich will bei Istvan bleiben«, sagt Natty im Hintergrund.
»Wir gehen ins Konsulat, Natascha«, sagt Mrs. Campbell. »Wir nehmen heute nachmittag das Flugzeug nach London.«
»Nicht das Flugzeug«, sagt Natty.
Die Antwort von Mrs. Campbell verliert sich in den Sätzen des Autos, das den steinigen Abhang wieder hinabfährt. Die Dame stößt zwei, drei kleine Schreie aus, seufzt dann, als sie auf die Straße kommen, auf:
»Sie bräuchten einen Landrover, Mr. Horwat.«
Sie holt aus ihrer Tasche eine Bürste, Lippenstift, eine ovale Puderdose mit einem Spiegel im Deckel, bringt die Haare wieder in Ordnung, richtet auf ihrem Knoten den merkwürdigen Hut, den Istvan erstaunt aus dem Augenwinkel mustert.
»Die monströse Paarung eines Borsalino mit einem Glokkenhut hätte das ergeben können . . .« Er dreht die Blendschutzscheibe und zeigt auf den rechteckigen Spiegel.
»So sehen Sie besser.«

Mrs. Campbell dankt lächelnd mit schmalen Lippen, die sie sich entschuldigend schminkt. Sie dreht sich um, reicht Natty die Bürste, den Spiegel der Puderdose und den kleinen marineblauen Hut.
»Strengen Sie sich an, Natascha. Wenn die Oberin Sie sähe! Sehen Sie, Mr. Horwat, sie hat nie Zöpfe gewollt! Meine Tochter dagegen ist immer gut frisiert.«
Istvan folgt im Rückspiegel den Bewegungen der Bürste in den langen Haaren und dem Grimassenspiel des Kindes. Sie glättet sorgfältig die Locken, überzeugt sich im Spiegel von der Geradheit des Striches, bringt ein wenig Unordnung in die Fransen, die sie sicher zu gerade findet.
»Jetzt Ihren Hut.«
»Aber nein. Das macht mir die Haare platt. Und schließlich sind wir doch in Spanien, oder?«
»Besonders in Spanien trägt man Hüte«, sagt Istvan, der lächelt, zum erstenmal seit einer Ewigkeit, wie es ihm scheinen will.
»Aber nicht in einem Auto.«
»Keine Widerrede, Natascha. Setzen Sie Ihren Hut auf.«
»Glauben Sie, daß das der richtige Moment ist, Mrs. Campbell?« fragt Istvan sanft.
Die kleinen runden Augen von Mrs. Campbell senken sich unter Istvans Blick. Sie weiß, daß er recht hat, kommt sich lächerlich vor, will sich beinahe entschuldigen, sagen »das stimmt, ich sage das aus Gewohnheit, aber heute . . .« Nur um nicht das Gesicht zu verlieren, bleibt sie hartnäckig.
»Im Auto, sei's drum. Aber sobald wir im Konsulat ankommen . . .«
»Ich gehe nicht ins Konsulat«, sagt Natty bockig.
»Vielleicht ist es nicht sehr lustig für sie«, meine Istvan.
»Mit Ihrer Erlaubnis, Mrs. Campbell, nehme ich sie zum Essen mit.«
Natty hat in akrobatischer Haltung die Arme um Istvans

Hals gelegt, die Füße auf dem Rücksitz und die Knie auf dem Teppich. Sie sagt kein Wort. Sie spürt, daß sie ihren Anwalt reden lassen muß.

»Man schlägt Ihnen nie etwas ab, nicht wahr, Mr. Horwat?«

»Selten«, antwortet Istvan kalt. »Wann geht Ihr Flugzeug?«

»Um 17 Uhr 10.«

»Welche Gesellschaft?«

»Ich wollte British Airways, aber wir mußten gestern morgen los, und für den Rückflug sollten wir jetzt schon am Flughafen sein. Es ging nicht . . .«

»Also, die Iberia . . .«

»Auf jeden Fall ist die Gesellschaft nicht schuld . . .«

»Wer sagt das Gegenteil? Wir werden um Viertel vor fünf Uhr am Flughafen sein. Oder wir holen Sie im Hotel ab, wenn Sie wollen?«

»Der Flughafen ist gut. Meine Freundin bringt mich hin. Ich bin sicher, daß Sie ein pünktlicher Mann sind.«

»Ich versuche es.«

Istvan spürt die Hände des Kindes nicht mehr an seinem Hals. Ihre Wärme fehlt ihm, und ihm ist kalt.

»Natty.«

»Lassen Sie sie«, sagt Mr. Campbell. »Sie haben keine Kinder, Mr. Horwat? Man muß sie kennen. Vielleicht wäre es besser, wenn sie bei mir bliebe . . .«

Zusammengerollt schläft Natty auf dem Rücksitz. Ihr Gesicht sieht aus wie vom Regen gewaschen. Istvans Hände krampfen sich um das Lenkrad. Die Gegenwart dieser Frau wird ihm unerträglich. Ihre Hasenaugen hinter der Hornbrille sehen ihn unablässig an. Als ob er die Internatsschülerin des Rodean's kidnappen wollte. Er klappt die Holztür des Handschuhfachs auf und holt eine Brille hervor. Er setzt sie auf und dreht den Kopf leicht zu Mrs. Campbell.

»Wissen Sie, warum sie schläft?« fragt er. »Weil sie beruhigt ist, beruhigt, zu wissen, daß ich sie mitnehme und daß sie ihren Hut nicht aufsetzen muß, um ihrer Schule vor der Frau des Konsuls Ehre zu machen!«

»Ich glaube nicht, daß sie viel Hunger hat«, weicht Mrs. Campbell aus. »Nun, wenn Sie Geduld haben . . .«

»Ich bin sehr geduldig. Das gehört zu meinem Beruf.«

5

»Istvan, kann ich noch Krabben haben?«
»Das sind keine Krabben, das hab ich dir doch schon gesagt. Das sind Gambas, Riesenkrabben . . . Wisch dir den Mund ab. Du hast Sauce bis an die Nase!«
»Wenn ich groß bin, werde ich Clown.«
»Das ist eine gute Idee«, meinte Istvan und versuchte, die Aufmerksamkeit des Oberkellners des *Hotels des Caraccolès* auf sich zu ziehen, wo der Name Horwat genügt hatte, ihnen einen Tisch zu verschaffen. Mit einem einfachen Heben der Augenbrauen ist es ihm gelungen, den Kellner mit dem eroberungslustigen Schnurrbart zum Schweigen zu bringen, der anfing, mit ihm über Màrtons Tod zu reden, sobald Natty gegangen war, um sich die Hände zu waschen, und sich weigerte, seine Begleitung anzunehmen. Sie ging fort und sprang von einem Fuß auf den anderen, dabei vermied sie geschickt die Tabletts mit Meeresfrüchten, die sich in Höhe ihres Kopfes bewegten.
Er hatte das Kind erst vier- oder fünfmal gesehen, seit sie im Internat war. Jane sagte, daß sie für ihr Alter sehr groß sei, und Istvan, der sie vom anderen Ende des Raumes wiederkommen sah, diesmal laufend und so lang in ihrem marineblauen Kleid, erinnerte sich an die Adidas-Werbung, für die sie mit zwei Jahren posiert hatte, mit einem Schläger, den man für sie hergestellt hatte.
»Das ist kein Spielzeug«, sagte Màrton damals stolz. »Sie weiß ihn zu benutzen.«
»Du ißt nichts, Istvan! Iß doch wenigstens deine Seezunge auf!«
Er muß sich immer wieder über das Kind wundern, das von Weinen zum Schlafen übergewechselt ist und nun die Gambas ihres zweiten Ganges verzehrt, als sei das Drama nur ein böser Traum gewesen.

Ihre hellen Augen sehen Istvan bezaubernd an und suchen nach einem Kompliment.
»Du hältst dich sehr gut«, meint er. »Ein Bravo für deine Schule.«
»Ja, aber schlimm ist es im Rodean's! Wenn ich ins Restaurant gehe, fange ich mich wieder. Hörst du, ich gehe nie wieder dahin . . .«
Sie läßt die Gamba auf den Teller fallen und birgt ihren Kopf in der Serviette. Von Schluchzern geschüttelt, verteilt sie unter dem Tisch Fußtritte, ihr ganzer Körper rebelliert. Istvan sieht das Bild auch, das sie vor sich hat. Wer anders als Màrton und Jane haben Natty ins Restaurant ausführen können, wenn sie sie im Rodean's zwischen zwei Flügen besuchten? Säße Màrton dort seiner Tochter gegenüber, worüber würde er mit ihr reden? Über sein letztes Turnier, die herannahenden Ferien, über den Freund, der in Irland Ponys züchtet und Natty ein Fohlen namens Crazy geschenkt hat, auf dem sie im nächsten Sommer reiten kann? Sie würde lachen, dann zu meckern anfangen, ohne Vorwarnung, weil die Ferien noch so weit weg sind.
Er wüßte, was er antworten sollte, Màrton, er würde sagen, daß man Geduld haben muß, wenn man ein so schönes Pony verdienen will . . . Und wenn er sie so sähe, den Kopf in der Serviette vergraben, was würde er tun?
Istvan bleibt stumm, gießt sich ein Glas Bordeaux ein — »Dein Diätwein«, sagte Màrton immer, der ganz sicher einen spanischen Wein probiert hätte. Nattys Kopf taucht aus der Serviette auf. Ohne den Blick zu heben, nimmt sie wieder die Krabbe, nimmt sie nicht auseinander, beißt in den Panzer.
»Erinnerst du dich, einmal in Paris, als du ganz klein warst? Du hattest mir gesagt, daß du Erdbeertörtchen magst . . .«
»Ich erinnere mich nicht. Aber ich will gerne ein Erdbeer-

törtchen . . . Hör zu, Istvan, weißt du, was ich wirklich will? Nicht das Flugzeug nehmen. Heute morgen in London, als wir gestartet sind, hatte ich Angst, ich habe gezittert, die Stewardeß hat mir eine rosa Pille gegeben.«
»Du darfst keine Angst haben, Natty. Dein ganzes Leben wirst du das Flugzeug nehmen müssen.«
»Jetzt habe ich Angst.«
»Wir haben noch zwei Stunden vor uns.«
»Das ist es nicht. Ich will überhaupt nicht hinfahren.«
»Und die Schule?«
»Die Schule . . . Es geht wohl nicht anders . . .«
»Siehst du . . .«
Sie verstummt. Sie hält sich für sehr stark mit ihrer Art, woanders hinzusehen, aber Istvan hat gerade begriffen, was ihr im Kopf herumgeht. Er hat zu viele Frauen kennengelernt, um sich zu irren. Ja, eine Frau benähme sich nicht anders. Sie will so lange wie möglich bei ihm bleiben. Sie will, daß er sie im Auto ins Rodean's zurückfährt. Sie wartet, daß die Entscheidung von ihm kommt. Jetzt bringt sie ihre Haare in Ordnung, die ihre Serviette zerzaust hat. Sie zählt die Erdbeeren auf ihrer Torte. Sie zieht ihre Strümpfe zu den Knien hoch. Dann legt sie die Ellenbogen auf den Tisch, stützt das Kinn in die gefalteten Hände, voll Vertrauen in die Macht ihrer hellen Augen.
»Nun, ich werde ein Eis nehmen, wo wir doch noch soviel Zeit haben«, sagt Istvan.
Er atmet freier. Die Vision des Flugzeugs, das von dem Flughafen startet, von wo aus Màrton in den Tod geflogen ist, kommt ihm in dieser Minute unvorstellbar vor. Er erkennt, daß er tief im Inneren wußte, daß er Natty nicht so gehen lassen würde. Mehrmals hat er ungläubig auf die Uhr gesehen. Die Zeit vergeht zu schnell. Und da diktieren ihm Nattys Augen die Lösung. Befreit und leicht will er doch, daß sie als erste redet. Aber nein, sie ist listig:

»So viel Zeit? Wir haben nicht mehr so viel Zeit.«
Weiß sie, daß die Entscheidung bereits gefallen ist? Istvan wird nicht nachgeben.
In Ruhe ißt er sein Eis auf. Natürlich schämt er sich ein bißchen seines leichten Sieges, als er sieht, wie sich der Mund des Kindes öffnet:
»Was sagst du, Natty?«
»Mit einem Auto wie deinem könnte man fast so schnell sein wie mit dem Flugzeug«, murmelt sie.

6

Das Netz schließt sich endlich über dem erstickten, gequälten Mann. Istvan ist wieder den großen Tiefen in die Falle gegangen. Doch plötzlich hört das Brüllen der entfesselten Meereselemente auf. In der unerwarteten Stille ist der Lärm der Wassermassen nur noch ein Plätschern, Spritzer vom Hineinspringen, Lachen und Kinderschreie. Istvan atmet auf und öffnet die Augen. Er liegt angezogen auf dem Bett. Ein Vogel, der aus dem niedrigen Himmel aufgetaucht ist, schlägt mit dem Schnabel gegen die Scheibe. Die Uhr des Tonbandgerätes steht auf elf Uhr. »Ich hätte mich nicht hinlegen sollen, nachdem ich die ganze Nacht gefahren bin. Ein oder zwei Stunden zu schlafen, nützt mir nie etwas.«

Im Bad erinnert der ungewohnte Lärm an einen Pausenhof. Istvan stößt die schwarzlackierte Tür auf und sieht Natty, die immer wieder in die runde Badewanne taucht, um am Grunde ein schweres Goldarmband zu suchen, das Livia Fabiani anschließend immer wieder hineinwirft.

»Was macht ihr da?«

»Ich habe Sie gegen zehn angerufen«, antwortet Livia. »Thieu hat mir gesagt, daß Sie einen Gast hätten. Ich wollte sie sehen.«

Natty sieht dem Armband nach, das in der Badewanne verschwindet:

»Schau mir zu, Istvan!«

Da sie keinen Badeanzug hat, hat sie ihre Unterhose anbehalten. Sie springt los. Natty gleitet ins Wasser, wölbt die Hüften, sobald sie den Boden berührt, taucht nach einer Sekunde triumphierend auf. Das Armband glitzert in ihrer Hand. Sie lacht, lenkt sich ab, doch seit dem Vortag weiß Istvan, daß Augenblicke der Verzweiflung auf die Betäubung und das Lachen folgen werden.

»Sie ist eine geborene Sportlerin«, sagt Livia.
»Ich bin nicht so schön wie du«, sagt Natty.
»Das reicht«, brummelt Istvan.
Aber es stimmt, daß Livia, seine letzte Entdeckung, ungewöhnlich ist. Sie ist eine blonde Korsin mit mattgebräunter Haut und schwarzen Augen; nur mit einem Lächeln oder einer Geste bringt sie es fertig, daß man ihr auch die unerträglichsten Momente schlechter Laune verzeiht. Istvan wirft sich seine Schwäche gegenüber dieser Frau vor. Schließlich hat nicht sie ihn gesucht. Ausnahmsweise hat er den ersten Schritt getan.
Alles hat vor sechs Monaten anläßlich einer Sendung von »Apostrophes« angefangen, in der Bernard Pivot unter anderen Bestsellern die Memoiren von Larry Wilson, der Nummer eins der Weltrangliste der sechziger Jahre, vor dem schnellen Aufstieg von Istvan Horwat, vorstellte. Er wollte nach Larrys Leistung schon den Fernseher ausschalten, als Livia Fabiani auf dem Bildschirm erschien, um über den zweiten Band von »Spiel, Satz und Tod« zu sprechen, die sentimentalen Abenteuer eines Tennishelden, die für eine Fernsehserie bereits in Planung waren. Am nächsten Tag ließ ihr Istvan über ihren Verleger eine Einladung nach Roland-Garros schicken. Von diesem Moment an mußte sie jegliche Initiativen ergreifen. Ein Wochenende verbrachte er in dem alten Haus, das Livia von einer Tante geerbt hatte. Ein richtiges kleines napoleonisches Museum. Man konnte nicht einen einzigen Schrank aufmachen, ohne angeblich echte Kleider der Königin Eugénie zu entdecken, die sich hier mehrmals aufgehalten hatte. Verstreut im Haus hielten Büsten von Napoleon dem Großen und Napoleon dem Kleinen die Wacht. Hierher zieht sich Livia sechs Monate im Jahr zurück, um zu schreiben. Istvan kannte Korsika nicht und entdeckte im Frühling die Blumen und den Duft des Maquis. Seitdem neigt Livia zu

dem Glauben, daß Istvan ihr gehört. Getragen durch den Erfolg ihres Buches und durch ihren korsischen Stolz, betrachtet sie sich Istvan gegenüber als ebenbürtig. Vielleicht behauptet sie ihren Platz länger als die anderen? Manchmal klingelt sie bei ihm, ohne sich anzukündigen, durchfährt in Rekordzeit die Strecke zwischen dem Haus aus dem 18. Jahrhundert in der Rue Jakob, dessen Speicher sie eingerichtet hat, und dem, was sie »die Spelunke der Damen des Bois de Boulogne« nennt . . .

»Du mußt dich abtrocknen und anziehen, Natty. Ich werde mich duschen. Hast du gegessen?«

»Schon lange. Thieu hat mir Croissants gekauft. Er ist sehr nett. Er hat mich ins blaue Zimmer gebracht. Er wollte, daß ich noch ein bißchen schlafe, aber ich war gar nicht müde . . . Mir geht's gut. Schade, daß dein Schwimmbad so klein ist!« Livia wickelt das Kind in ein Badelaken ein.

»Sie hat mehr Glück als ich mit eurem Thieu. Gerade daß er mich hereingelassen hat! . . . Gut, ich trockne Nattys Haare, und du wartest unten auf uns. Könnten wir drei nicht zusammen ins Restaurant gehen?«

»Wir müssen noch ziemlich weit fahren«, meint Istvan.

»Ihr werdet doch nicht jetzt weiterfahren?«

»Oh, nein, ich hab das Auto satt«, sagt Natty. »Können wir morgen fahren?«

»Ich werde telefonieren und mich nach dem Fahrplan der Fähren von Dieppe erkundigen«, sagt Livia.

»Also, morgen früh, so früh wie möglich. Und sagt Thieu, daß wir zum Frühstück zu dritt sind.«

Natty schmollt: Istvan hat sich geweigert, sie auf dem Vordersitz sitzen zu lassen. Wie lange wird sie so, mit verschlossenem Gesicht, sitzen bleiben? Fremd, feindlich. Im Rückspiegel sieht er sie starr, distanziert; sicher wälzt sie in ihrem Kopf traurige Gedanken wegen dieser abgelehnten

Laune. Istvan ist nervös und verliert im Stau des Tunnels von Saint-Cloud fast seine Gelassenheit.
Der Verkehr ist jetzt flüssig. Istvan sieht wieder die überdachten Courts von Roland-Garros, vom Vortag, am Nachmittag . . .
Livia hatte dem Kind vorgeschlagen, es in den Botanischen Garten mitzunehmen, was sie nicht gerade begeistert hatte.
»Warum können wir nicht Tennis spielen?«
»Ich bin nicht sehr gut«, sagt die Autorin von *Spiel, Satz und Tod.*
»Ich will mit Istvan spielen!«
Schon läuft Natty in ihr Zimmer, um den kleinen Koffer zu holen, den Istvan aus Mrs. Campbells rundlicher Hand am Flughafen von Barcelona empfangen hat. Sie kommt ins Eßzimmer zurückgerannt, wirft den Koffer auf den Tisch und stößt dabei gegen zwei Kristallgläser. Sie holt drei Höschen, einen Micky-Maus-Pyjama und zwei Jacken heraus und gräbt dann triumphierend einen himmelblauen Jogginganzug und Joggingschuhe aus.
»Ich hab ihn immer bei mir. Das wird zum Tennisspielen genügen.«
»Du kannst Bälle gegen die Wand schlagen«, sagt Istvan.
»Und Sie?« fragt Livia.
»Ich werde schon einen Partner in Roland-Garros finden.«
»Ich zähle die Punkte . . .«
Im Auto seufzt Natty ganz aufgeregt:
»Ich habe keinen Schläger!«
»Wir werden schon was finden.«

Livia ist zurückgeblieben, sie geht langsam und sieht zu, wie sie nebeneinander nach Roland-Garros, das kaum fünfhundert Meter entfernt ist, eher laufen als gehen.
»Lauft nur«, hat sie gerufen, »ich komme nach! Ich hatte keinen Sportnachmittag geplant!«

Livia findet, daß sie beide eine ungewöhnliche Anmut besitzen, und stellt fest, daß sie sich etwas ähneln. Vor allem die langen Beine erinnern an Verwandte. Sie bedauert es, nicht mit ihnen laufen zu können, denn sie sehen so frei aus.
Mabrouk, der Chef der Pflegemannschaft der Courts von Roland-Garros, der Spezialist für Sandplätze, der seit dreißig Jahren die ganze Chronik der Spieler kennt, ist um so glücklicher, Istvan zu Diensten zu sein, als dieser es nie versäumt, ihm für seine Freundlichkeit einige Karten zuzustecken, während andere keinen Sou Trinkgeld geben. Er hat kleine Schläger, die man ihm für seine Kinder geschenkt hat. Er wählt den besten für Natty aus. Er ist nicht sehr wertvoll, aber er wird reichen.

Livia spielt ihre Mutterrolle sehr gut. Während Istvan, der normalerweise nicht unverabredet zum Training geht, sich auf die Suche nach einem Partner macht, bringt sie Natty zu einer Ballwand.
»Schau mir zu«, sagt das Kind.
Sie beginnt ihr Können zu demonstrieren, und Livia, die wenig an das Geplauder von Kindern gewöhnt ist, sagt sich, daß sie schon für einen Augenblick Geduld haben wird. Aber es ist nicht zu schwierig, denn Natty bezaubert und interessiert sie.
Istvan hat sofort Yannick Noah entdeckt, die 18jährige französische Hoffnung. Er plaudert mit einer jungen Frau und scheint keinen Partner zu haben. Istvan grüßt ihn diskret. Der junge Mann kommt näher.
»Ich wollte gehen«, sagt er. »Jean-Paul Loth hat gerade angerufen. Er steckt in Rom und kann wegen eines Fluglotsenstreiks nicht weg.«
»Ich bin zufällig vorbeigekommen«, sagt Istvan. »Ich komme aus Barcelona.«

»Ich weiß«, sagt Noah. »Ich habe das Turnier von Lyon im Fernsehen gesehen. Man hat nur von deiner Absage gesprochen. Alle haben es verstanden, weißt du . . .«
»Spielst du ein paar Bälle mit mir?«

Eine halbe Stunde lang wechseln sie sehr lange Bälle von ganz hinten, ohne daß sie versuchen, sich zum Laufen zu bringen oder zu ermüden. Dann, allmählich, als sie warm geworden sind, erreicht ihr Spiel eine Genauigkeit, die immer mehr wächst. Istvan versetzt sich ungefähr fünfzehn Jahre zurück, als er so alt wie Noah war. Er zweifelt nicht daran, daß der junge Franzose die höchste Klasse in der Weltrangliste erreichen wird. Der Rhythmus der Vor- und Rückhandschläge beschleunigt sich. Dann, nach einer Reihe von Smashs und Volleys, beschließen sie, ein Match mit einem Satz zu machen. Istvan hat Natty völlig vergessen, die er plötzlich inmitten von ungefähr zehn Personen entdeckt, nachdem es ihm gelungen ist, Noah durch sein schnelles und sicheres Spiel zu besiegen und er dieses Freundschaftsspiel mit 6:4 durch einen Cross-Rückhandvolley beschließt.
Livia ist neben dem kleinen Mädchen. Er gibt ihnen ein Zeichen, daß er zu ihnen kommen wird. Noah lächelt und dankt dem großen Horwat, der ihm spontan für den kommenden Montag ein Treffen am gleichen Ort vorschlägt.
»Wer ist diese zukünftige Meisterin?« fragt er und zeigt auf Natty, die immer noch ihren kleinen Modellschläger hält.
»Natty, die Tochter von Màrton.«
Der junge Franzose lächelt nicht mehr, nickt mit dem Kopf. »Bis Montag«, sagt er mit plötzlich traurigen Augen.
Wieder drückt er Istvan die Hand, wendet sich abrupt ab und geht fort.

Natty läuft auf Istvan zu und schreit:
»Ich will auch spielen.«
»Das hat sie verdient«, meint Livia. »Seit zwei Stunden wartet sie auf diesen Augenblick!«
»Es tut mir leid«, sagt Istvan. »Ich habe nicht gemerkt, wie die Zeit vergangen ist. Was habt ihr gemacht?«
»Sie hatte es satt, Bälle gegen die Wand zu schlagen. Ich habe sie mit in die Bar genommen. Sie hat mir ihr Leben erzählt . . .«
»Ich verstehe«, sagt Istvan. »Also, komm. Auf die Bahn!«

Istvan hat Stellung gegenüber Natty bezogen. Er zeigte großen Ernst, hatte Livia aber zugezwinkert. Dann, sehr schnell, war er, der eine Viertelstunde glaubte, sich zu langweilen, vom Spiel gefesselt worden. Er wußte, daß Natty ein wenig mit ihren Eltern gespielt hatte. Aber mit zehn Jahren hatte sie nie ernsthaft gespielt. Sofort hatte er gesehen, daß sie sehr begabt war. Gerührt von seiner Entdeckung, hatte er sich bezaubern lassen von Nattys Blick für den Ball und ihrer Art, mit dem Ball umzugehen . . . Sie war ständig in Bewegung. Und er, der seine großen Erfolge seiner Beinarbeit verdankte, hatte gesehen, daß sie instinktiv diese wichtige Fähigkeit besaß. Er bemühte sich, sie nicht laufen zu lassen, schlug den Ball ganz weich und konnte sich so von der außergewöhnlichen Sicherheit überzeugen, mit der sie sich zum Ball stellte. Sie hatte keine Technik. Sie hatte es nie gelernt. Aber sie hatte alle Eigenschaften, um aus ihr eine große Klassespielerin zu machen.
Er hatte Livia angesehen, die die Hand mit erhobenem Daumen hob: auch sie hatte begriffen.
Natty, die sehr geschickt war, schlug alle Bälle mit der Schlägermitte, traf nie aufs Holz. Ihr Blick für das Spiel war so vollkommen wie ihre Konzentration. »Wenn man sie in gute Hände gäbe«, dachte Istvan, »könnte sie es weit

bringen. Warum hat Màrton sich nicht mehr darum gekümmert?« Dann schämte er sich wegen dieses Vorwurfs an seinen toten Freund. Er wußte, daß die großen Champions nur sehr selten ihre Kinder spielen lassen, und praktisch nie ihre Frau. Außerdem hatte Màrton Natty nur sehr selten gesehen, seit sie im Internat war . . . Istvan fühlte sich ihr in diesem Moment sehr nahe, mit ihrem Minischläger mit der ungenauen Bespannung. Er hatte sie angelächelt, aber sie sah nur auf den Ball.

7

Die Scheibenwischer, die auf Höchstgeschwindigkeit stehen, lassen Kaskaden schmutzigen Wassers zu beiden Seiten des Autos spritzen. Der Regen, der immer stärker wird, hat die Arbeiter gezwungen, die Baustelle auf der nur einspurigen Straße zu verlassen. Istvan schaltet die Heizung höher.

»Ich habe keine Lust, dich mit einer Erkältung heimzubringen!«

»Ich bin nie krank. Als ich klein war, hatte ich alle Kinderkrankheiten. Jetzt habe ich meine Ruhe ... Sag, Istvan ... Magst du Livia gern?«

»Aber . . . Ja.«

»Ist sie deine Verlobte?«

»Sie ist eine Freundin.«

»Hast du viele Freundinnen wie sie?«

»Einige.«

»Ich habe nur eine Freundin, Anne Campbell. Auch Papa hatte nur eine Freundin. Das war Mama.«

Istvan wartet beunruhigt auf die zyklische Wiederkehr der Verzweiflung und der Tränen. Aber auch da bringt ihn Natty aus der Fassung. Gegen die Rückenlehne gestützt, lächelt sie verträumt, als beschwöre sie Momente ihres Lebens mit ihren Eltern herauf, aus einer Zeit, als sie sie überallhin mitnahmen, bevor es so wichtig wurde, für sie ein Internat zu finden, damit ihr schulisches Leben nicht unter dem litt, was Màrton »ein Künstlerleben« nannte.

Istvan denkt daran, im Plaza anzurufen. Es ist die richtige Zeit, um Fenwick anzutreffen, der sich wohl fragt, was los ist. Doch er will diesen besonderen Moment nicht zerstören. Die Schwüle des Autos, das in den Regen geworfen wurde, trennt sie von der nassen Landschaft, von der Straße, auf der rote Ampeln schweben.

»Es wäre gut, wenn du Livia heiraten würdest«, sagt Natty plötzlich und taucht aus ihren Erinnerungen auf. »Dein Haus ist groß.«
»Aber, Natty, Livia hat auch ihr Haus, ihre Arbeit . . .«
»Also, wirst du nie ein Kind haben?«
»Sind alle kleinen Mädchen so indiskret?«
»Langeweile ich dich?«
»Nein, du amüsierst mich.«
Er legt die zweite Seite der Rockkassette auf. Natty würde es nicht verstehen, wenn er ihr sagte, daß sie sich für ihn eine Art zu leben vorstellte, die niemals die seine sein würde. Er wehrt sich gegen jede längere Beziehung und erträgt es schlecht, morgens eine Frau in seinem Bett zu sehen.
»Der große Unterschied zwischen uns«, sagte er zu Màrton, »ist, daß ich meine Kraft in der Einsamkeit finde.«
»Eine relative Einsamkeit«, meinte Màrton ironisch.
»Nein, eine richtige. Ich wache gern allein auf, frühstücke gern allein, und nie im Bett. Allein beim Gedanken, mich mit einer in die Kissen gelehnten Frau und einem Tablett mit Hörnchen wiederzufinden, ergreif ich schon die Flucht!«
Nattys Stimme erhebt sich hoch und schwebend.
»Was singst du da?«
»Die Geschichte von Aschenputtel im Kürbis, der von der Fee in eine Kutsche verwandelt wurde. Dein Auto ist die Kutsche, mit vom Regen bedeckten Fenstern . . . Schau, man könnte meinen, es sei Abend. Ist das Schiff noch weit?«
»Nicht sehr.«
»Weißt du, ich wäre gerne noch ein paar Tage bei dir in Paris geblieben.«
»Ja, aber da ist die Schule!«
»Holst du mich in den Ferien ab!«

»Das hängt von meinen Ferien ab . . . In Wahrheit habe ich nie Ferien.«
»Papa sagte ›Istvan ist der Beste‹. Also kannst du doch machen, was du willst, oder?«
»Das glaubst du!«
Wieder einmal kommt er sich ungeschickt und unbehaglich vor, als ob er nicht die Antwort fände, die das Kind von ihm erwartet. Verwirrt ahnt er, was er sagen sollte: »Ja, wir sind in einer Kürbiskutsche, in einer Rakete, und dann wirst du wieder in deine Schule gehen, deine Freundin Anne wiedersehen, du wirst das Wochenende bei den Campbells verbringen, und alles wird wieder in Ordnung kommen.«
Aber welche Ordnung? Die von Istvan, den die Gräfin Balanska »Istvan den Schrecklichen« nennt, ein schlechtes Wortspiel auf seine Wildheit und seine Unbeugsamkeit, die sie mit einem unversöhnlichen Kommentar erklärt:
»Ich habe große Egoisten gekannt. Aber du bist der Zar der Egoisten!«
Nun, und das kleine Wesen, die Passagierin, die wieder angefangen hat zu singen, dort hinten, auf welchem Planeten ist sie erblüht, von welchem unbekannten Flugobjekt kam sie?

Der aufgewühlte Ärmelkanal scheint Natty nicht an die Bestattung von Barcelona zu erinnern. Istvan schimpft sich einen Dummkopf, weil er Angst gehabt hat, im letzten Moment, vor dieser Kinderreaktion, als er das Auto auf die Plattform der Townsend-Ferries lenkte.
Natty schaukelt im Rhythmus des Stampfens und Rollens. Sie lacht, weil eine alte Dame ihren Schal verliert, als sie sich über Bord übergibt.
»Früher warst du nicht so«, sagt Istvan. »Du hättest gesagt: ›Oh die Arme!‹«

»Ich bin älter geworden«, sagt Natty.
Istvan gefällt das Wort nicht. Außerdem findet er es aus dem Mund eines kleinen Mädchens unangebracht.
»Red keinen Unsinn. Und hör auf, dich zu bewegen. Dir wird auch gleich schlecht werden.«
»Nein, dir!«
»Hör auf, Natty! Ich habe keine Lust zum Spielen.«
Und nun schmollt sie wieder. »Wirklich, ich kann mich nicht daran gewöhnen. Kinder sind nichts für mich.«

Istvan fährt nicht gerne links, und nie ist er in so eine Suppe eingetaucht. Trotz der Nebelscheinwerfer sieht er nichts. Er hat den ärgerlichen Eindruck, wie in einem Blindflug, allerdings ohne Radar, dahinzusteuern. Während er am Meer entlangfährt, erinnert er sich an das Vorgebirge von Barcelona, den Sturm. Er hat keine Lust, die Straße zu verlassen, um einen großen Sprung in die dunklen und tiefen Gewässer zu tun, die ihn schon genug gequält haben. Die Augen auf die Straße gerichtet, hört und sieht er Natty nicht. Er hat den Eindruck, nur meterweise vorwärtszukommen. Es kommt ihm vor, als ob er diese drei Tage außerhalb seines Leben in einer Klammer des Zufalls gelebt hätte.
Je näher er dem Rodean's kommt — nach seiner Schätzung, denn er sieht kein Schild —, desto vorwurfsvoller ist das Schweigen des Kindes. Und diese Last drückt ihn nieder. Er zählt die Minuten, verflucht die englischen Straßen, den englischen Nebel, die Engländer allgemein.

Vom Bürofenster des Direktors aus sieht Istvan Nattys Silhouette zu den Gebäuden verschwinden, deren massige Formen er schlecht erkennt. Vorhin, bevor sie Anne Campbells Hand ergriff, hat sie einen leichten Kuß auf die Stirn akzeptiert, dann hat sie sich abgewandt, als wenn Ist-

van schon sehr weit weg wäre. Jetzt sieht er sie kaum noch im Nebel laufen, zu Anne gebeugt, der sie alles erzählen muß. Für das Fenster, hinter dem sie Istvan weiß, hat sie nur noch eine letzte Handbewegung. Das ist alles. Und Istvan atmet freier. Er wird seine gewohnte Welt wiedersehen. Das Kind hatte einige Zeit den Rhythmus seines Lebens verfälscht, die sicheren Gewohnheiten zerbrochen. Allmählich schwindet das seltsame Gefühl, das ihm soviel Unbehagen bereitete.
»Monsieur Horwat, ich muß Ihnen zunächst sagen, daß ich einer Ihrer Bewunderer bin. Ich war das letzte Mal in Wimbledon dabei. Sehr bemerkenswert . . .«
Der Direktor verstummt einige Sekunden, um seinen Respekt zu bezeugen, dann fügt er hinzu:
»Der Tod von Màrton Kotany ist ein großer Verlust für den Tennissport.«
»Vor allem für Natty«, sagt Istvan trocken.
»Sicher, sicher . . . Sicher ahnen Sie, daß ich von ihr reden wollte. Sie wissen, daß die kleine Amerikanerin keine Familie mehr in den USA hat? Ihre Mutter war selber Waise. Es gibt Schicksale . . .«
»Ich wußte es nicht. Màrton hat mir nie etwas davon gesagt.«
»Das ist alles in ihrer Akte . . . Sie hat nur noch ihre Großeltern väterlicherseits, die in Ungarn leben.«
»In Babolna. Ich kenne sie. Màrton war mein Kindheitsfreund.«
Er läßt seinen Blick über das Holz wandern, das das goldene Licht des Lampenschirms widerspiegelt, über die Bibliothek, über die Ledersessel. Er denkt an die Dorfschule, in die er ging, als er so alt war wie Natty. Eine sehr einfache Schule, wie sie auch Màrton zur gleichen Zeit kannte. Er ist in diesem Moment sehr weit entfernt von der Stimme des Direktors, der in seinem Oxfordakzent fortfährt:

»Zusammengefaßt, Mr. Horwat, diese unglücklichen Ereignisse bringen uns in eine unangenehme Situation . . .«
»Ach ja?«
»Ja.«
»Eine Geldfrage?«
»Das letzte Trimester ist nicht bezahlt worden, Mr. Horwat. Und danach . . .«
»Ich weiß nichts von Màrtons Geschäften, Monsieur. Man wird sehen müssen, was Natty erbt. Inzwischen — wieviel schuldete er Ihnen?«
»Der Rückstand beträgt 1200 Pfund.«
»Ich habe nur Kreditkarten. Aber ich lasse Ihnen die Summe morgen überweisen.«
»Es eilt nicht, Mr. Horwat. Für die Zukunft warte ich auf die Anweisungen der Familie . . .«
»In ungefähr zehn Tagen spiele ich im Davis-Cup in Budapest. Ich werde ihre Großeltern besuchen. Ich rede mit ihnen. Beunruhigen Sie sich nicht. Natty ist nicht allein auf der Welt.«

8

Der aufgeweckteste der fast militärisch uniformierten Portiers im *Hilton* von Budapest, das besonderen Gästen vorbehalten und das jetzt, Mitte Oktober, für den Davis-Cup bereitgestellt ist, ist bestürzt. Er hat gerade den Befehl gehört, den der umschmeichelte Spieler der Ungarn, der am nächsten Tag der französischen Nummer eins gegenüberstehen wird, dem Chauffeur des Ziss gegeben hat, den der ungarische Verband ihm zur Verfügung gestellt hat:

»Zur Bushaltestelle.«

»Wohin?«

»Babolna.«

Den Bus dieser offiziellen Limousine vorzuziehen bedeutet für den Funktionär eine jener geheimnisvollen westlichen Marotten, die bei dem Genossen Horwat, dem internationalen Star, einen guten Teil an Verrücktheit anzeigen.

Mit Absicht hatte Istvan darauf verzichtet, sein Auto zu nehmen, wie er es immer machte, wenn er in Osteuropa spielte. Es kam ihm vor, als ob der Mercedes 450 für seine Landsleute einen Lebensstil unterstreichen würde, der ihnen zu fremd wäre. Man sollte keinen Neid erzeugen, keine Eifersucht mit unvorhersehbaren Nachwirkungen heraufbeschwören. Deshalb hatte er sich mit einem Platz im Flugzeug der Malev begnügt, mit den etwas dicken Fesseln und den verführerischen Hüften der Stewardeß mit den blonden Zöpfen, die ihn trotzdem nicht den Geruch des Leders und die Intimität seines Luxuscoupés vergessen ließen.

Nur noch ganz hinten im Bus gibt es einen Platz. Istvan setzt sich, ohne sich über sein Glück zu wundern. Er hat schon bemerkt, daß es immer und überall einen Platz für ihn gibt. Mit der Hand grüßt er den Chauffeur des Ziss, der genauso perplex zu sein scheint wie der Hotelportier vorhin. Was macht der große Horwat nur in diesem heruntergekommenen Gefährt inmitten von Bauern, die ihren schwarzen Sonntagsanzug angezogen haben, um in die Stadt zu kommen, und nun mit dem, was sie kaufen konnten, nach Hause fahren? Sobald er gesehen hat, wie die verschiedenartigen Pakete auf dem schon vollen Dach verstaut wurden, hat Istvan wieder Szenen aus seiner Kindheit erlebt. So sehr er sich auch gegen die Nostalgie wehrt, er sieht sich wieder als Kind das erste Mal der Hauptstadt gegenüberstehen. Aus Angst, sich zu verlaufen, klammerte er sich an das Hosenbein seines Vaters, einen riesigen Magyaren mit bäuerlichem Schnurrbart und den schwarzen Locken der Hunnen. Sicher ähnelte er dem kleinen Kind, das, sobald der Autobus losgefahren ist, auf den Knien der alten Dame zu seiner Rechten eingeschlafen ist. Um diese Art von Bildern wiederzusehen, hat er auf das offizielle Auto verzichtet.

Jede Rückkehr in seine Heimat — nur aus beruflichen Gründen, da er keine Familie mehr hat —, ist ein Sprung in seine Vergangenheit, ein brutales Erwachen des Gedächtnisses. Gewohnt an das Geld und den Luxus, achtet er doch die äußerste Einfachheit, die Dürftigkeit, die Rauhheit, die das Leben seiner Eltern bestimmten, ein Leben, das ohne Tennis auch das seine gewesen wäre.

Im Lärm des Busses mit den ausgeleierten Stoßdämpfern hört er, wie seine Sprache gesprochen wird. Er amüsiert sich damit, die Augen ein wenig zu schließen, sich von den vertrauten Klängen wiegen zu lassen, sie dann wieder zu öffnen, um sich beim Drehen eines Filmes wiederzufinden, dessen Statisten diese Männer mit den weichen breitkrempigen Hüten, mit den dunklen Anzügen und weißen Hemden, geschlossen und ohne Krawatte, wären. Die schwarzen Schals unterstreichen den Ernst der Frauen. Ein buntes

Kopftuch macht das Bild fröhlicher. Es umrahmt die runden Wangen eines jungen Mädchens, das sich bereits mehrmals umgedreht hat, um Istvan zu betrachten. Beim viertenmal lächelt er sie an. Sie errötet. Um Haltung zu bewahren, fährt sie mit der rundlichen Hand über die Scheibe und wischt den Dunst fort. Der Schnee bedeckt die Ebene. Die schwarzen Umrisse der Bäume zeichnen sich in den schwarzweißen Bild ab, das die Hand des Mädchens enthüllt, die sich daran macht, die ganze Scheibe zu putzen.

Im Sommer durchschneidet die enge Straße, zerfurcht von Fahrspuren, die Pußta, die riesige Ebene mit dem intensiven Grün, die seit einigen Tagen für lange Monate einer weißen Wüste Platz gemacht hat.

Der Bus läßt ihn am Rand des Grabens voller Schneewehen hinaus. Er hebt die Hand, um das junge Mädchen zu grüßen, das ein schüchternes Lächeln hinter der Scheibe wagt, die wieder vom Dampf bedeckt wird. Als der Chauffeur beschleunigt, beschmutzt eine graue Wolke, die aus dem kaputten Auspufftopf kommt, den jungfräulichen Schnee. Istvan geht los unter dem grauen Himmel, auf breite Gebäude zu, deren gelbe und weiße Färbungen sich fast im Schnee auflösen. Diese Abstufung in Pastell, diese barocke Architektur, die gleichzeitig aus Adel und aus dickbäuchiger Eleganz bestand und mitten auf dem Land ihren unpassenden Charme verströmte — Istvan glaubt nicht, daß ihm ein anderes Land als das seine das bieten könnte. Istvan spürt die beißende Kälte und klappt die Ohrklappen seiner Tschapka herunter. Früher fürchtete er die Kälte nicht. Heute mißtraut er ihr, er schützt sich. Nur vorsichtig atmet er die eisige Luft ein. Er verlangsamt den Schritt, um die Schönheit dieses Ortes aufzunehmen, die ihm unveränderlich vorkommt.

Im Gestüt von Babolna werden die schönsten Hengste Ungarns aufgezogen, die mehrmals Weltmeister der Gespannwettbewerbe in Aachen wurden. Es ist eine Welt der Riten und der Strenge. Istvan betrachtet die Hengste bei der Arbeit auf den Wegen. Auf dem Schnee, der von schwarzen Bäumen besetzt ist, die wie Markierungen eingestreut wirken, laufen die Figuren der Ein-, Zwei- und Vierspänner ab . . .

Istvan entdeckt in einer Entfernung von ungefähr hundert Metern eine große Plattform aus Rädern, die aus einem Western entsprungen scheint. Er bleibt stehen, um besser sehen zu können. Schon seit langem hat er keinen Achtspänner mehr gesehen. Die acht Pferde haben alle das gleiche graue Fell. Die Gleichheit der Trabbewegung, die bis zur Vollkommenheit getrieben worden ist, in einer Symphonie in Schwarz: schwarzer Lack der Wagen, Räder, des Zaumzeuges mit den schwarzen Scheuklappen, die das Zeichen des Gestüts tragen, der mit Leinöl geputzten Hufe, die im Schnee dunkel glänzen. Doch die scharfen Eisen sammeln zuviel Schnee unter sich an. Ein Absatz formt sich und macht das Bein schwerer. Istvan fühlt sich plötzlich unbehaglich, als würde er selber von zu schweren Sohlen an den Boden genagelt. Er atmet zwei-, dreimal die eisige Luft tief ein, um dieses Gefühl der Bedrücktheit zu zerstreuen. Er sieht die Stallknechte sich mit der Präzision von Ballettmeistern bewegen, in ihrer graugrünen Uniform, einer Weste ohne Ärmel mit Pelzfutter, die über die Jacke gezogen wird, und mit dem hohen Helm, einem Erbe der Uniform der österreichischen Armee von früher.

Etwas entfernt von den Spuren der Gefährte erkennt er Sandor Kotany; klein, trocken, das ausgemergelte Gesicht verdeckt von einem grauen Bart. Der Vater von Màrton scheint den Zuschauer nicht gesehen zu haben, der ungefähr dreißig Meter von dem Kreis wie angewurzelt steht, in dem er mit einem grauen Hengst an der Longe arbeitet. Ein mit Mist ausgelegtes Rund, damit das Pferd nicht ausrutscht. Sandor hält den Griff der Peitsche in der behandschuhten Hand, läßt sie gegen den Boden sausen, läßt den Hengst vor sich kreisen und bleibt immer auf der Höhe der Kruppe. Istvan zögert, ihn abzulenken, entschließt sich aber schließlich, laut zu husten, um seine Gegenwart anzuzeigen. Das Pferd, dessen Nervosität durch die Kälte erhöht ist, weicht aus. Der Vater von Màrton hebt den Blick, legt seine Hand über die Augen vor seinen Helm, denn Istvan steht im Gegenlicht, in der blassen Sonne, die sich im Schnee spiegelt.

»Horwat Istvan! Ich habe Ihr Auto nicht gehört . . .«

»Ich bin mit dem Bus gekommen. Er hat mich auf der Straße rausgelassen.«

»Im Bus, Horwat! Was für eine Idee! Erzebet lauerte auf einen großen Wagen auf ihrem Weg!«

9

Wenn Sandor nach außen hin fatalistisch erscheint, so verflucht Erzebet die Dämonen, die ihr ihren Sohn getötet haben. Die kleine Wohnung mit den zwei Zimmern, die durch eingebaute Bullaugen beleuchtet wird, liegt wie die der anderen Stallknechte, über den Ställen. Nur ein schmaler Boden trennt sie davon. So profitiert sie von der tierischen Wärme, und ein kleiner Holzofen genügt, um diese Wärme zu erhöhen. Die Flüche von Erzebet hallen in dem kleinen Zimmer wider, denn sie sind von einer überspitzten Stimme hervorgebracht worden. Sandors beruhigende Worte sind wirkungslos.

»Man muß sie lassen«, sagt er zu Istvan. »Es tut ihr gut, verstehen Sie?«

Er gießt den Tokaier in Likörgläser aus geschliffenem Kristall ein. Sandor erklärt, daß Màrton ihnen aus Prag das ganze Service mitgebracht hat, mit der achteckigen Karaffe. Er drückt Erzebet ein Glas in die Hand, die schließlich schweigen muß, um auf die Gesundheit ihres Gastes zu trinken.

»Ich liebe Tokaier«, sagt Istvan. »Aber ich spiele morgen.«

»Ich weiß«, sagt Sandor. »Und Sie hätten das Doppel mit Màrton spielen sollen . . .«

Diesmal wird die Stimme des Vaters brüchig. Und Erzebet nimmt nun den Faden wieder auf, ist jetzt ihrerseits tapferer:

»Erzählen Sie uns von Natascha . . .«

»Es geht ihr ganz gut. Ich habe Nachrichten von der Schule. Es sieht so aus, als würde sie normal arbeiten.«

»Sie haben sich nicht die Mühe gemacht, uns zu schreiben«, sagt Sandor. »Sie halten uns vielleicht für Analphabeten.«

Istvan erkennt nun gut den Stolz dieser besonderen Klasse,

dieser armen Kaste, die die Stallknechte der großen ungarischen Gestüte darstellen, die geadelt werden durch die Kenntnis der Pferde, die sie pflegen und führen.

»Aber nein«, sagt Istvan. »Der Direktor wußte, daß ich zu euch kommen würde, um über Nattys Zukunft zu sprechen.«

»Inzwischen setzen wir uns an den Tisch«, sagt Sandor. »Erzebet hat uns ein ›Paprika csirke‹[1] auf ihre Art gemacht; mit ›lecso‹[2]«

Istvan versucht, seine langen Beine unter dem Tisch des Eßzimmers zu verstauen. Mit dem Kopf stößt er fast an die Decke. Er ist sich bewußt, daß er für einen Moment den Platz des Sohnes einnimmt. Er erinnert sich, daß Màrton weder Bruder noch Schwester hatte.

»Ich kann Ihnen also nur die Wasserkaraffe anbieten, Horwat Istvan?«

»Nun ja!«

Eine plötzliche Zärtlichkeit verbindet ihn mit dem kleinen trockenen Mann, der ihm das Wasser mit der ganzen Aufmerksamkeit eines Winzers einschenkt, der eine große Lage probieren läßt.

»Was für ein Glück, daß Sie als Ehefrau so eine gute Köchin haben, Herr Kotany!«

Erzebet neigt den Kopf, wie es sich gehört, aber alle drei wissen, daß dieser Austausch von Banalitäten sie zu nichts führen wird. Sie müssen von Natty sprechen. Sie haben schon vorhergesehen, was Istvan ihnen sagen wird, aber er, weiß er es schon? Im Bus hatte er nicht einmal eine genaue Ahnung, was aus dieser Begegnung herauskommen sollte. Als er mit Sandor Kotany telefoniert hat, vor einer Woche,

[1] Paprikahuhn
[2] Tomaten- und Zwiebelragout

hat er einfach gesagt, er würde sein Davis-Cup-Turnier in Ungarn nutzen, um ihm Nachrichten von Natty zu bringen. Er wollte nicht an die Folgen seines Besuchs denken. Er spürte undeutlich, daß sich eine unvorhergesehene Wendung in seinem Leben abzeichnete. Und was er sich selbst bisher nicht recht hatte eingestehen wollen, erscheint nun immer klarer und fast blendend deutlich. Von den Bauern im Bus bis zu dem Linoleum der zwei Zimmer, von der schneebedeckten Ebene bis zu der barocken Architektur des gelben und weißen Gestütes, hat er sich von der Welt seiner Kindheit durchtränken lassen, als wollte er sich überzeugen, daß diese Welt auf keinen Fall zu Natty, der kleinen Amerikanerin, passen könnte.

»Natascha könnte hier leben«, sagt Erzebet. »Wir können schließlich gut noch einen Hängeboden bekommen, um ihr ein Zimmer einzubauen.«

Ist sie selber davon überzeugt? Ihre Stimme zittert, ist unsicher in der Stille.

»Sie war schon zweimal auf dem Gestüt«, sagt Sandor. »Mit zwei Jahren und mit sechs. Beim zweiten Mal durfte sie ein bißchen traben. Sie schien die Pferde sehr zu mögen, wie alle Kinder . . . Aber natürlich . . .«

Natürlich. Der loyale Sandor hat das Wort gesprochen. István kann nicht mehr zurück. Natürlich ist, daß Natty hier außerhalb der Ferienwochen nichts zu suchen hat.

»Màrton hatte sich entschieden, im Westen zu leben«, sagt er schließlich. »Dort haben Jane und er Natty aufgezogen.«

Als er diese Worte ausspricht, fühlt er sich schwindelig. Er war nach Babolna mit keiner anderen Absicht gekommen als der, mit den Kotanys über Nattys Zukunft nachzudenken. Er wollte ihnen helfen, ohne ihre Würde zu verletzen. In keinem Moment hätte er sich vorstellen können, daß er so plötzlich Vater werden sollte.

Er fühlt sich von da an wie durch eine Logik fortgetragen, der er nicht entkommen kann. Er weigert sich sogar, sich zu fragen, ob die Entscheidung, die Verantwortung für Natty zu übernehmen, ihn glücklich macht oder nicht. Er antwortet Erzebet fast hart, die immer wieder sagt, daß es eine schwere Last sein wird, und ihn fragt, ob ihm das klar ist, ihm, der nie verheiratet gewesen ist . . . Also gut, er wird lediger Vater sein, es gibt keine andere Lösung! Und Sandor fleht ihn an, es sich gut zu überlegen:

»In ihrem Alter könnte sie sich noch an unser Leben gewöhnen, aber später wird es schwerer sein . . .«

»Es ist schon zu spät!«

Bei diesem Satz, den er mit einer Art Wut hervorstößt, erhebt sich Istvan und drückt sein Gesicht an das Bullauge, von wo aus er über die weiße Wüste schaut. Die Gespanne sind nicht zu sehen. Die Stallknechte essen wohl. Er erinnert sich wieder an das Fenster im Büro des Direktors, im Rodean's . . . Nattys Silhouette, die im Nebel verschwand. Er wendet sich nicht sofort um, um vor Sandor und Erzebet seine tränenerfüllten Augen zu verbergen. In der Nähe der schwarzen Bäume, einige hundert Meter vom Gestüt entfernt, zeichnet die Spur eines Gespanns undeutlich eine Art Fragezeichen nach, die Spur einer halb verwischten Acht.

»Màrton täte das gleiche an meiner Stelle«, sagt er schließlich. »Ich kümmere mich um alles. Ich werde Sie wieder besuchen, mit Natty.«

10

Enzo Medioli hat sich vor sechs Tagen bei seiner Ankunft in Budapest erkältet. Dem Schiedsrichter dieses Davis-Cup-Turniers gefällt der ungarische Sportkomplex auf der Margaretheninsel mitten in der Donau, trotz seines guten Willens und seiner Gleichgültigkeit gegenüber politischen Systemen, nicht besonders. Der Süditaliener, den es nach Mailand verschlagen hat, erträgt die Kälte nicht gut. Schnee vor dem fünfzehnten Oktober, es ist unglaublich. Doch als er einmal sein Hotel und die Hallen verlassen hat, muß er wohl doch ein bißchen spazierengehen. Sein gewendeter Lammparka hat ihn schlecht geschützt. Er hustet. Er leidet darunter, das armselige Bild eines Sportlehrers abzugeben, eines diplomierten Schiedsrichters des internationalen Verbandes, dem es gelungen ist, mit fünfundvierzig Jahren aufgrund seiner Gewissenhaftigkeit und seiner Genauigkeit in den Rang eines Schiedsrichters bei diesem Davis-Cup-Match aufzurücken. Dieser Mannschaftswettbewerb, der einzige von allen internationalen Begegnungen, hätte alles, um diesem Tennisbegeisterten zu gefallen, der jedoch dem Starkult und dem Geld feindlich gegenübersteht. Ihm gefällt es, daß im Davis-Cup die Namen der Länder und nicht die der Spieler angekündigt werden. Auch macht es ihm Freude, in Budapest wie ein höheres Wesen mit seiner kleinen Truppe ungarischer Linienrichter aufzutauchen. Er hat sie auf guten Glauben hin ausgewählt und sich bemüht, an ihre Unparteilichkeit zu glauben. Es mißfiel ihm auch nicht, ihm, der aus einer Dreizimmerwohnung in Mailand und aus einer Schule kam, in der seine Schüler das Rauchen der Gymnastik vorzogen, als V.I.P. behandelt zu werden, im Hilton zu wohnen wie die Champions, vom Palast auf die Margaretheninsel in einer Limousine kutschiert zu werden, deren Größe seine vorübergehende Bedeutung unterstrich.

Mit penibler Sorgfalt hat er die Beschaffenheit des Bodens, die Beleuchtung und die Zusammenstellung der Mannschaften untersucht. Er ist dann zur Auslosung für die Einzel-Matchs übergegangen. Er hat liebenswürdig, ohne sich in Verlegenheit bringen zu lassen, auf die Fragen der Journalisten geantwortet. Aber diese Erkältung, die er sich schon bei seiner Ankunft zugezogen hat und die er mit verzweifelter Energie behandelt, empfindet dieser Mann, der Krankheiten und Medikamente verabscheut, als einen Schlag des Schicksals.

Das ungarische Publikum dagegen hat ihn aus der Fassung gebracht. Man könnte meinen, man sei in einem Fußballstadion. Er ist zum erstenmal in einem Ostblockland als Schiedsrichter tätig. Man hat ihn gewarnt. Er war auf leidenschaftliche Reaktionen gefaßt. Aber nicht auf so einen entfesselten Nationalismus. Schon beim ersten der zwei Einzel vom Freitag wurden seine Ohren taub von Pfiffen und Geheul, das die Kinder des Landes, Istvan Horwat und Balash Taroczy, anfeuern sollte, die gegen die Franzosen spielten. Als Horwat gegen die französische Nummer eins, Patrice Martinez, gewann, verrieten die Schreie »Istvan! Istvan!« nur eine bedingungslose Liebe. Aber als Patrick Froissy auf die unerfreuliche Idee kam, Taroczy zu schlagen, hat der Schiedsrichter Medioli die Verzweiflung der Menge so stark empfunden, daß er seine scharlachrote Nase in eines der zahlreichen Taschentücher steckte, die seine Taschen anfüllten. Während des gesamten Spiels hat er sich oben auf seinem Stuhl unbehaglich gefühlt. Die schönsten Punkte des Franzosen wurden mit eisigem Schweigen quittiert. Ein Doppelfehler von Froissy im vierten Satz wurde mit beleidigender Ironie beklatscht. Das Publikum blieb nach dem Ergebnis des ersten Tages, Ungarn gegen Frankreich 1:1, unruhig.

Am zweiten Tag mußte Enzo Medioli, eingewickelt in seinen Parka und in seine Würde, mit ansehen, genau wie die von neuem begeisterten Zuschauer, wie Horwat und Taroczy im Doppel gegen Martinez und Froissy gewannen. Er glaubte, sein letztes Stündlein sei gekommen, als die Franzosen nach einem erbitterten fünften Satz siegten. Die Wut der Menge war auf ihrem Höhepunkt. Am Abend im Hotel hat er eineinhalb Stunden auf das Wiener Schnitzel gewartet, das er sich aufs Zimmer bestellt hatte; melancholisch betrachtete er die Nasentropfen, die Tabletten, die Pastillen, die Doktor Szàbo, der Arzt des ungarischen Verbands, ihm verschrieben hatte. Glücklicherweise konnte er telefonisch seine Frau und seine drei Kinder erreichen, die vom Fußball und nicht vom Tennis begeistert waren. Es war kalt in der Lombardei, aber es schneite nicht, zumindest nicht im Tal. Als er auflegte, fühlte sich Enzo Medioli sehr allein . . . Die Linienrichter waren nach Hause gegangen. Die Spieler waren während ihrer Waffenruhe auf ihre Zimmer zurückgekehrt. Auf jeden Fall verbat ihm seine Pflicht zur Zurückhaltung, mit ihnen zu reden. Er konnte nur den Morgen abwarten, den Sonntag, um zu sehen, wie es Ungarn ergehen würde, gegen das Frankreich bis jetzt mit zwei Siegen gegen einen führte. Er hatte Schwierigkeiten einzuschlafen, und zählte Ballwechsel. Bei zweihundertunddrei glitt er in einen unruhigen Schlaf.

Die Moral der Ungarn steigt wieder, als Taroczy im dritten Einzel-Match Martinez in drei Sätzen schlägt. Medioli stellt fest, daß die französische Nummer eins nicht in bester Form ist. Er erinnert sich an die Gerüchte, die er zerstreut als bescheidener Mann mit angehört hat, der vor dem Klatsch flieht, den man über die Stars zusammenträgt. Nun, wenn Patrice Martinez zuviel Zeit den Frauen und zuwenig dem Training widmet, so tut er das vielleicht deshalb, weil er ein Opfer des Starsystems ist, das vor den siebziger Jahren im Tennis nicht so hoch im Kurs stand. Enzo Medioli, der wie alle Schiedsrichter auf der Welt, daran gewöhnt ist, sich mit wenig zufriedenzugeben, akzeptiert es aus Leidenschaft für den Tennissport, fast gar nicht bezahlt zu werden. Bei ihm geht das noch. Diese Funktion, die genauso vorübergehend wie ehrenhaft ist, stellt ihn über seine bescheidene Stellung als Sportlehrer! Aber er denkt an seinen Landsmann Nicolas Pietrangeli, einen echten ehemaligen Champion, aus der Zeit, als Tennis noch kein Markt war. Er war Sieger in Roland-Garros in den Jahren 1959 und 1960 und hatte zweimal im Finale des Davis-Cup gespielt. Er hatte kein Glück und wird heute als einer der ersten Schiedsrichter der Welt angesehen; denkt er nicht vielleicht, wenn er Istvan Horwat sieht, an die Riesensummen, die er verdienen kann? Er, der einer der zehn besten Spieler der Welt war, auf die heute jeden Tag mehr Dollar herabregnen, kann er heiter diese Champions, die Milliardäre sind, ansehen?

Frankreich 2, Ungarn 2. Das fünfte, entscheidende Match beginnt. Medioli beobachtet Istvan Horwat, der logischerweise Patrick Froissy mit Leichtigkeit schlagen müßte. Er hat den Ungarn seit seinen Anfängen verfolgt, zu der Zeit, als er mit achtzehn Jahren bei den Junioren in Roland-Garros gewann. Er sieht in ihm den letzten Tenniskünstler. Der Italiener scheut sich nicht, zu sagen, daß die neuen großen Champions brutal spielen und wenig phantasievoll sind. Froissy ist nur ein sehr guter Spieler, der nie die Großen vom Niveau eines Horwat beunruhigen konnte. Nur ist er erst vierundzwanzig Jahre alt, der Ungar dagegen zweiunddreißig.

»Er müßte Froissy ohne Anstrengung schlagen«, denkt der Schiedsrichter. »6:2, 6:2, 6:3, oder so in etwa . . . Trotzdem ist er dabei, den ersten Satz zu verlieren. Er trödelt herum. Er müßte dieses Match ernster nehmen. Er ist unkonzentriert. Dabei sind seine ganzen außergewöhnlichen Eigenschaften da: der geschmeidige Aufschlag, der so mächtig ist, mit dieser Beinschere, die der Bewegung eine außergewöhnliche Ausdehnung gibt . . . Die Vor- und Rückhandschläge, die mit einem einmaligen Griff geschlagen werden, den er nicht verändert und dabei doch flache, geslicte oder gehobene Bälle, beides schafft . . . Und das alles trotz eines orthodoxen Griffes, nur mit dem Vorderarm und dem Gelenk. Pietrangeli sagte mir, daß Horwat einer der ersten war, die auf diese originelle Weise spielten. Seine Bälle waren nie sehr kräftig, aber sie überraschen, so gut werden sie plaziert, wie es nur wenige Spieler können . . .«

»Aber warum nutzt er das nicht? Er könnte Froissy leicht überraschen. Der geht kein Risiko ein. Er bleibt ganz hinten. Horwat hat keine Gelegenheit, seinen berühmten Smash zu plazieren. Normalerweise hat das Spiel des Franzosen, das regelmäßig, genau, ruhig und intelligent ist — alles, was man will —, gegenüber Horwat keine Chance. Den Ungarn könnten nur sehr kraftvolle, sehr heftige Spieler schlagen: Stan Smith, Newcombe . . . Was ist also los? Da war schon diese Ausscheidungsgeschichte in Lyon vor zwei Wochen . . . Was ist los im Spiel von Istvan Horwat?«

». . . Zwei Sätze für beide, das hätte ich nie geglaubt. Daß er den ersten aus Nachlässigkeit verloren hat, als ob ihn das ganze nichts anginge, nun gut. Beim zweiten und dritten hatte er sich wieder gefangen. Und dann verliert er so dumm den vierten. Die Zeit arbeitet gegen ihn. Aber vielleicht habe ich ja nichts von seiner Taktik begriffen. Froissy kommt mir müde vor. Sollte sich Horwat über ihn lustig gemacht haben, indem er ihn mit lahmen Bällen und Lobs ermüdet hat? Man könnte meinen, er habe ihm die Beine abgeschnitten.«

». . . und da. Der große Ungar führt 5:2 im fünften Satz. Er ist nur noch ein Spiel von der Qualifizierung seines Landes für die zweite Runde entfernt. Im vierten Spiel, nach einem Lob von Froissy, der einen heftigen Smash erwartete, bot er ihm einen kurzen Crossball, den er unmöglich erreichen konnte, mit der er den Punkt machte und der das Lachen und die Schreie der ungarischen Menge entfesselte: Istvan! Istvan! Istvan! Mit diesem fünften Spiel dagegen erreicht er einen sehr offensiven Stil, sehr klassisch, der erste Ball sehr lang, auf die Rückhand. Er läuft zum Netz. Froissy kommt etwas zu spät nach dem Volley. Horwat führt 15:0. Er schlägt mit links auf.«

»Extremer Cross-Aufschlag, immer auf die Rückhand von Froissy. Der Franzose versucht sich zu entspannen . . . Er schafft es kaum, den Ball zu streifen. 30:0 für Ungarn.«

»Ich habe den Eindruck, daß Horwat die Verträge seiner Sponsoren in die Höhe gehen läßt. Er könnte sich ein neues Auto leisten. Es sieht so aus, als findet er nie eins, das für seinen Geschmack schön genug ist. Wie bei den Frauen . . .«

»Es fehlen ihm noch zwei Punkte zum Match. Er konzentriert sich aufs Höchste . . . Froissy hat diesen sehr weichen Aufschlag nicht erwartet. Überrascht versucht er einen Angriffsschlag. Der Ball geht um ein paar Zentimeter ins Aus. Ungarn führt mit 40:0.«

»Ha, ha, . . . der große Horwat wollte glänzend mit einem Aufschlagvolley enden. Leider ist sein Ball hinausgegangen: Er hat ein bißchen zu lang gespielt. Ungarn, 40:15. Das enttäuschte Publikum schimpft lautstark, verstummt dann.«

»Wieder Konzentration. Der Ungar sagt sich wohl, daß dies nicht der Augenblick ist, den Clown zu spielen. Ja. Er schlägt einen ersten Ball auf, der sehr tief ist. Er beginnt einen sehr langen Ballwechsel, der bis nach hinten zur Linie geht. Auch Froissy ist mißtrauisch. Keiner von beiden will einen Fehler riskieren . . .«

»Dann löst Froissy die Lage. Er spielt einen kurzen Ball, nach dem der andere zum Netz läuft. Horwat gelingt ein sehr langer, sehr schneller Ball in der Mitte, auf die Rückhand von Froissy, um das Spiel zu dominieren. Froissy wagt den Schlag, der ihm am besten gelingt: einen Passingshot mit der Rückhand auf Longline . . .«

»Jetzt hat Horwat Glück gehabt. Er ist diesem Passingshot durch einen Vorhand-Cross-Volley zuvorgekommen. Der Ball streift das Netz und fällt herunter . . . auf der richtigen Seite!«

»Spiel, Satz und Match. 6:2 im fünften Satz für Ungarn.«

Enzo Medioli hat vergessen, sich zu schneuzen. Das Gebrüll der Menge salbt den Nationalhelden. Der Schiedsrichter selber bekommt auch Beifall, als könne er etwas für diesen Sieg, an dem er schon gezweifelt hatte.

11

Nachdem er die barocke Architektur des ungarischen Gestüts wiedergefunden hat, entdeckt Istvan die viktorianische Neo-Gothik. Den Taxifahrer, der ihn seit Brighton in einem Ford fuhr, dessen Sitze nach Plastik rochen, hat er gebeten, ihn auf der Straße herauszulassen, die am Meer entlangführt. Er will aus der Entfernung Nattys Schule entdecken, die der Nebel vor zwei Wochen vor ihm verbarg. Er hat es schon immer geliebt, sich Plätzen zu nähern, als ob er ihre Wellen aufnähme, bevor er in ihren Bereich kam. So schnuppert er von weitem die Luft eines Stadions am Vortag eines Turniers. Eine allmähliche Kenntnis gibt ihm das Vertrauen, das er so nötig braucht.

Die Schule von Rodean's ist eine düstere Zitadelle und beherrscht die traurigen Wellen einer verlassenen Ebene in Sussex. Wenn es um Ebenen geht, zieht er die Pußta vor. Er ist eine halbe Stunde zu früh bei der Verabredung, die er am Vortag telefonisch mit dem Direktor getroffen hat. Er hat Zeit, die Straße zu verlassen, um mit der Fußspitze den Schaum des Wassers zu berühren. Es ist Ebbe. Das Meer ist gleichmäßig, wird aber bald steigen. Er betrachtet die Wellen mit einem alten Mißtrauen, wendet ihnen dann den Rücken zu, um die Gebäude der Schule genauer anzusehen. Es war besser, daß der Nebel sie an dem Tag, als er Natty zurückbrachte, verhüllte. Die graue Masse beeindruckt ihn. Was für ein Leben man wohl in dieser Bildungsstätte für wohlerzogene junge Mädchen führt? Er errät die Vertraulichkeiten, die Lachanfälle, die Köpfe, die über Bücher gebeugt sind, die Füller, die über Heftseiten fahren.

Seit seiner Rückkehr aus Ungarn kommt sich Istvan wie in einer Falle vor, ist aber im Grunde glücklich darüber.

Als er heute morgen in den kleinen gemieteten Jet gestiegen

Als er heute morgen in den kleinen gemieteten Jet gestiegen ist, der ihn in die Nähe von Brighton bringen sollte, lachte er ohne ersichtlichen Grund und fragte sich, ob er sich nicht über sich selber lustig machte. Er sah wieder das Gesicht von Frank Fenwick vor sich, als er ihn gebeten hatte, Bill Carrington, seinen Anwalt, mit den Vormundschaftsformalitäten zu betrauen:

»Du bist völlig verrückt, Istvan! Werd allein mit Carrington einig!«

Natürlich rief F.F. zwei Stunden später an, um Tag und Stunde der Verabredung anzugeben, die er selber für Istvan mit dem Anwalt festgesetzt hatte.

»Sehr gut ist das, was du für die Kleine tust, Istvan, versucht trotzdem, euch das Leben nicht zu kompliziert zu machen. Es wird nicht immer leicht sein . . .«

»So ist alles leichter«, sagt der Direktor. »Es ist für mich eine große Erleichterung. Ich habe keine Lösung gesehen, das geb ich zu.«

Das Licht im Büro hat sich seit ihrer ersten Begegnung verändert. Der Nebel hat einer blassen Sonne Platz gemacht, die hinter den schillernden Fensterscheiben scheint. Istvan ist nicht mehr nur ein Freund der Familie, der sieht, wie sich das Kind entfernt. Wie es die Gräfin Balanska, die immer vor allen anderen Bescheid weiß, ausdrückte:

»Du, der du nur an Schläger und Frauen denkst, du wirst dich anstrengen müssen. Du könntest Privatstunden bei einer Schweizer Nurse nehmen.«

Als er die Hand des Direktors schüttelt, spürt er, daß er den privilegierten Status eines Mannes hat, von dem man von nun an die Schecks erwartete. »Ich möchte, daß Sie Natascha selber informieren«, sagt der Direktor. »Sie spielt gerade Hockey. Ich lasse sie holen.«

»Lassen Sie sie das Match beenden«, sagt Istvan.

»Das könnte lange dauern! Sie kann das Spiel verlassen, es

ist nicht schlimm, es gibt mindestens zehn Ersatzspielerinnen, die nur darauf warten, zu spielen!«
»Natascha, Mr. Horwat hat Ihnen etwas Wichtiges zu sagen.«
Istvan hat gehört, wie das Kind vom Ende des Flurs herkam. Er hat es an dem Klappern ihrer Nagelstiefel gehört, die auszuziehen sie keine Zeit mehr hatte. Er sieht sie an, sie ist außer Atem, trägt einen kurzen weißen Rock, Hemd und blauen Pullover, Kniestrümpfe, das Gesicht unter den fransigen blonden Haaren, die vor Schweiß an der Stirn kleben, ist von der Kälte gerötet. Er bemerkt, daß sie ihm die Wange reicht, damit er sie küßt, als ob er in der Position des Fragenden wäre . . . Schüchternheit oder Koketterie?
»Ich lasse Sie allein«, sagt der Direktor.
»Wir gehen lieber ein bißchen im Park spazieren«, sagt Istvan.
Er hat den Kragen seines Regenmantels hochgeschlagen und fragt Natty, ob ihr nicht kalt ist. Sie verneint zerstreut. Er hat erwartet, daß sie ihm die Hand gibt, aber sie hat nichts dergleichen getan. Er erkennt, daß es ganz natürlich ist, daß sie in ihrer Schule so schamhaft ist.

»Hörst du da unten?« fragt sie.
»Ist das ein Pausenhof?«
»Aber nein, meine Mannschaft ist gerade dabei, die der Kings-Schule zu schlagen. Komm doch!«
»Warte, Natty. Bleib da, ich muß mit dir reden . . .«
»Komm, dort ist es.«
»Ich habe deine Großeltern in Ungarn besucht. Du erinnerst dich, die Pferde . . .«
»Ah ja . . .«
»Wir haben alle drei von dir gesprochen.«
Sie nähern sich dem Hockey-Feld. Natty, die durch ihre

Nagelschuhe behindert ist, schaukelt wie eine Ente. Istvan ist halb taub von den Schreien und Ausrufen, die sich kaum mit den erhabenen viktorianischen Gebäuden in Einklang bringen lassen. Ein Mädchen hat einen schmerzenden Ball an die Schulter bekommen. Sie weint, während sie auf dem Rasen sitzt. Alles drängt sich um sie.

»Das ist Maggie«, sagt Natty. »Sie ersetzt mich. Durch sie werden wir verlieren. Sie stellt sich immer in die Bahn der Bälle!«

Sie zögert einige Sekunden und sagt dann:

»Kann ich weiterspielen, Istvan? Wir haben fast gewonnen! Du kannst nachher mit mir sprechen!«

»Nicht nötig, schau!«

Das Mädchen namens Maggie hat aufgehört zu weinen, ist aufgestanden und offensichtlich entschlossen, einen heftigen Gegenangriff zu starten. Sie ist die einzige, die Istvan nicht gesehen hat, den großen, den berühmten, den schönen Mann mit den langen, braunen Haaren, der die allgemeine Aufmerksamkeit fesselt. Das Spiel geht langsamer weiter und von nun an leise. Istvan hat Natty bei der Schulter genommen und zieht sie mit:

»Also, das haben wir beschlossen . . . Hörst du mir zu, Natty?«

»Ja, ja, . . . wir haben einen Punkt gemacht!«

»Dein Papa war wie mein Bruder, verstehst du? Also, jetzt werde ich mich um dich kümmern, wegen der Schule, wegen allem . . . Du willst doch meine Tochter sein?«

»Ja, sicher . . .«

»Aber schau mich doch an! Was ich dir sage, ist sehr wichtig. Wichtiger als ein Hockey-Match . . . Es ist unser Leben zu zweit, das . . .«

»Aber ich bleibe im Rodean's? . . . Noch fünf Minuten, und wir haben gewonnen! Was die schlecht spielen! Sie schauen dich andauernd an! Dabei verstehen sie nichts

von Tennis. Sie halten dich wohl für einen Filmschauspieler . . .«
»Ich will, daß du glücklich bist. Wenn es dir im Rodean's gefällt, kannst du bleiben . . .«
»Ich habe meine Freundinnen . . .«
»Und mit den Lehrern geht es?«
»Miss Eliot ist zu streng. Du müßtest mit ihr reden . . . Das war's, Maggie hat schon wieder einen Ball abgekriegt!«
Istvan dreht sich um. Natty ist stehengeblieben, die Augen aufs Spielfeld gerichtet. Sie hat nur einen Wunsch; einen Hockeyschläger nehmen und ihren Platz schnell einzunehmen . . .
Er hört sich dümmlich sagen:
»Ja, ich müßte mit Miss Eliot reden, und mit den anderen . . . Es gibt sicher Probleme, die man regeln muß!«
»Wir haben gewonnen!« ruft Natty.
Aber als sie losstürzt, um sich dem heulenden Chor ihrer Mannschaft anzuschließen, bleibt sie abrupt stehen, als wenn sie jetzt erst die ungeschickte Rede von Istvan verstünde. Sie hebt den Blick zu ihm. Sie bleibt einen Moment lang unbeweglich stehen, taub für die Rufe ihrer Freundinnen.
Er liest ein ungeheueres Vertrauen in den blauen Augen, die ihm plötzlich unermeßlich viel größer vorkommen.
Mit einem Satz hat sie sich an seinen Hals geklammert. Er nimmt den zierlichen Körper in die Arme, dessen Gewicht er nicht spürt. Auf dem Spielfeld haben die Rufe gezwungenem Gelächter Platz gemacht. Istvan hört sogar zwei, drei Pfiffe, die völlig unpassend sind in den Mauern einer Zitadelle, die den jungen Mädchen aus guten Familien vorbehalten ist. Die feuchten Lippen Nattys verweilen auf seiner Wange. Er erinnert sich an eine Melodie von Johann Strauß. In einer Walzerbewegung zieht er das Kind fort, dessen Füße den Boden nicht mehr berühren.

12

»Ist der Ton gut? Los!«

»Hier ist Mary Collins, C.B.S., Paris.

Unser Team hat gerade die Wohnung von Istvan Horwat gestürmt, den wir dabei überrascht haben, wie er aus dem Bett sprang; er ist ein bißchen müde von dem Ball zum Abschluß Wimbledons vom Sonntagabend, dem gestern, am Montag, ein Freundschaftsabend folgte, der, wie uns Istvan sagt, sich bis sehr spät oder besser sehr früh hinzog. Erinnern wir daran, daß die ehemalige Nummer eins, der heute zweiunddreißig wird, sich vor Borg, der gegenwärtigen Nummer eins, zweiundzwanzig Jahre alt, erst im fünften Satz des Finales von Wimbledon gebeugt hat.

Istvan, Sie haben gerade eine hervorragende Leistung vollbracht. Man kann sagen, daß diese Niederlage ein Triumph ist. Zehn Jahre, ja, zehn Jahre nach Ihrem ersten Wimbledon-Finale. Die Fernsehzuschauer, die Ihnen seit zwei Wochen auf allen Kanälen folgen, werden sie Sie nächstes Jahr im Finale wiedersehen?«

»Vielleicht, mit ein wenig Glück, im Halbfinale.«

»Immer Ihre berühmte Bescheidenheit! Als Sie die ersten zwei Sätze verloren haben, haben Sie doch nicht daran gedacht, daß Sie bis zum fünften kommen würden, oder?«

»Komische Frage, Miss Collins, wie soll ich darauf antworten?«

»Nun, erzählen Sie uns nach Ihren Vorstellungen von diesem Finale.«

»Gut . . . Ich habe die zwei ersten Sätze verloren, 6:3, 6:4, aber ich war gut in Form. Ich spürte, daß Borg auf sehr hohem Niveau spielen mußte, um mich zu schlagen. Er brauchte nur ein wenig nachlassen, und das Match wäre umgekehrt ausgegangen.«

»Sie hatten keine Angst vor der Anstrengung?«

»Auf Rasen zu spielen ist viel weniger anstrengend als auf Asche, die ein viel langsamerer Boden ist. Die Ballwechsel auf Rasen sind kürzer, also weniger mühsam. Unser Altersunterschied hatte also eine geringere . . . relative Bedeutung.«

»Und dann kam dieser Zwischenfall mit dem Schiedsrichter.«

»Ein Vorfall, den ich nicht provoziert habe.«

»Ausnahmsweise . . .«

»Sie sind aggressiv, Miss Collins.«

»Aber nein, nur ganz freundschaftlich . . . Fahren Sie fort.«

»Ja, nun, Borgs Konzentration hat nach diesem Zwischenfall nachgelassen . . .«

»Dabei haben Sie ihm den Punkt gelassen . . . Aber es sieht so aus, als hätte ihn das noch mehr Konzentration gekostet!«

»Es hat mir erlaubt, den dritten Satz ziemlich leicht zu gewinnen.«

»6:4. Dann?«

»Dann konnte Borg sich nie mehr auf den vierten Satz konzentrieren. Ich hatte einige Erfolge bei bestimmten Schlägen, was mir das 7:5 eingebracht hat. Aber im fünften Satz war ich doch müde . . .«

»Trotz des Rasens! Und Borg?«

»Borg überhaupt nicht . . . Nach seinem 6:2 hätte er noch drei Tage weitermachen können! Ich bin um so froher über das Ergebnis, als er mich schon geschlagen hatte, als ich in Höchstform gewesen war. Immerhin ist er der größte Champion der letzten zehn Jahre!«

Istvan geht auf die Terrasse. Mary Collins bittet ihn, sich in einen Leinensessel zu setzen, ein Geschenk seines Freundes Jean-Marie Périer. Der Name »Istvan Horwat« steht auf der Lehne. Der Wimbledon-Finalist ist verärgert, weil er sich nicht einmal rasieren konnte, da das Team von C.B.S. sich, zur größten Verzweiflung von Thieu, seines Zimmers bemächtigt hat. Es fehlte gerade noch, daß Mary Collins ihn gebeten hätte, in der Badewanne zu posieren, als würde er für ein Schaumbad werben.

Fenwick hatte ihm zwar die morgendliche Ankunft der amerikanischen Armada angekündigt, doch die Nacht war hart gewesen, und er schlief noch, als Thieu über die Sprechanlage geschrien hatte:

»Monsieur, Monsieur, ich weiß nicht, wo ich mit ihnen hin soll!«

Er brauchte nur einen Moment, um einen Trainingsanzug überzuziehen und Livia, die ihn den ganzen Abend bei Régine nicht losgelassen hatte, ins Bad zu bugsieren, dann hatte er sich so weit gestärkt gefühlt, um der Invasion entgegenzutreten.

»Lassen Sie sie rauf, Thieu. Und bringen Sie mir gleichzeitig den Kaffee!«

Er fand es schließlich ganz lustig, vor den Kameras mit einem Bart zu erscheinen, der eher an Serge Gainsbourg erinnerte, als an den Spieler auf Nummer 8 der Weltrangliste, der wieder einmal seine Form bewiesen hatte. Die etwas verwirrten Haare würden das Publikum durcheinanderbringen, was nicht so schlimm war. Das würde eine Abwechslung in seine übliche Erscheinung bringen. Deshalb wartete er gelassen auf Jim Thomson. Ein alter Routinier der Sportreportagen von C.B.S., den er gut kannte. Schon ungefähr zehnmal hatten sie Fragen und Antworten, die sich alle etwas ähnelten, ausgetauscht. Das Ärgerliche war, daß Jim sich gerade beim Segeln einen Fuß gebrochen hatte, und anstatt sein gebräuntes Operettenpiraten-Gesicht, auf dem selbst die Falten falsch erschienen, auftauchen zu sehen, hatte er gesehen, daß die Frau mit den ausladenden Brüsten, die er zuerst für ein Scriptgirl gehalten hatte, die neue Assistentin von Jim und zur Zeit seine Vertreterin war. Vor Mary Collins fühlte sich der Nachtvogel schlapp.

Sie steht vor ihm, außerhalb des Blickfelds der Kamera, lehnt an der Drehtür aus Rauchglas. Sie muß einfach wissen, daß ihr Schleierkleid aus weißer Baumwolle dem Gegenlicht nicht widersteht und daß nur ein winziges Höschen noch etwas verbirgt. Ein Kostüm, das völlig geeignet ist, um von den sportlichen zu den verliebten Erlebnissen überzugehen, mit einer sehr geschickten Umkehrung der Logik der Pläne: Mary Collins hat das Bett vor der Kamera 1 drehen lassen, als sie den Champion über seine Karriere ausfragte, während sie die Kamera 2 auf der Lauer vor der Badezimmertür ließ, die hartnäckig verschlossen blieb, um auf Einfügungen gefaßt zu sein. Und jetzt, auf der Terrasse, von der aus man das Geräusch der Bälle von Roland-Garros hört, zögert sie nicht, sich an die Schlafzimmergeheimnisse zu wagen. Sie hat ihre Ray-Ban in die kastanienbraunen Haare geschoben, die ihr auf die Schultern fallen, und hält den Blick auf Istvan gerichtet, der sie schließlich fragt, ob sie gekommen ist, um einen Sportler oder einen Playboy zu interviewen. Der vielleicht etwas zu große Mund verbreitert sich zu einem spöttischen Lächeln:

»Sie wissen aber doch wohl, daß Livia Fabiani aus Ihnen den nächtlichen Helden in der Fortsetzung ihrer Tennissaga ›Spiel, Satz und Tod‹ gemacht hat?«

»Das ist ein Gerücht, aber es ist absolut falsch.«

»Sind Sie sicher? Lesen Sie denn Ihr Manuskript?«

»Sagen wir, sie bittet mich um technische Details.«

»Man sagt auch, daß sie den weiblichen Hof nicht schätzt, mit dem Sie sich umgeben?«

»Hat das was mit Tennis zu tun?«

»Nicht mehr als das letzte Titelblatt von *Männer-Vogue*,

die Ihnen wieder einmal gewidmet ist, dem elegantesten Sportler des Jahres!«

»Das ist ein Titel, den ich nicht wollte. Ich weiß nicht einmal, welche Jury das herausgefunden hat!«

»Sie leben im Luxus. Man hat Sie mit einer Figur von Fitzgerald verglichen . . .«

»Ich habe noch nie Fitzgerald gelesen, aber nach dem Wenigen, was ich weiß, muß ich sagen, daß auch das völlig falsch ist. Ich trinke nicht, ich rauche nicht, ich führe ein regelmäßiges Leben, ich trainiere jeden Tag, ich kriege keine Zustände . . . ich frage mich sogar, ob ich eine Seele habe. Hören Sie, Miss Collins, Sie sind charmant, Sie haben ein sehr hübsches Kleid an, aber ich ziehe Jim Thomsons Fragen vor. Er zumindest kennt sich im Leistungssport aus. Und er verwechselt C.B.S. nicht mit der Regenbogenpresse!«

»Danke, Istvan Horwat. Wir werden in das Zimmer zurückgehen, um über Ihre Pläne zu sprechen. Denn sicher wird doch Ihr Impresario dieses Finale gegen Borg ausbeuten . . .«

Der Regieassistent bemüht sich, Thieu zu beruhigen, der allen seinen Entschuldigungen gegenüber unzugänglich bleibt. Er hat es nicht ertragen, daß »sein« Haus eine Beute für diese Vandalen des Vietcong wurde, die ihr Material ausbreiten wie eine Batterie aus Panzern, und da hat der Tonassistent auch schon zwei Figuren aus Sèvres-Porzellan ergattert, die in Stücke zerbrochen auf dem Teppich liegen. Livia spielt frisch gebadet, frisiert und angezogen die Hausherrin. Sie hat sich hingekniet, um die Reste aufzusammeln, die sie mit der Sorgfalt eines Museumswärters auf das Regal stellt. Der Toningenieur glaubt einen Scherz zu machen, während Thieu sich aufregt und heiser schreit:
»Es ist fast so zerbrechlich wie China-Porzellan!«

Livia sieht in den Augen des Vietnamesen Mordlust.
»Nun, nun«, sagt sie. »Man kennt doch das Fernsehen. Das letzte Mal, als ein Team von Antenne 2 zu mir kam, ist es ihnen gelungen, doppelt soviel Schaden anzurichten. Dabei hatten sie nur halb soviel Material.«
»Es tut mir schrecklich leid«, sagt Mary Collins und legt Istvan die Hand auf die Schulter.
»Während die weiter die Bude demolieren«, sagt er, »frühstücke ich unten. Kommen Sie, Livia? Sie natürlich auch, Mary.«
»Ich hätte gerne noch ein paar Fragen an Livia Fabiani gestellt«, sagt Mary. »Die Gelegenheit genutzt, um ihr nächstes Buch anzukündigen. In Ihrem Eßzimmer. Dann haben wir eine neue Umgebung.«
»O nein«, stöhnt Thieu.
Istvan und Mary brechen gleichzeitig in Lachen aus.
»Nur mit einer Kamera, dem Tonband und einer geringen Beleuchtung . . . Während Ihres Breakfasts.«
Ihre Hand liegt immer noch auf Istvans Schulter. Er scheint ihr nichts abschlagen zu können, aber Livia springt mit einem Satz hoch, läßt auf dem Teppich den Kopf einer enthaupteten Diana liegen:
»Das kommt nicht in Frage! Sie hätten uns im Bett filmen können, wenn Sie schon mal da sind!«
»Ich glaubte, Sie spielten gerne die Rolle der Verlobten des großen Champions«, erwidert Mary. »Die Gerüchte von einer Heirat stammen nicht von Ihnen?«
»Ich möchte die Kulisse der unteren Etage sehen«, sagt Tovani, der Regisseur.
»Thieu, führen Sie den Herrn, fragen Sie die Damen, was sie wollen. Für mich wie immer. Geben Sie mir fünf Minuten, um mich zu rasieren.«
»Nein«, sagt Mary. »Das würde nicht passen. Sie sind gut, so wie Sie sind.«

Livia bemüht sich, die Augen von Mary Collins und Istvan zu wenden. Sie weiß aus Erfahrung, wie das enden wird. Wie oft im Laufe der letzten Monate hat sie beschlossen, die Beziehung abzubrechen, nicht mehr im Schatten dieses Mannes zu leben, sie, die Schriftstellerin, die in zwölf Sprachen übersetzt ist? Aber ihre Eifersucht ist noch stärker als ihr Stolz, und sie erträgt schlecht all die Mädchen, die sich ihm an den Hals werfen, die ihn mit Anrufen, Telegrammen aus New York, aus Rio und anderswo bombardieren und die selbst Thieu nicht vor die Türe setzen kann!
»Gut«, sagt Mary, die beschließt, sich über die Situation zu stellen. »Für heute machen wir Schluß. Wir warten auf Istvans nächste Leistung . . . oder darauf, daß Ihr Buch herauskommt.«
»Kommen Sie trotzdem mit runter zum Frühstück«, sagt Istvan. »Ich komme nach. Jetzt darf ich mich ja rasieren, wo das Massaker aufhört.«

Die Stimmung ist eisig, Mary tut so, als mache sie Notizen in einem Terminkalender, während sie ihren Tee trinkt.
»Sie hat es schon wieder geschafft, sich mit diesem verdammten Kleid ins Gegenlicht zu setzen«, wütet Livia innerlich. »Natürlich kommt er in Kampfkleidung herunter, Lacoste-Hemd, weiße Hose, gerade genug nostalgisch . . .«
»Thieu ist beruhigt«, meint Istvan, der in der vorgesehenen Aufmachung erscheint. »Sie haben alles wieder in Ordnung gebracht. Sie gehen.«
»Ich gehe auch«, sagt Mary und erhebt sich mit einem bedauernden Seufzer. »Wollen Sie die Aufnahme vor der Sendung sehen?«
»Wir sprechen heute abend darüber«, sagt Istvan. »Ich habe gerade zwei Gedecke im Maxim reserviert. Neun Uhr, paßt Ihnen das?«

»Ich hätte keine Zeit haben können«, sagt Mary.
»Es hat geklingelt«, läßt Livia mit gleichgültiger Miene fallen.
»Aber was macht denn Thieu?«
»Er überwacht das Abrücken des Teams von Tovani«, meint Mary.
»Es ist wohl noch eine von deinen Groupies«, sagt Livia. »Beeil dich, sonst ist sie wieder weg.«
Ohne Eile geht Istvan in den Flur, drückt auf den Knopf der Sprechanlage und befragt den Plastikkasten.
»Ich bin's«, näselt Natty.
Auf der Schwelle entdeckt Istvan ein großes mageres Mädchen zwischen einem Koffer und einer Tasche.
»Ich weiß schon, daß du mich nie besuchen kommst«, meint Natty. »Aber du erkennst mich doch wohl noch?«
»Was machst du hier?«
»Ich hab Ferien!«
»Du hättest Bescheid sagen können!«
»Ich wollte dich überraschen. In der Schule glaubten sie, du würdest mich am Flugzeug abholen. Aber ich bin allein zurechtgekommen. Ich habe einer Stewardeß von British Airways das Taxi gezahlt, aber sie konnte nicht warten, hatte Angst, sich für den Rückflug zu verspäten . . . Sag, ich hab dich im Fernsehen gesehen . . . Du warst in England und bist nicht mal vorbeigekommen, um mir ›Guten Tag‹ zu sagen!«
»Ach, du glaubst, wenn man in Wimbledon spielt, kann man sich erlauben, sich auf die verdammten englischen Straßen zu wagen? . . . Los, bleib nicht da stehen, komm rein . . . du kennst Livia . . .«
»Ja . . . Und die andere, wer ist das?«
Taub für die mütterlichen Ermahnungen von Livia, die gegenüber Mary wieder an Boden gewinnt, betrachtet Istvan Natty bestürzt. Seit Ostern hat er sie nicht gesehen, und die

Veränderung ging schnell. Sie ist in die Höhe geschossen. Er findet sie einfach häßlich in ihren zu kurzen und zu engen Kleidern. Der Rock enthüllt knochige Knie, die an den langen, zu mageren Beinen hervorspringen. Auf ihrer von einem Sonnenbrand geröteten Nase sprießt ein Pickel, den sie ausgedrückt hat. Aber der Gipfel ist die Frisur. Istvan wirft Mary Collins einen wütenden Blick zu, die sich auf die Lippen beißt, um nicht zu lachen . . . Natty hat wohl auf der Toilette des Flugzeugs die brave Frisur, die im Rodean's Pflicht ist, durcheinandergebracht. Wo, zum Teufel, hat sie diesen orangen Puder gefunden, der eine unförmige Locke glänzen läßt, die sie hastig auf Punk gestylt hat?

»Hast du im Flugzeug gegessen?« bringt er schließlich heraus.

»Nein, es war scheußlich.«

»Ich mach dir weichgekochte Eier«, schlägt Livia vor.

»Ich mag lieber Spiegeleier«, sagt Natty.

»Thieu kümmert sich darum«, meint Istvan.

»Inzwischen laß ich dir ein Bad ein. Im Schwimmbecken! . . . und danach kaufen wir dir Kleider! Was bist du groß geworden!«

»Ja«, meint Natty. »Alles, was ich im Koffer habe, ist zu klein.«

»Ich lasse die Familie allein«, sagt Mary Collins. »Um wieviel Uhr holen Sie mich ab?«

»Es ist besser, wir verschieben das Essen auf einen anderen Abend. Ich werde Sie anrufen«, sagt Istvan.

13

Die Caravelle der Air Inter senkt sich auf Calvi herab. Livia hat sich neben Natty gesetzt, sobald die Küsten Korsikas in Sicht kamen. Die Leidenschaft, die sie für ihre heimatliche Insel hegt, treibt sie in einen heftigen Geographiediskurs. Sie erspart dem Kind keine Bucht, keinen Strand, der überraschenderweise im Juli verlassen aussieht:
»Man kann nur übers Meer dorthin gelangen«, erklärt sie. »Ich nehm dich im Zodiac mit. Wir fahren dann Wasserski.« Istvan, der hinter ihnen sitzt, fragt sich, ob Natty, die Nase ans Fenster gedrückt und schweigend, dem unerschöpflichen Redefluß der Schriftstellerin zuhört, oder ob sie an das vom Nordwind gepeitschte Meer vor Barcelona denkt, als Blumenkränze im Schaum verschwanden.
Ihr betörendes Lächeln, als sie sich umdreht, um ihn zu fragen, ob er ihr Wasserskifahren beibringen kann, beruhigt ihn.
»Ich bin nicht sehr gut«, antwortet Istvan.
»Ich bringe es dir bei«, sagt Livia. »Istvan kann das Boot steuern.«
»Auch damit komme ich nicht sehr gut zurecht«, meint Istvan. »Ich fühle mich auf dem Wasser nicht sehr wohl. Ich habe nicht mal einen Bootsführerschein.«
»Alle meine Cousins haben ihn. Sie werden entzückt sein, Natty ziehen zu dürfen!«
Dann stürzt sie sich in eine lyrische Beschreibung des Duftes des Maquis, von dem ihre Nasenlöcher sofort beben werden, sobald sie den Fuß auf die Insel gesetzt haben.

Der korsische Bandit, der aufrecht aus der »Colomba« gekommen ist, betrachtet finster die kleine Touristengruppe, die aus der Caravelle aussteigt. Man könnte meinen, er habe den Verdacht, daß jeder dieser Fremden gekommen

sei, um den Maquis anzuzünden. Sobald er Livia entdeckt, öffnen sich seine Arme. Unbeweglich wartet er darauf, daß sie sich hineinstürzt, und küßt sie dreimal feierlich.
»Ich stelle dir Istvan Horwat vor«, sagt Livia. »Mein Cousin Sampierro Fabiani.«
»Sehr viel Lokalkolorit«, kommentiert Istvan kühl und betrachtet den Schnurrbart, der in einem Vollbart untergeht, das offene Hemd auf der braunen Haut, die von gekräuselten Haaren bedeckt ist, und die beige Leinenhose, die von einem breiten Ledergürtel gehalten wird.
»Sampierro ist ein großer Bildhauer«, sagt Livia. »Er hat mehrere Male in Paris ausgestellt.«
»Sie hat mich dazu gezwungen«, meint Sampierro. »Mir ist Paris egal . . . Ist das Ihre Tochter?«
»In gewisser Weise«, erwidert Istvan. »Sie heißt Natty.«
»Möchtest du für mich Modell stehen, Natty? Ich habe den Auftrag für eine Kinderstatue vom Gymnasium in Bastia. Ich habe ein junges, sehr großes, sehr schlankes Mädchen gesucht . . .«
Sie stapeln die Koffer in den grünen Toyota, dessen Verdeck hochgeschoben ist. Natty steht und hält sich am Sicherheitsgriff fest.
»Ich habe das gleiche Auto«, meint Livia. »Ich habe es gekauft und dabei an euch gedacht, seit eurer Reise im Frühling. Ich werde euch die Wege zeigen, auf die sich keiner wagt außer den Eseln und den Schäfern!«
»Ich bringe euch zur Ile-Rousse und fahre dann nach Corte«, sagt Sampierro. »Die Vereinigung der korsischen Künstler demonstriert gegen die Politik des Kultusministers.«
»Du solltest dich setzen, Natty«, schreit Istvan, als der Toyota eine Reihe von Fahrradtouristen in einer der unzähligen Kurven auf der Straße am Meer überholt. »Halt dich gut fest!«

»Haben Sie keine Angst«, meint Sampierro. »Diese Straße kenne ich auswendig. Ich würde sie mit geschlossenen Augen fahren.«
»So hat er schon vier oder fünf Tonnen Blech hingemacht«, meint Livia, die fest ein Bein von Natty hält.

Sie flitzen an einem Campingplatz voller Zelte und Wohnwagen vorbei. Istvan setzt seine Sonnenbrille auf. Er sagt kein Wort mehr, sondern erwartet das Ende der Geschicklichkeitsfahrt. Seit Orly fragt er sich, wie er in diese Falle hat gehen können. Zwei Wochen auf Korsika, ohne einen passenden Partner fürs Training! Das Wort »Ferien« hat nie etwas für ihn bedeutet. Die Ankunft von Natty hat ihn überwältigt. Er hat sich schuldig gefühlt, weil er nichts vorbereitet hatte, und Livias Vorschlag ist ihm als das kleinere Übel erschienen.
Überrollt von den Ereignissen, hat er die junge Frau die Dinge in die Hand nehmen lassen und dabei zerstreut auf ihre Argumente gehört: dieses blasse Kind, das aus dem grauen Britannien kommt, würde sich unter der korsischen Sonne entfalten. Sie würde im Fabiani-Clan Kinder ihres Alters finden. Sie würde in der reinen Luft an verlassenen Stränden laufen, auf die sie mit dem Schiff zum Picknick fahren würden. Sie würde im saubersten Wasser des Mittelmeers schwimmen, das überall außer in Korsika verschmutzt war, wenn man Livia glauben wollte.
Istvan behielt von diesen Anpreisungen eines Reiseleiters nur ein wichtiges Element im Kopf: Eine Frau könnte sich besser als er um Natty kümmern. Sie hatte ihre Fähigkeiten schon bewiesen, als sie sie neu eingekleidet hatte und dabei Kleider wählte, die die ungraziösen Formen, die knochigen Beine, den mageren Oberkörper verhüllten. Sie hatte sie sogar zu Carita gebracht, um ihr Gesicht reinigen zu lassen und Ordnung in ihre Haare zu bringen. Natty war glück-

lich und fast hübsch wiedergekommen, mit ihren Fransen bis zu den Augenbrauen und ihrem Hawaiihemd . . .

»So, ich verlasse euch«, sagt Sampierro und hält im Hof von Livias Haus an, neben einem roten Toyota, bis auf die Farbe die Zwillingsschwester von seinem.

»Kommst du zum Essen?«

»Ich weiß nicht. Jedenfalls treffen wir uns zum Apéritif im *Platanes*. Alle Freunde sind da. Sie wissen, daß du heute kommst.«

»Alle wissen alles hier«, stellt Istvan fest und wundert sich selber über seinen aggressiven Ton.

»Sie werden im *Platanes* Fans finden«, wirft ihm Sampierro beim Wegfahren hin. »Ich kenne mich in Tennis nicht aus!«

Natty fröstelt, sobald sie den Flur des alten Steinhauses betritt, das wie eine Festung gegen die Sonne gebaut ist. Eine hagere, schwarzgekleidete Frau stürzt vor, um sie zu küssen, während Istvan und Livia das Gepäck holen:

»Du heißt Natty! Ich bin Maria . . . Livia hat viel von dir erzählt!«

Natty spürt ein Pieksen an den Wangen. Sie würde die Bedienstete gerne fragen, warum sie sich nicht den Bart rasiert. Endlich läßt Maria sie los, um sich Livias zu bemächtigen, nachdem sie Istvan mit einer leichten Verneigung begrüßt hat.

Während er die beiden Frauen einer Flut korsischer Worte überläßt, verläuft Istvan sich mit Natty im Labyrinth der Gänge. Sie tragen ihre Koffer mit der Miene verirrter Reisender. Er hat die Anordnung des Hauses vergessen, das in Vernachlässigung jedes gesunden kontinentalen Menschenverstandes gebaut wurde und das er dabei doch mit Livia im letzten Frühjahr von unten bis oben besichtigen mußte.

Sie öffnen quietschende Türen und finden sich in gedrängt

möblierten, modrig riechenden Zimmern wieder, die man offenbar nie benutzt. Christusfiguren aus dunklem Holz bewachen den Zugang. Unten an den Mauern, in die enge Fenster eingelassen sind, hat sich gelblicher Salpeter auf dem Kalkanstrich niedergelassen.
»Wo werde ich schlafen?« fragt Natty.
»Ich weiß nicht, was Livia entschieden hat.«
»Warum? Entscheidet Livia immer?«
»Es ist ihr Haus . . . Laß mich eine Sekunde überlegen, damit ich mich wieder erinnere, wo mein Zimmer ist, wir könnten zumindest das da abstellen.«
Er durchquert einen großen Empire-Salon. Die massigen Möbel erscheinen klein, da die Decke so hoch ist. Natty drückt ihre Nase an eine Vitrine, in der Bleisoldaten aufgereiht stehen. Die kaiserliche Garde komplett. Eine andere Vitrine ist überfüllt mit Ehrenzeichen und Miniaturkanonen. An allen Wänden mustern die strengen Porträts von goldbehängten Marschällen den Mann und das Kind.
»Dort muß es sein«, meint Istvan.
Eine Doppeltür öffnet sich zu einem kleinen Salon, dessen Wände mit dunkelrotem Samt bespannt sind. Bücher stapeln sich auf den Sideboards, auf dem Sofa und auf dem Boden, der mit einem verblichenen Teppich bedeckt ist. Istvan spürt Nattys Unbehagen. Er hatte an dieses Haus nur eine undeutliche Erinnerung. Sonst hätte er Natty niemals in den Ferien an einen so düsteren Ort gebracht.
»Dort ist es«, sagt er und geht durch einen neuen Gang, der von zwei Scharten beleuchtet wird, die in zwei Rechtecke den leuchtenden Himmel ausschneiden.
Das Kind bricht in Lachen aus vor dem riesigen Himmelbett, auf das sie mit geschlossenen Füßen springt. Je mehr sie sich nach Herzenslust auf diesem improvisierten Trampolin vergnügt, desto mehr Staubwolken erheben sich in den Sonnenstrahlen, die durch die Jalousien fließen. Istvan

räumt die Koffer vor den Schrank, in dem außer drei oder vier Uniformen aus dem zweiten Kaiserreich auch zwei Paar Stiefel der Kaiserin Eugénie aufbewahrt werden.
»Weißt du, Natty, in diesem Bett hat eine Kaiserin geschlafen.«
»Ach ja? Was für eine?«
»Sie hieß Eugénie.«
»War sie Livias Großmutter?«
»Nein . . .«
»Hör auf so zu hüpfen, du wirst noch die Federn kaputtmachen!« schreit Livia, die auf der Schwelle erscheint. »Ich hab mich gefragt, wo ihr hin seid . . . Also, Istvan, sag ihr, sie soll aufhören!«
»Dein Haus ist scheußlich«, sagt Natty. »Wenn man dann außerdem noch nicht mal hüpfen darf . . .«
»Schau dir diesen Staub an!«
»Du mußt nur aufräumen!«
»Gut«, seufzt Istvan, »wie wär's, wenn wir essen gingen? Ich erinnere mich an ein Restaurant im Hafen . . .«
»Maria hat alles vorbereitet«, meint Livia.
»Hähnchen und Pommes frites«, beschließt Natty.
»Nein. Heute gibt's Lamm . . . Nimm deinen Koffer und folge mir. Ich zeig dir erst mal dein Zimmer. Wasch dir die Hände.«
Allein, betrachtet Istvan melancholisch die Tasche aus weißem Leder, in der die drei Schläger schlummern, die er einfach so mitgenommen hat.
Er geht, um die Jalousien und die drei Fenster zu öffnen, was die sogenannte unentbehrliche Maria schon seit langem hätte tun sollen, um die abgestandene Luft zu vertreiben. Jenseits der Olivenbäume, der grünen Eichen und der Beete mit von der Sonne getrockneten Blumen folgt er mit dem Blick zwei Chris-Craft, die sich herausfordern und auf dem glatten Meer ihren Weg gegenseitig kreuzen. Das

dumme Zirpen der Grillen steigert seine Langeweile. Er weiß sehr wohl, was er täte, wenn er nicht diese verdammten Ferien mit Natty hätte. Er würde sofort nach New York fahren, um ernsthaft mit Tanner oder Connors für Flushing Meadow zu trainieren, anstatt auf dieser Insel vierzehn Tage lang einzurosten! Mary Collins hat ihn am Vorabend angerufen, um ihm ihre Adresse in den USA zu geben, wohin sie Anfang August zurückkehrt. Er sieht sie wieder vor sich, auf der Terrasse, im Gegenlicht, in ihrem durchsichtigen Kleid mit ihren kastanienbraunen Haaren und ihren spöttischen Augen. Er hört die Stimme des alten Jim Thomson, der ihn anrief, um ihm zu sagen, daß das Interview sehr gelungen wäre:

»Ich hab dir ein schönes Geschenk geschickt, oder?«

Ein schönes Geschenk, ja. Für das, was er daraus gemacht hat . . . Alles wegen eines Görs . . . Nein, Livia ist schuld. Aber Livia hätte ohne Natty nie ihren Streich mit dem alten Haus der Familie spielen können. Selbst zu Zeiten, als er der Gabe des Überall-gleichzeitig-Seins der Gräfin Balanska nicht entkommen konnte, hat er sich nie so gefangen gefühlt.

Er zuckt zusammen. Nattys Hand hat sich auf seine gelegt:

»Komm schnell, Istvan. Es wird kalt. Nach dem Essen lassen wir den Zodiac zu Wasser.«

»Es ist noch heißer als in New York«, sagt Livia, die auf dem Bauch im Sand liegt.

Istvan sitzt und sieht zu, wie Natty die Bucht in einwandfreiem Kraul durchquert.

»New York? Warum New York?«

»Du hast heute nacht geträumt. Du hast ›New York‹ gesagt . . .«

»Ich spreche oft im Traum. Deshalb schlafe ich lieber allein. Zumindest störe ich keinen.«

»Ich war wach. Ich hab geschrieben. Hast du an Flushing Meadow gedacht?«
»Vielleicht . . . Sie schwimmt wirklich gut, die Natty. Schau, sie ist ganz besessen. Sie fängt die Durchquerung jetzt schon zum drittenmal an!«
»Besessen, ja . . . Sie hat mich gebissen, weil ich Creme auf ihren Sonnenbrand geschmiert habe. Sie schält sich überall. Diese blonde Haut . . .«
»Nicht alle Mädchen können wie du blond und korsisch sein.«
»Sie meckert wegen des Ski, den sie gestern verloren hat. Ausnahmsweise kam sie mal aus dem Wasser raus! Cousin Charles hat Geduld gehabt! Er wird nicht zögern. Er nimmt Natty mit Laetitia und zwei oder drei anderen Kindern zum Fischen mit. Dann haben wir zwei etwas mehr Ruhe . . . Schau, endlich kommt sie wieder. Nein, sie geht zu den Felsen.«
Natty schwimmt jetzt langsam an den äußersten Rand des Sandstreifens, reckt sich, klettert auf die Felsen und setzt sich ganz oben hin, ohne auf die Zeichen zu antworten, die ihr Istvan gibt.
»Laß sie«, sagt Livia. »Sie bleibt gerne allein.«
»Ach ja?«
»Ja, so sind die kleinen Mädchen.«

14

Jeden Tag in der Morgendämmerung zwingt sich Istvan, eine Stunde in der Bucht zu schwimmen. Livia und Natty schlafen noch. Er fährt mit dem Toyota zu einem kleinen Strand, den Livia ihm gezeigt hat; am Ende eines Hohlwegs, der steil zum Meer hinunterführt, quer durch Zwergtamarisken. Er weiß sehr wohl, daß Schwimmen einem Tennisspieler eigentlich untersagt ist, doch er rechnet es sich als Ehre an, seinen Widerwillen zu überwinden und sich in das weißliche Wasser, das noch kalt von der Nacht ist, zu tauchen. Die aufgehende Sonne färbt die kleinen Wellen allmählich rosa, die in der Stille des anbrechenden Tages den Atem anzuhalten scheinen.

Für Istvan ist es eine Art, mit dem Alptraum fertig zu werden, der ihn in Augenblicken der Anstrengung oder der Anspannung überfällt. Er zwingt sich, die Augen im Wasser zu öffnen. Das Salz sticht ihn, aber so kann er sicher sein, daß ihn kein Seeungeheuer erwartet, das in den Tiefen lauert. Daß sich kein Netz über ihm schließen wird. Das Spiel seiner Muskeln beruhigt ihn. Im nassen Element, das er immer als feindselig empfunden hat, schwimmt er abwechselnd in einem geschmeidigen Kraul, der völlig im Takt ist, und in einem wilden Schmetterlingsstil. Seine Arme peitschen das Wasser, als wolle er den Teufel austreiben. Dann läßt er sich in seinem Schwung in den Sand gleiten, die Arme gekreuzt. Er gibt sich seinen Atemübungen hin, die er täglich macht, bevor er seine Jeans und sein T-Shirt anzieht, ins Auto springt und den Gang einlegt, um die Küste hinaufzukriechen.

Er fährt über den Hügel, durch den Maquis, auf einigermaßen ausgefahrenen Straßen, und kommt hinter dem Haus an, wo Maria bereits auf das Geräusch des Motors lauert, um die Eier ins kochende Wasser zu werfen. Er findet Natty im Badeanzug in der Küche. Sie hat ihren Schwung der ersten Tage verloren. Es gelingt ihr, sich einigermaßen auf den Skiern zu halten, aber dieser Sport ist kein Spiel mehr, interessiert sie nicht mehr. Alles ist für sie ein Anlaß zum Schmollen. So ist sie Istvan böse, weil er auf dem schnellen Boden, hinter dem großen Haus von Charles Fabiani, dem Cousin und Vater einer großen Familie, keine Bälle mit ihr wechselt.

»Du brauchst ja nur mit den Kindern zu spielen! Wenn ich mit dir spiele, muß ich es auch mit den anderen tun. Das macht mir keinen Spaß, verstehst du?«

»Auch mir macht es keinen Spaß, mit ihnen zu spielen. Sie sind Nieten!«

»Du kannst es ihnen beibringen . . .«

»Nur weil ich ein Mädchen bin, sagen sie, daß ich schlecht spiele.«

Livia wird wütend trotz ihrer Geduld, als Natty ihr unter irgendeinem Vorwand ungezogen antwortet.

»Wirklich, Istvan, sag ihr, daß ich erwachsen bin, keine Freundin ihres Alters!«

»Ich habe keine Freundin!«

An einem Nachmittag hat sie sich dazu verstiegen, Istvan nicht von der Seite zu weichen, um ihn daran zu hindern, mit Livia Siesta zu halten. Sie setzte sich auf Livias Bett und weigerte sich, sich vor die Tür setzen zu lassen. Und als Istvan nervös Livia in das Zimmer der Kaiserin gezogen hat, ist sie ihnen gefolgt, mit trotziger Miene, und hat »Kleiner Weihnachtsmann« gesummt, ohne den Mund aufzumachen. Sie trafen sich alle drei unter der riesigen Platane im Garten wieder.

Livia tut so, als sei es ihr gleichgültig, hebt den Blick von Françoise Sagans letztem Roman nur, um Natty, die auf der Bank die Karten ihres Erfolges aufreiht, Blicke zuzuwerfen, die so hart sind, wie Istvan es bei ihr nicht für möglich hielt. Er blättert ohne Überzeugung die Sportseiten des *Nice-Matin* durch. Er weiß, daß er Zeit verliert, ohne sich dabei zu erholen. Die Untätigkeit erschöpft ihn, und er weiß nicht, ob er dieses Gefühl der Langeweile Livia oder Natty zu verdanken hat. Da er immer die Gesellschaft von Frauen gesucht hat, ist er daran gewöhnt, sie in Ruhe zu genießen, wann es ihm gut erscheint. Nattys Gegenwart bringt das Programm durcheinander. Livias Neffen sind keine große Hilfe, da Natty beschlossen hat, daß sie sie langweilen. Und sie ihrem Vater anzuvertrauen, würde heißen, daß die Neffen umgekehrt ebenfalls wieder ihr Haus belagern dürften. Er fragt sich, wie es in Familien läuft, und kommt endlich zu dem Schluß, daß Kinder zu haben bedeutet, eine Generation der nächsten zu opfern.

Ab sieben Uhr abends bevölkert sich die Terrasse des *Café des Platanes* mit Casanis-Trinkern. Die kleinen Clans besetzen die Tische nach einem ausgeklügelten Protokoll. Die Fabiani setzen sich immer an den Rand, entlang dem Parkplatz. Istvan, der wenig geschwätzig ist und zu alledem nur gepreßten Zitronensaft trinkt, hat Mühe, dem Rhythmus zu folgen. Das Gespräch bleibt immer geschlossen, die Cousins, Cousinen und Freunde sprechen nur von Leuten und Dörfern, die er nicht kennt.

»Morgen fahren wir nach Monticello«, sagt Livia. »Dort hat man einen sehr schönen Blick. Du kannst Fotos machen.« Istvan hat schon mehrere Rollen Filme verbraucht, die der Fotograf am Hafen immer noch nicht entwickelt hat. Am Abend, als die Fotos endlich fertig sein sollen, schickt er Natty hin, sie zu holen. Sie kommt ganz langsam zurück, weil sie sie vor allen anderen anschauen will.

»Ich bin auf fast allen«, sagt sie ganz stolz und wirft den Umschlag auf den Tisch. »Aber Livia sieht man nicht oft.«

»Ich finde, man sieht mich oft genug«, meint Livia mit einem halben Lächeln. »Es ist komisch, sie sind alle etwas überbelichtet . . .«
»Man darf der Sonne Korsikas nicht trauen«, sagt Sampierro, der Bildhauer. »Haben sie keinen Belichtungsmesser?«
»Nein«, antwortet Istvan, »ich mag keine Automatik.«
»Die großen Meister sind Handwerker«, sagt schulmeisterlich eine große rothaarige junge Frau, die alle Zaza nennen, und die Istvan dauernd mit verliebtem Blick anhimmelt.
»Man muß trotzdem etwas im Kopf haben«, meint Charles Fabiani, der Istvans ganze Karriere verfolgt hat und ihn um etliche Autogramme gebeten hat, die er an alle Gäste des *Platanes* verteilen will.
Natty steht hinter Istvans Stuhl und tritt von einem Fuß auf den anderen.
»Natty«, meint Livia, »setz dich und sei nicht so unruhig. Du ermüdest Istvan.«
»Aber nein«, antwortet Istvan mechanisch, der sofort seine Worte bedauert, als er ein Leuchten des Triumphes in den Augen des Kindes erblickt.
Natty holt einen Stuhl und setzt sich ganz nah zu Istvan, dessen Knie sie streift.
»Also, wann fangen wir mit unseren Modellsitzungen an?« fragt Sampierro. »Morgen früh?«
»Du könntest eine Büste von Horwat machen«, sagt Zaza. »Man wird sie vor Roland-Garros aufstellen.«
»Glaubst du nicht, daß du ein bißchen übertreibst?« fragt Livia.
»Du weißt doch, daß ich eine Ehebrecherin bin«, erwiderte Zaza.
Natty schaut Livia und Zaza mit gleicher Feindseligkeit an. Welche Rechte glauben sie auf Istvan zu haben, diese

Frauen, daß sie sich so um seine Aufmerksamkeit streiten? Sie nervt ihn nicht die ganze Zeit. Sie läßt ihn in Ruhe. Es wäre so viel besser, wenn sie ihre Ferien zu zweit verbringen würden, an einem Ort, wo es schöne Tennisplätze gäbe, auf Rasen wie in Wimbledon. Sie hat immer Lust gehabt, wieder auf Rasen zu spielen, seit dem Tag, an dem ihr Vater ihr die erste Stunde auf einem Court in Melbourne gegeben hat. Ihre Augen füllen sich mit Tränen. Istvan betrachtet sie bewegt. Er will aufstehen, ihr die Augen abwischen und sie von ihrem Kummer ablenken. Aber was soll er mit ihr machen? Seit zwei Tagen spricht sie nur vom Zirkus Pinder, dessen Aufbau die Plakate für kommenden Samstag ankündigen.

»Ich bin zehn Jahre alt, fast elf«, sagt Natty. »Ich kann doch wohl sehen, wie man sich schminkt. Mama tat sich nichts aufs Gesicht. Nur ein bißchen Lippenstift.«
Sie sitzt auf dem Rand der Badewanne und betrachtet Livias Gesicht, das durch den Lichtspot über den zwei Wasserhähnen nackt wirkt. Die Make-up-Grundierung verteilt sich unter den geschickten Fingern.
»Ich mach mich gern allein fertig«, sagt Livia.
»Aber ich muß was lernen.«
Livia lächelt. Sie mag Nattys oft unerwartete Antworten. Aber sie läßt sich nicht täuschen. Sie erinnert sich, daß sie selber in ihrem Alter dachte: »Die brauchen Pinselstriche, diese Weiber, um sich schön zu machen!« Sie hat das Gefühl, sich rechtfertigen zu müssen:
»Es ist ein großer Abend!«
»Und ich werde ganz allein bleiben, in diesem Haus, das immer knackt.«
»Maria ist da.«
»Maria schläft. Ich höre sie von meinem Zimmer aus schnarchen. Man könnte eine Bombe legen, und sie würde nicht aufwachen.«

»Wer hat dir diese Bombengeschichten erzählt?«
»Die Kinder.«
»Sie reden Quatsch. Hier ist keine Gefahr für dich . . .«
»Klar . . . Läßt du mich das Schwarz für die Augen probieren?«
Sie ist aufgestanden und hat sich dem Waschbecken genähert. Sie bringt ihr Gesicht an Livias heran, vor dem großen beleuchteten Spiegel. Sie schiebt ihre Haare nach hinten, hält die Stirn hin und neigt den Kopf nach rechts und links:
»Siehst du, ich habe keine Pickel mehr.«
»Ich hab dich gut gepflegt.«
»Istvan sagt, daß das Meer und die Sonne daran schuld wären, daß sie ganz allein weggegangen sind.«
»Istvan, Istvan . . .«
Livia zuckt die Achseln. Natty folgt dem Gang der Make-up-Grundierung zu den winzigen Falten an den Augenwinkeln.
»Das ist Zauberei«, meint sie. »Wie alt bist du?«
Livia stößt Natty, ohne es zu wollen, mit dem Ellbogen. Natty steht auf einem Fuß, die Hände auf die Armaturen gestützt. Das Kind strauchelt und läßt das Schönheitsköfferchen fallen, das auf der Konsole steht. Die Tuben, Pinsel, Stifte, die Kleenex-Tücher, die kleinen runden und eckigen Schachteln verteilen sich auf dem Boden aus rosa Mosaiken. Ein Fläschchen Arpège ist zerbrochen.
»Oh, là là, das riecht schlecht«, sagt Natty.
»Du könntest dich zumindest entschuldigen!«
»Entschuldigung . . . Aber du hast mich gestoßen!«
Natty hockt auf allen vieren und sammelt die Sachen, die in allen vier Winkeln des Raumes liegen, ein, legt sie durcheinander auf den Koffer.
»Laß mich«, seufzt Livia.
Natty schließt ohne ein Wort leise die Tür des Badezim-

mers. Sie läuft durch die vielen Gänge zu ihrem Zimmer. Das Waschbecken ist bei weitem nicht so gut beleuchtet wie der Brunnen der Hausherrin.
Sie wischt die Spuren der Schminke auf ihren Augenbrauen fort. Sie spritzt sich kaltes Wasser ins Gesicht. Sie lacht, als sie in dem Zauberspiegel ihre Haut sieht, die von Tröpfchen glitzert. »Livia glaubt, sie ist schöner«, denkt sie. »Aber sie irrt sich! Sie ist mindestens dreißig, sie ist alt. Ich brauche keinen Koffer mit Farbe herumschleppen. Oder nur, um mich als Clown zu verkleiden. Istvan paßt nicht auf. Er merkt nicht, was sie sich alles ins Gesicht tut. Aber trotzdem . . .«

Der Schwanengesang dieser nicht endenwollenden letzten Julitage sollte in dieser Nacht der Ball in Bastia bei dem Abgeordneten Pascal Rossi sein, dem ehemaligen Minister, noch einem Cousin von Livia . . . Der berühmte Mann teilt die Bekanntheit der Familie mit Livia seit dem Ruhm ihres Bestsellers *Spiel, Satz und Tod.* Istvan, den Natty lange mit trauriger Miene umarmt hat, als sollte sie ihn nie wiedersehen, betrachtet melancholisch die Paare, die um das Schwimmbecken spazieren. Er kommt sich heimatlos vor, und es scheint ihm, daß sich alle Leute um ihn herum bemühen, sich zu amüsieren, und daß sie sich in Wahrheit genauso langweilen wie er . . . Livia neben ihm spielt die offizielle Verlobte. Er mag sich noch so oft sagen, daß er Natty in letzter Minute Ferien bieten wollte, die er gerade bis zur bitteren Neige schluckt, es gelingt ihm nicht, an diesem Insel-Cocktail aus Familie und Politik teilzunehmen. Er sitzt in einer Schaukel unter einem sterbenden Olivenbaum, der mit bunten Lampions geschmückt ist, und spürt nicht einmal Livias Hand, die auf seinem Schenkel liegt. Dabei ist Livia schön heute abend. Ihre schwarzen Augen blitzen, und ihre langen blonden Haare tanzen in gekonnter Unordnung in der Seebrise. Ihre Miene wurde einige Minuten lang düster, als er ihr entschlossen verkündete, daß er heute nacht nicht tanzen würde. Dann hat sie sich entschieden, die selige Verliebte zu spielen, und ihr Lächeln ärgert Istvan.

Er ist um so wütender auf seine mangelhafte Liebenswürdigkeit, als Livia sie ihm nicht vorwirft. Aus dem Augenwinkel hat er gesehen, wie sie mit einer Handbewegung einige Amateurfotografen verscheucht hat . . . Der Abgeordnete selbst hat sich nach einigen höflichen Worten entfernt. Sein Sohn Antoine, ein Playboy des Ortes in weißer Mao-Weste, hat sich begnügt, ihm im Vorübergehen zu sagen, daß er jeden Morgen auf dem Court des väterlichen Besitzes trainiere, in der Hoffnung, eines Tages ins Classement zu kommen.

Istvan haßt die Rolle, die er, ohne es zu wollen, spielt. Als das gleichgültige Idol zu gelten, das sich abseits hält, mit einer Schaukel als Sockel, liegt nicht in seiner Natur. Aber alle Leute sind so weit weg von ihm, von seinem Partner, seinem Publikum, den Frauen, die ihn amüsieren, diesem Hof, der mit ihm im Rhythmus der großen Turniere zieht . . .

Livia hat zwei Champagnergläser genommen.

»Danke«, sagt Istvan. »Ich hab schon drei getrunken. Das reicht.«

»Also gut, dann trink ich zwei . . . Du wirst mich nach Hause bringen!«

Unvermeidlich blickt sie ihm gerade in die Augen, leert die Gläser Zug um Zug mit herausfordernder Miene, stellt sie zu Füßen der Schaukel neben den Aschenbecher, wo sich die Kippen ihrer Dunhill häufen.

»Du rauchst zuviel«, sagt Istvan.

Livia lächelt nicht mehr. Sie schüttelt die Haare, läßt den Deckel ihres Cartier-Feuerzeuges schnappen, das Istvan ihr geschenkt hat, zündet eine Zigarette an und stößt lange den Rauch aus.

»Du spielst zur Zeit nicht. Du mußt Nattys Diät nicht befolgen.«

»Was hat sie damit zu tun?«

»Kein Tabak, kein Alkohol, früh ins Bett . . . Dein Mini-Double, wirklich.«

»Soll ich lachen?«

»Es würde mal was Neues sein. Seit sie in Paris aufgetaucht ist, vergiftet sie unser Leben. Ist dir das zumindest klar?«

»Sie ist ein Kind.«

»Sie nimmt dich völlig in Anspruch. Sie tut alles, um mir zu verstehen zu geben, daß ich zuviel bin.«

»Das genügt, Livia.«

»Ich habe den Eindruck, daß alles, was ich für sie tue, nichts nützt. Und du . . .«

»Ich möchte mich gern auf französisch verabschieden«, seufzt Istvan.

». . . du kümmerst dich nur um sie. Siehst du denn ihr Vorgehen nicht. Ob ich oder eine andere, es ist egal! Sie frißt dich auf!«

»Sei nicht vulgär. Entschuldige mich bei deinem Abgeordneten. Ich gehe im Park spazieren. Ich warte am Auto auf dich.«

15

Livia streckt sich und nähert ihre Hand, um Istvans Gesicht zu streicheln, berührt ihn jedoch nicht. Er ist quer über dem Bett eingeschlafen, nachdem sie sich lange geliebt haben. Sie mußte ihm versprechen, ihn zu wecken, um ihn ins Zimmer der Kaiserin zu schicken, wenn er plötzlich wie immer in einer Hingabe, die sie glücklich macht, den Kopf an ihrer Brust, einschlummern sollte. Der, der immer allein schlafen will, hat seit ihrer Ankunft auf Korsika das Himmelbett im Zimmer für Freunde sehr wenig benutzt. In dieser Nacht hat er nicht geredet, sich nicht gerührt, nach ihrer stürmischen Versöhnung, die unvermeidliche Folge nach ihrem Streit über Natty an dem Abend bei Pascal Rossi. Sie glaubt gerne, daß sie ihn zähmt und daß er ihr bald ganz gehören wird. Sie wartet auf den günstigen Augenblick, um ihm vorzuschlagen, Natty für den August zu ihren Großeltern in Ungarn zu schicken, während sie Istvan nach Flushing Meadow begleiten würde.
Beinahe hätte sie ihm zwischen zwei Zärtlichkeiten von diesen Ferien auf dem Gestüt von Babolna erzählt, die dem Kind sehr guttun würden in der reinen Luft der Pußta, mitten unter den Pferden. Sie hat gezögert, sich dann entschlossen, den Boden besser zu bereiten. Um so mehr, als sie ihm nach seiner Stunde morgendlichen Schwimmens eine Nachricht mitzuteilen hat. Und sie weiß nicht, wie er das aufnehmen wird. Sie bedauert es nun doch, sich zu weit vorgewagt zu haben, als sie sich von ihrem Cousin Pascal und seinem Sohn Antoine verabschiedet hat, während Istvan sich mit einer Lässigkeit aus dem Staub machte, die die korsische Gesellschaft nicht gut verträgt. Damit man ihr den Abgang des Stars des Abends, ihres Gastes, für den sie sich verantwortlich fühlte, verzieh, war es nur natürlich, daß sie Antoine eine halbe Stunde Ballwechsel mit Istvan

am Morgen versprochen hat. Jetzt ist keine Zeit mehr, sich zu drücken. Antoine, der vor Freude verrückt war, hat sogar beschlossen, nicht mehr zu tanzen, um schlafen zu gehen, so daß er am nächsten Morgen in Form wäre. Auch davon hat sie sich nicht getraut, Istvan zu erzählen, als er sie an sich drückte. In einem Roman wäre sie gezwungen gewesen, zuzugeben, daß sie kein Recht hatte, sich im Namen von Istvan zu verabreden, um so mehr, als Antoine ihr nur lachend, ohne daran zu glauben, hingeworfen hatte: »Ich würde gern ein paar Bälle mit deinem Champion wechseln.«

»Nun«, sagt sie sich zur Beruhigung, »ich habe ja auch gesehen, wie er mit Natty in Roland-Garros Bälle wechselte.« Doch ein paar Sekunden später ist die Unruhe wieder da. »Aber natürlich ist Natty etwas anderes . . .«

Istvan hat sich bewegt. Ohne die Augen zu öffnen, zieht er Livia zu sich, nimmt Besitz von diesem Körper, der sich hingibt, dann ganz erwacht, um sich schaut, sich aufsetzt.

»Und der Himmel«, sagt er lächelnd. »Wo ist der Himmel der Kaiserin?«

»Gut«, denkt Livia. »Er ist guter Laune.«

»Wie spät ist es?«

»Fast acht Uhr.«

»Also ist das Schwimmen futsch. Wenn ich an der Bucht ankomme, werden die Picknicker schon da sein.«

»Ich kann dich mit dem Boot zu den Klippen bringen . . .«

»Nein, das lohnt sich nicht. Wenn ich nicht genug geschlafen habe, habe ich zu nichts Lust. Habe ich diese Nacht wieder geredet? Du hättest . . .«

»Du hast geschlafen wie ein Engel«, flüsterte sie und verschließt seinen Mund mit einem Kuß, während sie diesen Satz einer Midinette schon bedauert.

»Aber der Engel hat Hunger. Der Engel wird duschen und in die Küche hinuntergehen.«

»Aber du träumst«, schreit Istvan und zerbricht die Eierschalen auf dem Teller. »Sag ihr, Natty, daß sie verrückt ist!«
»Ich kümmere mich nicht um eure Geschichten«, sagt Natty von oben herab.
»Die korsische Gastfreundschaft beruht auf Gegenseitigkeit«, stammelt Livia. »Es ist eine Art, auf ihre Einladung von gestern abend zu antworten . . .«
»Es war wieder dieser Dümmling von Abgeordnetem, der darauf bestanden hat, mich einzuladen! Und außerdem . . . aber für wen hältst du mich? I don't play for my supper . . . Wie heißt es auf französisch . . . Ich spiele nicht für mein Essen.«
»Wenn es einen passenden Court hier gäbe, hätte ich Antoine eingeladen. Als Richter da war, hat er sehr wohl auf dem Steinway im Salon gespielt . . .«
»Der Unterschied ist, daß ein Pianist allein spielt!«
Istvan dreht sich zu Natty um, die sich wie immer an die Rückenlehne klammert, während sie von einem Fuß auf den anderen hüpft. Sofort verfliegt sein Zorn. Er bricht in Lachen aus.
»Du hättest Bälle mit mir wechseln können, um diesem Antoine zu zeigen, wie man spielt«, meint Natty. »Wie alt ist er?«
»Zwanzig«, antwortet Livia, die Istvans Lachen ein wenig beruhigt. »Er ist schon in der dritten Klasse angesiedelt. Nur eine halbe Stunde, Istvan . . .«
»Wir werden uns gut amüsieren«, sagt Natty.

Manche Gäste der Nacht sind nicht ins Bett gegangen. Um zehn Uhr morgens bemühen sie sich, gut auszusehen. Eine Gruppe heranwachsender Mädchen, die im Salon eingeschlafen war, breitet ihre Röcke wie eine Blütenkrone auf dem trockenen Gras aus, das das alte Gelände mit den verrosteten Gittern umgibt und nur in den Ferien zu etwas nütze ist, wenn Antoine für einen Monat herkommt. Sein Vater, der Abgeordnete, hat nach einem schweren Infarkt auf das Spielen verzichtet, und seine Schwestern ziehen es vor, auf den resignierten Pferden des Reitclubs am Meer entlang zu galoppieren.

Schon am Morgen ist Antoine nach Calvi gefahren, um ein neues Netz zu kaufen, wobei er kaum glauben konnte, daß Istvan Horwat das Versprechen von Livia halten und akzeptieren würde, mit einem Spieler, der hinten in der dritten Klasse steht, zu spielen. Doch er ist da. Wenn er nicht so griesgrämig aussähe, wäre Antoines Glück vollkommen. Man wird noch lange in Balagne darüber sprechen, darüber, was er hartnäckig ein Spiel nennt, obwohl Istvan erklärt hat, daß es absolut unmöglich wäre, in dieser Hitze einen Satz zu spielen und sie sich mit einigen Bällen begnügen müßten.

Istvan hört nicht einmal mehr den Applaus, der ihn beim Betreten des Courts begrüßt. Der Oberkellner läßt die Gläser mit geeistem Muscadet kreisen, die die allgemeine Euphorie aufrechterhalten. Istvan erheitert sich, als man ihm ein Glas anbietet, er lächelt. Livia ist beruhigt: Er ist ihr nicht zu böse, weil sie ihm diese Pflicht auferlegt hat. Auf jeden Fall, wenn er wütend ist, versteckt er das sehr gut. Er schätzt seinen Gegner nicht besonders. Und all diese Leute langweilen ihn. Seine Gutmütigkeit erwacht, als er beim ersten Ballwechsel erkennt, daß Antoine gerade einen großen Augenblick erlebt.

Istvan gibt ihm im wahrsten Sinne des Wortes die Bälle. Antoine läuft glücklich dahin. Ermutigt von seiner kleinen Bande, die ihn für einen Champion hält, gibt er sich so viel Mühe, daß er überzeugt ist, der Borg des Südens zu werden . . .

Natty, die sich damit vergnügt, Cocktails aus Fruchtsäften

zu mixen, hat kein Interesse an dem Schauspiel. Istvan bemüht sich verdientermaßen, so wenig fest wie möglich zu schlagen. Er plaziert den Ball auf die Mitte von Antoines Schläger.

Dann beginnt er sich zu langweilen und wischt sich demonstrativ die Stirn ab.

»Aufhören!« schreit er. »Es ist zu heiß, Sie haben mich ermüdet!«

»Wie schade«, meint Antoine, »ich fing gerade an, warm zu werden.«

Livia geht zu ihm ans Netz:

»Siehst du, Istvan, Antoine spielt gut. Ihr habt schöne Ballwechsel gehabt.«

»Na«, meint Natty, die immer wieder über das Netz hüpft, »für ein neues Ding hängt es wie eine alte Decke!«

»Ich habe die Höhe nachgesehen«, protestiert Antoine.

»Natty, hast du nicht von all dem die Nase voll?«

»Was? Von Livia?«

Sie stehen am Wasser, die Füße in dem Rand aus Schaum, und sind gerade dabei, ohne rechte Überzeugung einen Wettbewerb im Steinewerfen zu veranstalten.

»Willst du fort?«

»Langweilst du dich nicht?«

»Ein bißchen.«

»Wir müssen was tun!«

»Du hast das Tennisspiel nicht ertragen, ist es das?«

»Unter anderem.«

»Livia hat komische Ideen, nicht wahr?«

»Yes . . .«

»Du mußt nur beschließen, daß wir nach Paris zurückfahren. Du riskierst nichts. Sie wird uns auf jeden Fall überall hin folgen.«

»Genau!«

»Also was? Willst du sie über Bord werfen?«
»Du kannst reden!«
»Ist es das oder nicht?«
»Es ist kompliziert. Du kannst es nicht verstehen.«
»Glaubst du das?«
»Sie ist nett. Ich will ihr nicht weh tun.«
»So nett nicht . . . Sie meckert mich die ganze Zeit an.«
»Das habe ich nicht bemerkt.«
»Ach also wirklich! Und dann habe ich genug von ihren Salben. Je mehr sie mir draufschmiert, desto mehr schäle ich mich. Im Gesicht ist es vorbei, aber anderswo . . . Apropos, was hast du ihr wegen Ungarn gesagt?«
»Nichts. Das geht sie nichts an.«
»Sie weiß nicht, daß Erzebet krank ist und Sandor sich wegen seiner Arbeit nicht um mich kümmern kann?«
»Du könntest sagen, ›Großmutter‹ und ›Großvater‹.«
»Ich kenne sie kaum!«
»Ein Grund mehr.«
Er hat Nattys Hand genommen. Sie gehen langsam und schweigend dahin, gleichgültig gegenüber dem Lärm der Motorboote. Natty bückt sich ab und zu, um eine Muschel aufzuheben, die sie ansieht, bevor sie sie ins Meer wirft.
»Es ist schade, daß sie nicht wieder leben können, selbst nicht im Wasser«, sagte sie schließlich.
»Was?«
»Die Muscheln.«
»Weißt du, die Probleme der Muscheln . . .«
»Ich kann ihnen nicht helfen. Aber du, ich kann . . . Wir werden ihr den Ungarn-Streich spielen . . .«
»Livia! Was erzählst du da?«
»Sicher kannst du sie nicht überall hin mitschleppen. Du brauchst sie nicht, wenn ich da bin.«
»Glaubst du nicht, daß du übertreibst?«
»Absolut nicht. Du sagst doch, daß du genug hast . . .«

»Was ist der Ungarn-Streich?«
»Du sagst, daß du mich nach Budapest begleitest und daß du wiederkommst. Sie erwartet dich hier, und wir bleiben in Paris. Du fängst wieder zu trainieren an . . . Du wirst von Zeit zu Zeit mit mir spielen . . .«
Istvan hat Nattys Hand ergriffen, läßt das Kind auf dem Sand kreisen, immer schneller und mit ausgestreckten Armen. Sie hebt vom Boden ab, beschreibt waagerechte Kreise, lacht lauthals, dann läßt sie Istvans Hände los und läßt sich in den Sand fallen.
»Und außerdem, weißt du«, sagt sie und holt wieder Luft, »wenn sie anruft, da sie dich ja überall suchen wird, wird Thieu ihr sagen, daß Erzebet krank geworden ist und daß du in Ungarn geblieben bist, um dich um mich zu kümmern. Das ist doch fast die Wahrheit, oder?«
»Du wirst nicht für Sampierro Modell stehen können. Und auch nicht in den Zirkus gehen.«
»Wir werden andere Zirkusse finden.«

16

Natty hat die Schlüssel vergessen, wie immer. Sie setzt der Sprechanlage übel zu, hört kaum das nachsichtige »Ich öffne Ihnen« von Thieu, wirft zwei Stühle um, bevor sie das *Pariscope* auf den Tisch des Eßzimmers wirft.

Istvan greift nach dem Taschenjournal, das fast auf den Marmor rutscht.

»Also«, sagt Natty, »ich bin doch gut zurechtgekommen, oder? Es war die letzte. Und noch die wollte mir eine alte Frau mopsen . . .«

Istvan blättert in der Wochenzeitschrift, lächelt plötzlich, als ob er sich auf bekanntem Boden befände . . . Die Erinnerung an einen seiner ersten Aufenthalte in Paris, mit einer Studentin der Ecole du Louvre, die er im Tabakladen am Quai Voltaire getroffen hatte.

»Heute«, sagt er, »führe ich dich ins Musée Carnavalet.«

»Wie der Karneval?«

»Nichts damit zu tun. Es ist ein großes Haus aus dem 12. Jahrhundert, in dem Mme. de Sévigné gelebt hat . . .«

»Die Schokoladenverkäuferin?«

»Nein. Die, die ihre Zeit damit verbrachte, an ihre Tochter zu schreiben . . . Du wirst Sammlungen sehen, Bilder, viele Dinge über das Paris von früher . . . Du liebst Paris doch so . . .«

»Warte, gib mir noch mal das Journal, ich hab ganz schnell was gelesen, im Aufzug . . . *Der Krieg der Sterne*. Man sagt, es sei irre!«

»Wir haben schon ganz schön viele Filme gesehen, Natty!«

»Und Museen! Gestern waren wir im Naturkundemuseum. Vorgestern im Meeresmuseum. Ich hab's satt, ich bin fertig . . .«

Thieu hustet leise und lächelt. Und da es Zeit fürs Kaffeetrinken ist, schüttet er den Kakao aus großer Höhe in Nat-

tys Tasse, um ihn zum Schäumen zu bringen. Er schaut das kleine Mädchen hinterhältig an, als ob alle beide einen Dialog nach dem Geschmack Istvans verfertigt hätten:
»Es stimmt«, sagt er, »Sie könnten *Krieg der Sterne* anschauen. Es ist lehrreich, und wenn es einen anderen Krieg hier unten vermeiden hilft . . .«
»Ich bin überzeugt davon«, sagt Thieu. »Die Kinder müssen sehen, was ein Krieg im Planetenmaßstab bedeutet . . . Es gibt auch andere Filme. Ich glaube, daß in einem ein Monster die Hauptrolle spielt. Kinder lieben Monstergeschichten.«
»Woher wissen Sie das, Thieu?« fragt Istvan.
»Ich habe vorher auch Kinder gehabt«, sagt der Vietnamese plötzlich versteinert.
Natty spürt, daß das nicht der Augenblick ist, Fragen über die Kinder von Thieu zu stellen, von denen er ihr nie erzählt hat. Sie begnügt sich damit, ihn lange anzusehen. Auch sie hat alles verloren.

Diese letzte Juliwoche in einem Paris, das von Touristen überschwemmt ist, wo Natty mehr ihre Muttersprache hört als Französisch, vergeht zu schnell. Nachmittags gelingt es ihr immer, Istvan ins Kino zu schleppen. Aber sie hat keine große Mühe, ihn zu überreden, denn er hat genug kindliche Leidenschaften behalten, um dieselben Filme wie sie zu lieben, in denen das Wunderbare mit dem Schrecklichen kämpft.
Natty ist sehr stolz, einen Saal zu betreten, wenn ein Plakat am Eingang mitteilt »für Jugendliche unter dreizehn Jahren verboten«. Sie sieht diesen leichten Sieg als Sport an. »Glücklicherweise bist du da«, sagt sie Istvan immer wieder. »Ich mag noch so groß für mein Alter sein, sie würden mich nie reinlassen, wenn du nicht dabei wärst!«
Istvan widmet sich dem Kind, er weiß dabei, daß er in den

ersten Augusttagen nach Flushing Meadow fahren wird. Er fragt sich, was Natty während dieser Zeit machen wird, aber für den Augenblick weicht er der Frage aus. Thieu ist da, um sich um sie zu kümmern. Er hat durch Zufall bei einem Spaziergang im Wald ein Kinderheim entdeckt, das in einem Landhaus nahe bei Chantilly beherbergt ist. Natty hat gesagt, »die da haben kein Glück, sie verbringen ihre Ferien in der Schule«. Aber für eine oder zwei Wochen vielleicht . . .

Entmutigt durch Thieus undurchdringliche Blockade, ruft Livia nicht mehr an. Es ist im übrigen die tote Jahreszeit des Telefons. Sie leben wie auf einer Insel, zwischen dem siebten und achten Stock über Roland-Garros. Thieu beschützt sie als Leuchtturmwärter. Natty ist glücklich. Istvan denkt ohne Ungeduld an Mary Collins, die er in New York wiedersehen wird.

Natty wacht jeden Tag sehr früh auf, gegen fünf Uhr. Sie hat sich angewöhnt, vor Istvan in das Badewannenschwimmbecken zu tauchen, nachdem sie ihn im Bett geküßt hat. Am Abend, gegen neun Uhr, wenn er ihr im blauen Zimmer ihren Gutenachtkuß gibt, zeigt sie ihm eine oder zwei Seiten ihres Bilderbuches, das sie auswendig kennt, sobald sie es durchgegangen ist. Mit schon schläfriger Stimme sagt sie:

»Lies diese kleine Geschichte!«

Dieser Ausdruck bezaubert ihn, er weiß nicht, warum. Obwohl er sehr wohl das Interesse gezeigt hat, das er für die »kleine Geschichte« hat, löscht er das Licht. Das Kind macht die Augen zu. Er gibt ihr einen letzten Kuß auf die Stirn und geht in sein Zimmer. Thieu schläft schon, nachdem er das Telefon ausgesteckt hat. Istvan spielt in seinem Bett einen Augenblick mit der Fernbedienung des Fernsehers, dann entscheidet auch er sich für den Schlaf.

Um sieben Uhr, nach Nattys Tauchübungen und Istvans Dusche, geht sie in ihr Zimmer, um ihre weiße Ledertasche zu holen, in die sie ihre Tasche, zwei Dosen mit Bällen und den kleinen Schläger steckt, den ihr Adidas bei ihrer Rückkehr nach Paris geschenkt hat. Zur großen Enttäuschung von Thieu, der kein Frühstück mehr vorbereiten muß, gehen sie zur Bäckerei, die noch nicht offen ist, und dann nach Roland-Garros. Sie gehen um das Gebäude herum und in die kleine Straße hinein. Durch den Schacht der Backstube kommt der Geruch nach warmen Brot. Natty vertraut ihre Tasche Istvan an, der mit einer Tasche an jedem Arm draußen bleibt, sie stößt die kleine Tür auf, kommt triumphierend mit einer Masse Croissants zurück, die ihr die Hände verbrennen. Sie frühstücken, während sie die noch verlassene Avenue in der Morgenkühle entlanggehen.

Eines Tages zeigte Natty sich sauer, als sie andere Spieler, die früh gekommen waren, um auf den freien Courts von Roland-Garros zu trainieren, hörte — in jenen bevorzugten Momenten, die sie nur mit Istvan teilen wollte —, wie die ihn über den Fortschritt von der befragten, die sie seine »Schülerin« oder seine »Tochter« nannten.
»Morgen kriegst du eine Überraschung«, hat Istvan da gesagt. Am nächsten Morgen essen sie ihre Croissants in einer anderen Straße, in Richtung der Avenue Mozart. Sie kommen durch einen Torbogen. Hinter einem Gebäude entdeckt Natty eine Tennishalle, ein riesiger Pilz, der wie durch ein Wunder dort gewachsen ist.
»Also wirklich«, meint Natty entzückt.
»Das ist der Court meines Freundes Jacques«, erklärt Istvan. »Dort gibt er seine Stunden, aber der Club ist im Sommer zu. Er hat mir einen Schlüssel anvertraut, für den Fall, daß ich in Ruhe trainieren will.«

»Das ist wunderbar, Istvan! Ein Tennisplatz für uns beide! Warum sind wir nicht vorher hergekommen?«
»Du mußt dich auch daran gewöhnen, vor den anderen zu spielen, Natty.«
»Wir haben alle beide mehr Ruhe . . . Weißt du, ich mag Roland-Garros gern. Aber hier, das ist was anderes, es ist witzig, inmitten von Häusern zu spielen . . .«

Das Auto gleitet über Waldstraßen dahin. Am Ende eines Nachmittags, nach dem Kino, fahren Istvan und Natty gerne durch den Wald. Sie fahren sehr schnell aus Paris heraus. Dann, sobald sie eine Lichtung erreicht haben, die dem Kind alle Märchen von früher verkündet, verlangsamt Istvan, sucht eine Lücke in der Mauer aus Bäumen, entdeckt einen Waldweg. Dort darf Natty sich dann nach vorne neben ihn setzen. Sie atmen die laue Luft ein, die durch die geöffneten Fensterscheiben so etwas wie einen Geruch nach Sonne hereinbringt, den die Bäume seit dem Morgen bewahrt haben.
»Willst du nicht ein bißchen laufen?« fragt Istvan.
»Ich bin müde. Ich mag es, wenn das Auto keinen Lärm macht. Man könnte meinen, es sei ein Flugzeug ohne Motor, das inmitten der Bäume landet.«
»Ein Segelflieger . . . Ein Flugzeug ohne Motor ist ein Segelflieger.«
»Hörst du den Lärm da?«
»Das sind Pferdehufe, auf den Reitwegen.«
Seit zwei Tagen ist Natty besorgt. Manchmal geschieht es sogar, daß sie völlig unkonzentriert ist, wenn sie Istvan gegenübersteht, der nicht mehr weiß, wohin er ihr die Bälle schlagen soll. Verwirrt hat er vergeblich versucht, zu erfahren, was sie beschäftigt. Sie schweigt hartnäckig. Er regt sich ein paar Sekunden auf, dann schweigt auch er. Im Grunde weiß er sehr wohl, was los ist. An diesem Abend, als sie die Teiche im Wald von Rambouillet umkreisen und sie nervös scheint und

beim geringsten Vogelschrei aufschreckt, sieht er nur ihre Haare.
Sie dreht ihm den Rücken zu, das Kinn ruht auf ihren Armen, der Kopf ist halb aus der Tür gestreckt, die Augen auf die Bäume gerichtet, die langsam vorbeiziehen.
»Bist du mir böse, weil wir heute morgen nicht weitergespielt haben?« fragt er. »Wir konnten nicht weitermachen. Du hast nicht mal die Bälle angeschaut.«
»Es ist mir egal. Übrigens vergeudest du deine Zeit mit mir. Es wäre besser, wenn du für Flushing Meadow trainieren würdest. Wann fährst du?«
»Anfang August.«
»Das heißt, in drei oder vier Tagen?«
»Schau mich an, Natty!«
Sie zieht den Kopf wieder ein, schüttelt das Haar. Er hat angehalten. Der Motor wird langsamer, schweigt. Istvan sucht verzweifelt nach etwas, was er ihr sagen könnte. Er will nicht wiederholen »schau mich an«. Er zwingt sie, ihm den Kopf zuzuwenden. Er entdeckt, daß die blauen Augen voller Tränen sind und ihn traurig abweisen.
Die Tür knallt. Istvans Hand bleibt geöffnet, im Leeren. Natty läuft zickzack durch die jungen Pflanzungen, stolpert, fällt, steht wieder auf, läuft weiter.
Istvan zwingt sich, stehenzubleiben. »Das wird sie beruhigen.« Sie ist aus den jungen Pflanzungen heraus und taucht vor einer Gruppe dunkler Eichen auf, verschwindet wieder. Istvan macht den Motor aus. Er bemerkt, daß seine Hände zum erstenmal in seinem Leben zittern. Er läuft durch die jungen Bäume und streift im Vorübergehen die Zweige. Er ruft nicht »Natty«, es ist sinnlos. Er weiß, daß er sie zusammengerollt und schluchzend am Fuße eines Baumes finden wird.
»Komm, Natty. Sei nicht dumm. Wir kümmern uns um dein Ticket nach New York! Dort werden wir deinen Geburtstag feiern.«

17

Mary Collins hat es von Anfang an verstanden, die Fehler von Livia Fabiani zu vermeiden. Sie ist nur eine Journalistin unter vielen, in der kleinen Gruppe, die den Tennisstar beim Landen der Boeing von TWA erwartet. Sie tut nicht so, als erkenne sie Natty nicht wieder, die sie schließlich nur einmal gesehen hat. Und sie begnügt sich damit, Istvan Horwat in das Mikrofon von CBS eine banale Frage über seine körperliche Form, seine Trainingspartner, die auch seine Gegner sein werden, über seine Chancen zu stellen, ein ebenso schönes Match wie gegen Borg im Juli in Wimbledon zu spielen.

Natty, die weder unter der Zeitverschiebung noch unter der erstickenden Hitze des New Yorker August zu leiden scheint, setzt ihr strahlendes Lächeln für große Tage auf. Istvan hat ihr noch so oft erklären können, daß er sicher Schwierigkeiten haben würde, über das Viertelfinale hinauszukommen, außer es passiert ein Wunder (»Aber man darf nie an Wunder glauben, Natty!«), sie bleibt überzeugt, daß ihr Champion all die in den Staub treten wird, die sie ohne Unterschied »die Amerikaner« nennt.

»Aber du bist auch Amerikanerin! Du bist hier geboren, in New York.«

»Während des Finale von Flushing Meadow, ich weiß. Das heißt, daß ich in drei Wochen elf Jahre alt werde.«

Mary Collins ist so diskret, wie ihre Kleider es nicht sind. Sie hat keine unangebrachte Genugtuung gezeigt, als sie am Telefon erfahren hat, daß Livia Istvan nicht nach Flushing Meadow begleiten würde. Überrascht, Natty bei ihm zu sehen, hat sie sofort begriffen, daß diese Rivalin viel gefährlicher sein würde als die Erfolgsautorin. Stark von ihrer letzten Erfahrung mit einem berühmten Maler, der zwar Junggeselle war, aber einen achtjährigen Jungen hatte, dessen ständige Gegenwart ihre Beziehung bis zum Bruch vergiftete, hat sie beschlossen, ein für allemal so zu tun, als ob Kinder, ob klein oder groß, nicht existierten. Wenn Livia im Gepäck mit nach New York gekommen wäre, hätte sie sicher als Babysitter gedient während der Zeit, in der Istvan trainiert. Sie dagegen würde erst dann im Hotel erscheinen, wenn Natty eingeschlafen wäre, und würde lange vor dem Morgengrauen wieder gehen, nicht um die Kräfte des Champions zu schonen, sondern weil sie gerne die Nacht alleine beendet, in dem großen Studio, in dem vollkommene Unordnung herrscht und in dem sie keinen empfängt.

Natty sitzt schon hinten in der Limousine. Mary steht neben der Tür und drückt fest Istvans Hand. Sie schlägt vor: »Betty, die Schwester einer Freundin, ist Studentin der französischen Literatur. Sie ist zwanzig. Sie könnte Ihrer Tochter Gesellschaft leisten. Sie könnten beide ihr Französisch vervollkommnen.«

»Sie denken an alles«, meint Istvan.

»Sie wollte Hosteß im Stadion sein, aber sie hat sich zu spät darum gekümmert. Es wird ihr einen kleinen Job einbringen.«

»Okay, sagen Sie ihr, sie soll mich im Hotel anrufen.«

Nach zwei Tagen ist Istvan völlig beruhigt. Er beglückwünscht sich, Natty mitgenommen zu haben. Betty, die rundliche Studentin, hat Nattys Zuneigung von Anfang an gewonnen. Er hat für sie ein Auto gemietet, damit sie, wie es ihr gefällt, mit Natty herumfahren kann, die sie im Hotel abholt, nachdem sie beide in der Bar gefrühstückt haben. Ein Moment der Vertrautheit, der Istvan in gute Laune versetzt, wie das Abendessen, das sie ebenfalls zu zweit einnehmen; es bringt ihm Erholung von seinem Training mit seinen zwei amerikanischen Partnern: Jim Gordon, der große Blonde mit dem kraftvollen und eleganten Spiel, dem man den Beinamen »Gentleman« gegeben hat, und Jimmy Connors, sein Freund. Istvan ist zufrieden über seinen Stundenplan, der ihm sein Gleichgewicht sichert und ihm erlaubt, sich auf den Courts in bester Form zu fühlen. Am Abend ißt er früh mit Natty, die immer vor neun Uhr schlafen geht. Eine Stunde später erscheint Mary Collins. Istvan verriegelt vorsichtshalber die Tür zum Bad, die in Nattys Zimmer geht. Um Mitternacht geht Mary, nicht ohne die Bemerkung fallenzulassen, daß Istvan die sanfte Vertrautheit der Vaterschaft kennt, ohne die Knechtschaft des Ehelebens.

»Bis jetzt läuft alles gut«, meint Istvan, während er Mary betrachtet, die sich nackt vor dem Spiegel die Haare bürstet. »Natty ist glücklich.«

»Und Connors sagt, Sie sind in großer Form.«

»Sie bezaubert alle. Außer Sie. Ich habe manchmal den Eindruck, daß Sie sie meiden.«

»Ich habe es Ihnen schon gesagt, Istvan. Natty ist von nun an Ihre Tochter, Ihre Sache. Ich meide sie nicht. Ich verhalte mich so, daß ich mich nicht in eure Zweiergeschichte einmische.«

»Cora, die Frau von Jim Gordon, liebt sie. Sie hat ihr versprochen, mit ihr ein paar Bälle zu spielen.«

»Sie ist eine gute Spielerin. Wenn sie nicht Jim geheiratet hätte, hätte sie eines Tages auch Turniere spielen können.«

»Jim hat sie nicht am Spielen gehindert.«

»Nein, ich weiß. Es waren die zwei Fehlgeburten.«

»Sie sind wirklich eine Ehefeindin, Mary. Warum soviel Verachtung?«

»Und Sie selber, mit Ihren zweiunddreißig Jahren, Sie sind auch nicht in die Falle gegangen.«

Mary wartet nicht, daß Istvan einschläft — sein langer Körper hängt schon quer über dem Bett —, um leise die Tür zu schließen, den kleinen Flur der Suite zu durchqueren, der zu Nattys Zimmer führt, genauso leise die Tür von 502 zuzumachen, zu den Aufzügen zu eilen.

18

Natty und Cora Gordon ruhen sich zwischen zwei Ballwechseln aus. Natty betrachtet aufmerksam ihren Schläger, den sie wie einen Kreisel auf ihrer Fußspitze dreht.
»Sag, Cora, Jim ist schwächer als Istvan, oder?«
»Das kommt auf den Tag an.«
»Ist er älter?«
»Sie sind gleich alt.«
»Glücklicherweise läßt du mich Bälle spielen. Wenn man sich auf die Männer verlassen müßte!«
Cora Gordon bricht in Gelächter aus. Der frühreife Fatalismus von Natty vermag sie zum Lachen zu bringen. Das erste Mal, als sie sie gesehen hat, hat sich ihr das Herz zusammengezogen. Sie sieht ihrer Mutter, Jane, so ähnlich, die sie zu der Zeit, als Màrton, Istvan, Jim und sie sich fast überall in der Welt, im Rhythmus der Turniere, wiedertrafen, gekannt hat. Eine Zeitlang bildeten sie eine unzertrennliche Gruppe, saßen am selben Tisch, feierten zusammen die Erfolge der Männer, denn weder Jane noch sie waren in den Wettbewerb getreten. Alle zwei mußten gute Spielerinnen zweiter Wahl bleiben. Sie waren Lehrerinnen geworden, ohne wirklich die Absicht zu haben, zu unterrichten, da sie wußten, daß sie für ein Nomadenleben bestimmt waren.
Sie ähnelten sich, alle beide groß, blond, mit blauen Augen. Aber Janes Augen, wie die von Natty, waren größer, dunkler. Cora war fünf Jahre jünger als Jane zur Zeit der Tournee durch Südamerika, deren Höhepunkt das Turnier in Buenos Aires gewesen war. Natty war zwei Jahre alt, und Cora sagte sich, daß auch sie eine Tochter haben würden, wenn Jim sich dazu entschließen würde.
Sobald sie das kleine Mädchen wiedergesehen hatte, hatten die Jahre angefangen, sich in ihrem Kopf zu drehen . . .

Sie hatte nie ein Kind haben können. Nach einer Fehlgeburt wegen eines Autounfalls hatte sie eine weitere gehabt, und die Ärzte hatten ihr keine Hoffnung gelassen.
»Machen wir weiter, Cora?«
»Los!«
Sie bewundert Nattys Spielgenauigkeit, die bereits im undankbaren Alter eine Heranwachsende ist, mit ihren mageren Beinen und den knochigen Schultern. »Sie wird noch schöner als ihre Mutter«, sagt sie sich. »Auf jeden Fall habe ich noch nie jemanden in ihrem Alter gesehen, der die Bälle so auf den Schläger zentrieren konnte. Sie wird in ein paar Tagen erst elf!« Plötzlich findet Cora den Geschmack an einer Pädagogik wieder, die sie gelernt hat, ohne sie jemals anzuwenden.

Betty, die Studentin, die ihre Stunden im Schatten eines Sonnenschirms wiederholt, hat den Blick von ihrem Ordner gehoben. Sie hat im Laufe des Schuljahres viele Kinder gehütet und spazierengeführt, um Taschengeld zu verdienen. Aber nie hat sie diese Zärtlichkeit verspürt, die sie so mütterlich gegenüber Natty macht, die dabei fast genauso groß ist wie sie. Sie bedauert, daß Cora Gordon sie immer mehr beansprucht. »Das ist sehr gut für Sie«, hat sie Betty gesagt. »Wenn ich mich um sie kümmere, haben Sie Ihre Ruhe, um zu arbeiten.« Betty kann der Frau des großen Champions Jim Gordon, des Freundes von Nattys Adoptivvater, nur mit einem Lächeln antworten. Aber sie findet, daß Cora übertreibt. Es ging gut, solange es sich darum drehte, sie zum Spielen nach Flushing Meadow mitzunehmen. Aber nun mischt sie sich auch in ihre Hamburger- und Hot-Dog-Partys, erlaubt sich sogar, Betty zu raten, keine Würstchen und Eis mehr zu essen, spricht von ihren Pickeln und dicken Hüften. Soll sie sich doch für Nattys Mutter halten, wenn sie will. Sie, Betty, ist groß genug, um zu wissen, was sie zu tun hat. Sie weiß sehr wohl, daß ihre Hüften und ihre Pickel nicht von Hot-Dogs oder von der Sahne kommen. Übrigens hat sie vor, sehr bald eine angebrachte Behandlung anzufangen, deren Art sie Natty nicht mitteilen will . . .

»Hallo, Cora!« ruft Mary Collins, verlangsamt vor dem Court, sie sitzt auf einem kleinen Motorroller.

Cora hebt den Schläger, um die Journalistin zu begrüßen, so verpaßt sie einen Ball von Natty, die vor Empörung kreischt.

»Hallo, Natty«, sagt Mary, ohne vom Roller abzusteigen. »Froh, in New York zu sein?«

»Es geht«, meint Natty. »Wir spielen.«

»Ich sehe. Ich bin vorbeigekommen, ich will euch nicht stören . . . Es ist ruhig hier. Wenn ich an den Zirkus denke, der bald losgehen wird! Apropos, ist die Tochter von Horwat begabt?«

»Ich komme zurecht«, antwortet Natty.

Jeden Tag, am Ende des Nachmittags, holt Cora Gordon Jim nach seinem Training mit Istvan ab. An einem Sonntag, als Betty es seit dem Morgen nicht mehr aushielt, da sie von einem Jungen ihrer Uni eingeladen war, von dem sie glaubte, daß sie ihn vor Semesterbeginn nicht wiedersehen würde, schlägt Cora ihr vor, heimzugehen, um sich auszuruhen und schön zu machen. Sie würde sich um Natty kümmern.

Cora und Natty sitzen vor großen Gläsern mit Fruchtcocktails auf der Terrasse der Bar, die zum Court hinausgeht, wo zwei der besten Spielerinnen der Welt trainieren, Billie-Jean King und Rosemary Casals.

»Die Männer kommen gleich«, meint Cora. »Sie sind wohl schon unter der Dusche.«

»Wir haben keine Eile«, sagt Natty.

Cora sieht erstaunt das junge Mädchen an, das oft so ungeduldig ist. Sie folgt dem wechselnden Spiel zwischen Billie-Jean und Rosemary mit der unablässigen Aufmerksamkeit eines Schiedsrichters. »So konzentriert wie bei einem Ballwechsel«, denkt Cora. »Sie ist wirklich erstaunlich.«

Natty ist fasziniert, als ob für sie nichts außer dem Rechteck des Court existierte. Es stimmt, daß das Schauspiel sich lohnt. Die zwei Frauen bekämpfen sich, als wenn das Turnier schon begonnen hätte. Natty scheint nicht einmal das Kommen von Istvan und Jim wahrzunehmen, die ihre Taschen auf die zwei leeren Stühle stellen und Mineralwasser bestellen.

»Istvan hat mich fertiggemacht«, sagt Jim und küßt seine Frau.

»Na, Natty«, meint Istvan, »klär mich auf. Nicht schlecht, oder? Echte Burschen, die Mädchen!«

»Ja«, seufzt Natty, ohne sich umzudrehen. »Aber sie spielen soviel langsamer als die Typen!«

»Das kannst du nicht vergleichen«, meint Cora. »Die beste Frau der Welt wird vom 250. Mann des Classements geschlagen werden. Und doch geben sie sich so viel Mühe!«

»Das wird man sehen«, protestiert Jim.

»Aufpassen!« sagt Natty. »40:30! Billie-Jean wird den ersten Satz gewinnen! Na, ich wußte es. Die andere ist nicht früh genug zum Netz vor.«

»Wir werden Natty von der C.B.S. anstellen lassen, um die Turniere zu kommentieren«, meint Cora.

»Das interessiert mich nicht«, sagt Natty ernst, während Rosemary Casals sich das Gesicht abwischt, bevor sie aufschlägt.

»Was interessiert dich dann?« fragt Istvan.

»Das weißt du doch. Einen Schläger in der Hand zu haben. Eines Tages werde ich an Billie-Jeans Stelle sein.«

»Ich wünsche es dir nicht«, sagt Cora.
Und als Natty sie empört ansieht:
»Frag Istvan, was er von erstklassigen Spielerinnen denkt! Also, Istvan?«
»Ich halte nichts davon. Jeder tut, was er will.«
»Außer, daß sie nichts zum Bumsen sind«, sagt Jim, »kann man ihnen nichts vorwerfen . . . Oh, Verzeihung, ich bin nicht an unschuldige Ohren gewöhnt.«
»Stören Sie sich nicht an mir!« sagt Natty. »In zwanzig Tagen bin ich elf! Erkläre du mir, Cora, magst du keine Frauen, die Tennis spielen? Nicht mal mich?«
»Wenn du viermal in der Woche spielst, ist das sehr gut. Um auf Billie-Jeans Niveau zu kommen, mußt du vier Stunden am Tag spielen!«
»Na und?«
»Und die Schule?«
»Die Schule kotzt mich an.«
»Red nicht so«, sagt Istvan. »Auf jeden Fall wirst du deine Schule machen. Danach sehen wir weiter.«
»Danach«, meint Jim, »ist es zu spät. Wenn ich eine Tochter wie Natty hätte . . .«
Er hält inne und legt seine Hand auf die Schulter von Cora, die ihn zurückstößt.
»Wenn wir eine Tochter bekommen hätten«, sagt Cora heftig und mit Tränen in den Augen, »hätte sie es weder wie ich noch wie Jane gemacht!«
»Mama hat sehr gut gespielt!« sagt Natty, die anfängt zu weinen.
»Natürlich. Besser als ich. Aber sie hat dafür alles geopfert. Nicht nur ihr Studium, das ganze Leben eines jungen Mädchens. Freunde, Filme, Spaziergänge, Tanzen . . . Mit zwanzig hat sie begriffen. Sie hat sich entschieden, dich zu bekommen!«
»Wie weit sind sie?« fragt Natty schniefend.

»Rosemary führt mit zwei zu null«, antwortet Istvan automatisch. »Aber das wird nicht so bleiben.«
»Was weißt du davon?«
»Sie fühlt sich heute nicht gut.«
»Das ist es«, meint Cora. »Die lieben Frauen sind unregelmäßig, das weiß man doch.«
»Das habe ich nie gesagt«, protestiert Istvan. »Ich finde dich ziemlich aggressiv.«
»Entschuldige, Istvan . . . Aber weißt du, ich dachte an all das, als ich mit Natty gespielt habe . . .«
»Übrigens, geht's?«
»Zu gut.«
»Wie, zu gut?«
»Sie ist noch keine elf und hat jetzt schon nur den Wettbewerb im Kopf. Ich will nicht, daß du aus ihr ein Muskelpaket machst.«
»Sie wird ein schönes Mädchen werden«, sagt Jim.
»Im Rodean's hat man mir gesagt, daß ich eine Bohnenstange wäre«, sagt Natty.
»Genau«, meint Cora, »du wirst sehen . . .«
»Spiel für Billie-Jean«, verkündet Natty.
»Übrigens«, fährt Cora fort, »Màrton hätte vielleicht nicht gewollt, daß sie eine Profispielerin wird. Er hatte Janes und mein Beispiel. Sehr jung hat man alles für eine Idee geopfert. Wir sind unwissend, ungebildet geblieben. Immer der Ball, der Schläger, der Schläger, der Ball. Und dann haben wir gesehen, daß wir es nie schaffen würden. Meisterinnen gibt es nur alle fünf Jahre eine . . . Wenn wir früher daran gedacht hätten, hätten wir eine normale Jugend gehabt.«
»Fang nicht wieder mit dem Studium und dem anderen an«, meint Jim.
»Und die Weiblichkeit, was machst du damit? Natty wird es später verstehen, aber . . .«

»Ich weiß«, sagt Natty. »Sie sind fast alle Lesben, ist es das?«
»Natty!«
»Oh, schon gut! Mit elf Jahren kennt man heute das Leben!« verkündet Natty hinterhältig.
»Also wirklich«, sagt Jim, »wenn ich eine Tochter gehabt hätte . . .«
»Und sie ist in der besten Schule Englands«, bemerkt Istvan. »Dazu noch die katholischste!«
»Soll sie dort bleiben«, meint Cora. »Du mußt mich verstehen, Istvan, zwanzig Prozent Tennis. Nicht hundert Prozent.«
»Aber ja«, schreit Istvan nervös, »du hast recht.«
Er wirft einen Blick auf die Nachbartische, die vorher noch nicht besetzt waren, und senkt die Stimme:
»Glaubst du, daß ihr Vater nicht auch alles geopfert hat, ohne eine Niete zu sein?«
»Ja, das stimmt, und du auch. Aber du warst die Nummer eins, du hast ein Vermögen gemacht«, sagt Cora.
»Ich bin nur noch der achte und kann nur noch absteigen, das weißt du. Was das Vermögen angeht . . . Ich bin zweiunddreißig, Cora. Noch funktionieren die Sponsoren, aber dann?«
»Wir sind in der gleichen Lage«, meint Jim. »Aber du hast wenigstens Natty.«
»Du hast Cora«, sagt Istvan.
»Danke«, sagt Cora und lächelt traurig. »Man könnte glauben, das genügt nicht.«
»Weißt du, was ich mit dreizehn, vierzehn werden wollte? Architekt! Ein ungarischer Corbusier! Ich sah schon das Schild auf den großen Bauwerken im Westen und mitten in Budapest: ›Istvan Horwat, Architekt‹. Heute habe ich eine Marke auf Hemden und Schuhen . . .«
»Und Schlägern«, fügt Jim hinzu. »Dein Adidas ist sehr gut . . .«

»Es ist nicht ›mein‹ Adidas. Eines Tages werden sie eine andere Unterschrift auf ein anderes Modell setzen . . . Schluß!«
»Billie-Jean ist toll«, sagt Natty. »Ihr guckt nicht mal hin! Sie führt 5:3 im zweiten Satz! Cora kann sagen, was sie will, ich werde wie sie spielen, selbst wenn ich nicht so muskulös bin!«
»Die Karriere einer Meisterin ist sehr kurz und sehr eintönig, Natty. Turniere rechts und links, immer aus dem Koffer, kein Familienleben, kein Kino am Abend, kein . . .«
»Aber Tennis, Cora!«
»Deine Mutter hätte dir erklärt . . .«
»Was ihr Vater ihr erklärt hätte«, sagt Istvan, »wären seine Anstrengungen gewesen, seine Angst, seine Schwierigkeit, sich immer wieder zu motivieren, um Lust zu haben, seinen Gegner zu besiegen, zu gewinnen. Ihm ist es nicht gelungen. Deshalb hat er nie gegeben, was er gekonnt hätte.«
»Ich habe verstanden«, sagt Natty. »Es bringt nichts, ein guter Spieler zu sein, man muß der beste sein.«
»Du hast nichts von dem begriffen, was ich gesagt habe«, seufzt Cora entmutigt.
»Aber ja, Cora. Da ich ein Mädchen bin, werde ich die ganzen Probleme der Männer haben, die Jahre, in denen man nicht weiß, was es bringen wird, usw., usw., und die der Frauen noch dazu. Ich werde keine Haare auf der Brust haben, wirklich! Spiel, Satz und Match, bravo, Billie-Jean! Hat sie Haare auf der Brust?«
Natty ist in ihrer Begeisterung auf den Stuhl gestiegen, was die Spieler und Trainer, die jetzt über die Bar hergefallen sind, zum Lachen bringt. Ein schwarzer Sportler, der sich dem Tisch genähert hat, flankiert von zwei Mannequins, die Kopien von Pilotenuniformen tragen, die eine weiß, die andere schwarz, sehr geschnürt in der Taille, stürzt vor, um Natty in die Arme zu nehmen, sie hochzuheben.

»Sag doch, Istvan! Sie steht auf Billie-Jean, deine Tochter! Meine Freundinnen sind gerade aus Amsterdam gekommen. Champagner für alle!«

»Nie, mein Alter, nie! Diese Sache läuft ohne mich.«

»Scheiße!«

»Jetzt, wo meine Krankenschwestern angekommen sind«, sagt Jim, »wird's gehen!«

19

In dem Mercedes, der aus Roissy zurückkommt, wohin sie Istvan begleitet hat, der zu dem Turnier gefahren ist, das Anfang September in Palermo stattfindet, bringt Natty nicht die Zähne auseinander. Thieu fährt zu langsam für ihren Geschmack. Sehr steif, die Augen kaum auf Höhe der Windschutzscheibe, wirft er ihr unruhige Blicke zu. Diese Woche in Paris ohne Istvan, wird sie nicht zu lang für Miss Natty werden, obwohl man ihr Programm perfekt organisiert hat?

Jeden Nachmittag wird sie Tennisstunden bei Jacques, dem Lehrer, Istvans Freund, auf dem Hallencourt nehmen, wo sie vor Flushing Meadow morgens spielten. Der Schulanfang kündigt sich an, Paris bevölkert sich wieder, der Club ist offen. Aber den Rest der Zeit? Thieu hütet sich, Istvan zu verurteilen, aber er sagt sich, daß er Natty gut hätte mitnehmen können. Sicher hat er seine Gründe. Er, der seine drei Kinder verloren hat, würde nicht das Risiko eingehen, sich von ihr zu trennen, selbst nicht für ein paar Tage, bevor sie wieder in ihre englische Schule zurück muß.

Natty, die halb zwischen den zwei hinteren Sitzen liegt, die Beine quer über die Lehnen, erwägt alle möglichen Rachevarianten gegen Mary Collins. Ganz sicher war sie es, die Istvan gebeten hat, allein nach Palermo zu fahren, wo sie auf ihn wartet. Alles das, weil sie eines Nachts in New York einen Alptraum hatte, Angst bekam und eine Zeitlang das Licht suchte, im Zimmer herumgeirrt ist, an Möbel stieß, endlich die Tür zum Bad fand, versuchte, die von Istvans Bad zu öffnen, und feststellen mußte, daß sie verriegelt war. Sie rief »Istvan« und hämmerte mit den Fäusten gegen die Tür . . . Schließlich hat er geöffnet, die Haare zerzaust, mit einem weißen Bademantel. Sie hat sich in seine

Arme geworfen und geweint, doch er blieb da, sah hart und kalt aus, hat sie nicht mal an sich gedrückt. Dabei war er am Vorabend guter Laune gewesen, es hatte ihm absolut nichts ausgemacht, daß Vilas ihn im Viertelfinale hinausgeworfen hatte, wie er es schon vorhergesehen hatte. Erstaunt hob sie den Blick und suchte nach einer Erklärung für sein Schweigen. Dann spürte sie einen Duft, der nicht der des Toilettenwassers war, von dem sie Istvan manchmal ein paar Tropfen stahl. Sie trat zurück, stürzte ins Zimmer und entdeckte die nackte Mary Collins. Auf dem unordentlichen Bett klammerte sie das blaue Laken an ihre Brüste, aber ihre Beine waren bis zum Bauch zu sehen. Natty drehte sich um und floh in ihr Zimmer, ohne daß Istvan eine Hand rührte, um sie festzuhalten. Alles war verdorben. Das Fest, das sie am nächsten Tag zu ihrem Geburtstag planten, hatte keinen Sinn mehr. Dabei wußte sie von der indiskreten Betty, daß Istvan einen Salon im Hotel gemietet hatte, daß viele Spieler ihr zu Ehren Champagner trinken würden, und daß man sie mit Geschenken überschütten würde.

Vor Cora, Jim, Tanner, Jim Connors, dem anderen Jimmy und seiner holländischen Verlobten und vor den 200 Gästen, von denen sie einige vom Sehen kannte, bewahrte Natty ein, wenn auch gezwungenes, höfliches Lächeln. Sie sagte sich, daß alle diese Leute ihre Eltern gekannt hatten, jedoch nicht wagten, mit ihr über sie zu reden. Nur Cora konnte an sie erinnern, manchmal und so natürlich, daß Natty nur einen leisen Kummer verspürte, als wären sie auf Reisen und würden bald zurückkommen.

Mary Collins war so dezent gewesen, sich nach dem Vorfall in der Nacht, nicht zu zeigen. Als Natty näher kam, um die elf Kerzen auf dem riesigen Kuchen in Form eines Schlägers auszublasen, erkannte sie das Team der CBS, das sie filmte, genau wie Istvan, der mit dem seeligen Aussehen

des überglücklichen Vaters lächelte. Doch Natty sah nur Marys Nacktheit in den zerwühlten Laken, und die Buchstaben CBS auf dem Mikro, das man ihr hinhielt, ließen sie einen Schritt zurückweichen. Sie weigerte sich, ein Wort zu sagen, was nur als eine charmante Laune gedeutet werden konnte. Die Lichter gingen aus, Natty mußte drei Versuche machen, um die Kerzen auszublasen, was ihre Laune nicht gerade hob. So daß sie sich die Ohren zuhielt, als die fünf Musiker anfingen, *Happy Birthday* zu spielen.
Istvan tanzte nicht. Er hatte sich mit Fenwick in eine Ecke zurückgezogen, tat so, als hätte er eine geschäftliche Besprechung, die ziemlich unpassend war auf dem Fest, das er für seine Adoptivtochter gab. Cora Gordon schien müde zu sein. Sie hatte sich auf ein Sofa gesetzt. Natty schmiegte sich an sie, als wollte sie sich vor den Unbekannten schützen, die sich feierlich vor ihr verneigten, um sie aufzufordern. Natty hatte angefangen, die Geschenke auszupacken, aber dann beschlossen, daß es sich nicht lohnte, da sie ja nach Frankreich zurückfahren würden und es bequemer wäre, sie so mitzunehmen.
»Das ist weder Istvan noch den Gästen gegenüber nett«, protestierte Betty. »Wenn man mir so viel geschenkt hätte . . .«
»Mir ist es schnuppe«, antwortete Natty. »Istvan auch. Er sieht mich nicht mal an.«

Thieu parkt sein Auto vor einem Laden, der winzig aussieht, der sich aber wie ein Gang dahinzieht und über das ganze alte Gebäude zu gehen scheint.
»Wo sind wir?« fragt Natty. »Du weißt doch, daß wir Zeitungen kaufen sollten . . . Ich habe in Roissy nichts gefunden!«
»Zeitungen findet man überall, Miss.«
»Ich mag es, daß du mich Miss nennst . . . Was verkauft man da drinnen?«

»Sachen zum Kochen aus meinem Land. Und dann Rauch, um das Haus zum Duften zu bringen, Papierlampen . . . Schau und laß mich machen.«
Natty läuft quer durch den Laden. Sie erkennt Frühlingsrollen, frische Minze, Sojasprossen, chinesisches Nugat, Mangos und Lichee, gegen die sie am Anfang mißtrauisch war, als Thieu sie in der Avenue Schuman servierte. Aber sonst bringt sie die Vielzahl der Schachteln und Kästchen, die unverständliche Aufschriften tragen, genauso durcheinander wie die unbekannte Sprache, die Thieu vor einem noch gelberen und noch kleineren Mann, als er es ist, näselt. Sie hat ihn nie vietnamesisch reden hören. Er kommt ihr plötzlich sehr geheimnisvoll vor. Er beruhigt sie mit einem Lächeln, zeigt ihr die Lampions und die bunten Räucherstäbchen. Der Kopf dreht sich ihr ein wenig, in diesen Düften nach Gewürzen, nach Tempel und Früchten. Wo hat sie schon mal diesen merkwürdigen Eindruck gehabt? Es scheint ihr, als gehe sie vor langer Zeit an der Hand ihrer Mutter in einem sehr großen Geschäft umher. Sie sah nicht, was es in den Regalen gab, die zu hoch für sie waren, aber sie nahm diese starken Gerüche wahr, die ihr Übelkeit bereiteten. Sie ergreift eine Flasche Nuoc-mâm und führt sie an die Nase. Ein wenig braune Flüssigkeit ist unten am Korken herausgelaufen. Diese Mischung serviert ihnen Thieu in einem Kristallfläschchen. Sie erinnert sich an einen Satz von Istvan: »Es ist sehr kraftspendend, aber man fragt besser nicht, wie es gemacht wird.«
Und als sie drängte, bricht er in Lachen aus:
»Frag doch Thieu!«
Aber der hatte nichts sagen wollen. Sie schloß daraus, daß es ein Zaubertrank war, ein Hexengebräu mit geheimer Zusammensetzung, das einen sehr stark im Tennis machte. Heute wird sie es wissen. Sie unterbricht den nicht endenwollenden Plausch von Thieu und stellt die Frage an den

kleinen Händler, der antwortet, daß es Fischsaft wäre. Also ist er verdorben, der Fisch, ruft sie aus. Deshalb riecht es so schlecht!
Thieu zuckt die Schultern, stapelt die exotischen Vorräte in einen leeren Kasten, auf dem man in Rot die Aufschrift »Hongkong« lesen kann.
»Zum Mittagessen«, sagt sie, »wirst du mir ein Steak mit Salat machen. Ich spiele heute nachmittag!«

Um sie an die asiatische Küche zu gewöhnen, hat Thieu sie gebeten, ihm zu helfen, komplizierte Mahlzeiten vorzubereiten, farbige, die sie probieren muß und die sie nach ihrem Geschmack verbessert. Das beschäftigt sie einen guten Teil des Vormittags. Wenn Istvan abends um sieben aus Palermo anruft, um sich vom Tag berichten zu lassen, spart Thieu nicht mit Lob:
»Miss Natty hat ganz allein Rind mit scharfer Soße vorbereitet.«
Oder:
»Wenn Sie wiederkommen, wird sie chinesische Ente machen können!«
»Aber sie verbringt doch nicht die ganze Zeit in der Küche! Und Tennis?«
»Ah, dafür gebe ich Ihnen Miss Natty.«
Aber Natty ist nicht gesprächig am Telefon. Sie begnügt sich damit, mit ja und nein zu antworten. Thieu läßt sie diskret allein im Zimmer. Vom Eßzimmer hört er nur langes Schweigen, unterbrochen von Einsilbigkeiten. Er denkt, daß Monsieur wohl enttäuscht ist, aber er mißbilligt Miss Natty nicht, im Gegenteil. Er weiß, wie schwatzhaft Istvans Freundinnen sind. Natty hat Zeit zu lernen, wie man redet, um nichts zu sagen. Übrigens, warum ruft er jeden Abend in der Wohnung an? Thieu ist doch da, darauf aufzupassen, daß alles bestens läuft, oder? Und was das

Turnier in Palermo angeht, verfolgt Thieu etwa nicht in *L'Equipe* den Aufstieg von Istvan Horwat ins Finale, das er ohne Schwierigkeiten gewinnen muß?
»Thieu? Ich geb dir Istvan wieder.«
Wieder einmal wiederholt Thieu, daß Miss Natty ihm keine Probleme macht, früh schlafen geht, früh aufsteht, ihn nicht mal gebeten hat, mit ihr ins Kino zu gehen. Dafür haben sie mehrere Bücher von Asterix und Lucky Luke gekauft. Nein, Madame Fabiani hat seit seiner Abreise nicht angerufen. Aber die Gräfin Balanska wird bald von den Balearen zurück sein. Auf jeden Fall klingelt das Telefon selten, da alle wissen, daß Monsieur in Palermo ist.
Thieu legt auf, er ist erleichtert. Der Hörer bereitet ihm Kopfschmerzen.
Während er die Suppe aus durchsichtigen Nudeln für Natty vorbereitet, die Wert darauf legt, allein den Tisch zu dekken, auf dem die Stäbchen die Gabeln ersetzt haben, bemüht er sich, eine Sicherheit zu verscheuchen, die ihm allmählich aufgegangen ist und für die er sich schämt: er hat es nicht eilig, Istvan aus Palermo zurückkommen zu sehen. Das Leben mit Natty ist so sanft, so friedlich. Sie bringt nur ihr Zimmer in Unordnung. Thieu räumt es nachsichtig auf, wenn sie fort zum Tennisspielen ist. Er wird weich, wenn er die verstreuten Alben aufstapelt, die Puppen auf die Kissen setzt und ihre Hosen wäscht. Er klaut sich einige der Zeichnungen, die sie herumliegen läßt, bringt sie in sein Zimmer, neben dem Büro im siebten Stock, den er immer »Parterre« nennt, genauso wie er die achte Etage, die von Istvans und Nattys Zimmer, »den ersten Stock« nennt. Abends betrachtet er lange diese Zeichnungen, die ihn an die Zeit erinnern, als er eine Familie hatte. Es gefällt ihm, sie sich als Herrin des kleinen Hauses über dem Bois de Boulogne vorzustellen. Wenn er ihre weißen Shorts und ihre Lacoste-Hemden bügelt, sieht er sie

triumphierend an einem sonnigen Tag auf einem Podest stehen.

»Lies das, Miss.«
Thieu entfaltet *L'Equipe* in der Küche vor Natty, die mekkert, weil sie gerade eine Gewürzsoße verdorben hat.
»Ach, lies du doch. Was ist los?«
»›Istvan Horwat hat mit Leichtigkeit in Palermo in Abwesenheit seiner üblichen großen Rivalen gewonnen. Er hat gestern nachmittag im Finale mit 6:4, 7:5 einen guten Spieler der zweiten Klasse, den Schweden Helgersson, 25. im Weltclassement geschlagen.‹ ... Deshalb hat er gestern abend nicht angerufen. Er wird sicher heute ankommen, um uns zu überraschen.«
»Trotzdem muß ich meine Soße wegschmeißen!«

»Was ist los, Thieu? Hört ihr kein Telefon mehr?«
»Ich war mit Miss Natty in der Küche, Monsieur.«
»Schon wieder! Ich erwarte Sie im Restaurant.«
»Mit Miss Natty, Monsieur?«
»Natürlich. Das holt sie aus der Küche raus.«
»Ich erlaube mir, Ihnen zu gratulieren, Monsieur. Ich habe in der Zeitung gelesen ...«
»Danke, Thieu. Beeilen Sie sich. Sie essen mit uns.«
»Miss Natty hat um drei ihren Tenniskurs, Monsieur.«
»Sie wird sich etwas verspäten. Ausnahmsweise wird Jacques uns nicht umbringen.«

Natty steht vor dem Wandspiegel in Istvans Bad und zögert, den Badeanzug aus roter Baumwolle und das passende bestickte Kleid anzuziehen, die Istvan ihr aus Sizilien mitgebracht hat. Das Muster gefällt ihr nicht, und vor allem kommt es ihr klein vor. Seit Istvans Abreise hat sie sich angewöhnt, nackt im Schwimmbad zu schwimmen, nachdem sie verriegelt hat. Was soll sie mit diesem Einteiler anfangen, sie, die keine Brüste hat und die im Wasser kaum ein Höschen aushält? »Wieder eine Idee von Mary Collins«, denkt sie. Sie beschließt trotzdem, den Badeanzug anzuziehen. Die Wirkung ist schauderhaft. Die Schulterträger fallen auf die Arme, und das Unterteil kneift ihr in den Hintern.

»Man könnte meinen, ein verpatzter Body«, seufzt sie.

Jetzt ist sie wütend und beeilt sich, das Kleid zu probieren, um die Katastrophe bis zum Ende auszukosten. Nein, Mary Collins hat das nicht ausgewählt. Eine Frau, selbst wenn sie blöd wäre, würde sich nie so in der Größe von Natty irren. Istvan ganz allein hat dieses Kleid für ein achtjähriges Kind gefunden. Das Oberteil, in Form eines Mieders, zwängt die Seiten und die Schulterblätter ein. Eingezwängt wie in einem Korsett und mit hängenden Armen, drückt sie ihre Nase gegen den Spiegel und erfindet die schrecklichsten Grimassen.

»Es tut mir leid«, sagt Istvan. »Du bist so gewachsen . . .«

Natty erschrickt und dreht sich um.

»Trotzdem danke«, sagt sie. »Es wird eine Erinnerung für mich sein . . . Kann ich es ausziehen? Es wird platzen. Aber schau nicht auf den Badeanzug, es ist wirklich wie in einem Porno.«

»Was?«

»Gut, du wirst es sehen.«

Sie hebt die Ärmel des Kleides, schlängelt sich aus dem Panzer heraus. Den Kopf in dem bestickten Stoff, windet sie sich vor den Augen des bestürzten Istvan:

»Gut, okay, jeder kann sich mal irren. Wir kaufen eine große Puppe, die in das Kleid paßt.«

»Uff«, stöhnt Natty zerzaust und rot. »Beinahe wäre ich erstickt.«

Und ohne Vorwarnung taucht sie in die Badewanne und spritzt Istvan und das zerknitterte Kleid am Boden voll.

». . . und mit dem Badeanzug werde ich ertrinken«, schreit sie. »Er drückt mich überall!«
Dann tritt sie auf die unterste Stufe:
»Ich habe den Eindruck, er ist im Wasser noch eingelaufen!«
Der Stoff, der durchsichtig geworden ist, läßt Natty nackt erscheinen. Istvan reicht ihr das große weiße Badetuch Marke I.H., aber schon windet sie sich, um den Badeanzug zu ihren Füßen gleiten zu lassen. Sie wirft ihre feuchten Haare nach hinten, bevor sie sich in das Badetuch wickelt.
»Sag, Istvan . . . Es war doch in Palermo um diese Jahreszeit sehr schön, oder?«
»Sehr schön. Fast zu heiß.«
»Warum bist du denn dann so blaß, mit Säcken unter den Augen?«
»Glaubst du, ich hatte Zeit, mich am Strand bräunen zu lassen?«
»Alle sagen, daß es für dich ein leichtes Turnier war. Das hat dich wohl nicht ermüdet. Was sagt sie, Miss Collins, wenn du mit so einem Gesicht aufwachst? Du solltest aufpassen. Es ist bei jedem Sport das gleiche. Wenn man die dreißig hinter sich hat, erholt man sich langsamer. Jim Gordon hat das gesagt, in Flushing Meadow. Und er ist genauso alt wie du.«

Istvan traut seinen Augen nicht, als er sieht, wie Nattys Schläger zu seinen Füßen landet. Das Lachen der wenigen müden Spieler, die ihnen beim Ballwechsel auf dem Court von Roland-Garros zugesehen haben, macht ihn gleichzeitig beschämt und wütend. Trotz Thieus Protesten, der sie hartnäckig verteidigt, meint er, daß das Gör unerträglich ist, seit er sie eine Woche lang allein in Paris gelassen hat. Dabei hat er soviel Geduld gehabt.
Da sie alle Frauen mit gutem Willen abwies, die er vor-

hatte, mit der schweren Aufgabe zu betrauen, ist er selber mit ihr durch die Geschäfte gelaufen, um sie für ihre Rückkehr ins Rodean's neu einzukleiden. Die Verkäuferinnen, die immer bereit waren, sich von ihm ein Autogramm geben zu lassen, hatten Mitleid mit ihm als dem Verlierer. Als sie ihren ganzen Vorrat an Pullovern, Röcken, Kleidern und marineblauen Mänteln, genauso wie ihr Sortiment an weißen Blusen ausgepackt hatten, erklärte Natty schließlich immer noch mit angewidertem Gesicht, daß es alles zu eintönig sei und man nicht übertreiben solle. Außer sich ist er eines Morgens ganz allein in ein Kaufhaus gegangen und hat einen Koffer mit der Kleidung gefüllt, die ihm mittlerweile einen Schrecken versetzte. Natürlich war alles zu groß, im Gegensatz zu seinem sizilianischen Geschenk. Wütend hat er Thieu losgeschickt, um alles umzutauschen. Und dann hat Natty mit einem breiten, gutmütigen Lächeln Wert darauf gelegt, auch hinzugehen:
»So macht er wenigstens nicht auch noch Dummheiten!«
Er hält sich zurück, um nicht über das Netz zu springen, um Natty unter den Arm zu klemmen und ihr eine Tracht Prügel zu verabreichen. Doch er sieht ihr zu, wie sie langsam um das Gelände herumgeht, die Haare hängen ihr in die Augen, sie nähert sich ihm, nimmt ihren Schläger, ohne ein Wort zu sagen, und wartet, daß er zum Ausgang geht.
»Warum hast du das getan, Natty?« fragt er, während sie Seite an Seite auf dem Bürgersteig der Avenue dahingehen.
Sie zuckt die Achseln. Er drängt weiter:
»Ich hab dich mit nach Roland-Garros genommen, um dir eine Freude zu machen.«
Sie bleibt stehen, betrachtet ihn, weist ihn ab.
»Mir eine Freude machen! Du sprichst dauernd davon, mir eine Freude zu machen! Um mir eine Freude zu machen, hast du mich wohl ganz allein in Paris gelassen, kaufst du

mir lächerliche Klamotten, zwingst du mich, Tennis zu spielen, obwohl es mich ankotzt?«

Er stürzt mit langen Schritten auf das Gebäude zu, schlenkert seine Tasche am Arm. Er will an nichts denken. Er dreht sich nicht mal um, um zu sehen, ob sie nachkommt. Er schließt hinter sich die Tür des Aufzugs, drückt auf den Knopf ganz oben, der ihn direkt in seine Wohnung bringt.

»Thieu! Holen Sie Natty unten in der Avenue ab. Sie wird ohne mich essen. Ich gehe aus.«

20

Das Netz zieht sich eng zusammen in der Nacht, die nur von den Schaumstrudeln erhellt wird. Istvans Schädel, schwer, schmerzhaft, schleppt seinen gelähmten Körper zum Abgrund. Vom Schaum weiße Algen geben ihm die Frisur eines Greises. Er fürchtet es, dieses Krakennetz, das seine Beute erwartet, und doch akzeptiert er es wie eine Erholung. Er heult erst, als das Korsett aus Maschen seine Lungen zum Platzen bringt, als sein Blut sich mit dem Strudel vermischt und ihn rosa färbt. Während er kämpft, stößt er mit dem Arm an den Hebel, der das runde Bett zum Drehen bringt. Er heult immer noch, als er sich aufsetzt, gefangen in der Kreisbewegung. Die Spots gehen an. Geblendet steckt er seinen Kopf in das schweißgetränkte Laken.

»Istvan! Istvan! Was ist los? Wie hält man das Ding an?«

Er hat Natty nie den Mechanismus gezeigt, aus Angst, daß sie aus seinem Bett ein Karussell machen könnte. Sie schüttelt ihn und entreißt ihm das Laken, an das er sich klammert.

»Ich bin krank!« schreit er. »Geh weg!«

»Ich werde dich pflegen.«

Sie hat den Stopphebel gefunden, nachdem sie Vorhänge und Fensterläden geöffnet hat. Sie sammelt auf dem Boden ein Kopfkissen auf und legt es unter Istvans Kopf. Er öffnet die Augen und sieht vor sich ein großes Mädchen mit blonden Haaren, das ein Sweatshirt aus schwarzem Samt und eine weiße Hose trägt.

»Wie spät ist es?«

»Nach Mittag. Ich komme vom Friseur. Ich wollte dir eine Überraschung bereiten. Thieu hat mir gesagt, ich sollte dich schlafen lassen, aber ich hab dich schreien gehört, von meinem Zimmer aus. Was hast du heute nacht getan?«

»Hol mir meinen Bademantel aus dem Bad.«
Unter dem Strahl der Dusche, der auf maximale Stärke aufgedreht ist, rekapituliert er einige Fetzen der Nacht bei Régine. Die Musik hämmert ihm immer noch im Kopf herum. Er sieht Borg wieder vor sich, wie er ihn schüttelt und ihn fragt, was los sei. Eine Frau, deren Gesicht er vergessen hat, leert die Whiskyflasche in einen Champagnerkübel, um ihn daran zu hindern weiterzutrinken. Er hat immer noch den schmutzigen Whiskygeschmack im Mund. Was hat ihn gepackt, das zu trinken, ihn, der kaum den Geruch davon erträgt?
Das Wasser fährt peitschend in sein Gesicht, tausend Stiche verbrennen seine Muskeln. Allmählich kehrt er ins Leben zurück. Warum hat sich Natty die Haare schneiden lassen, ohne mit ihm darüber zu reden? Er zwingt sich, die Dusche zu verlassen.
Natty lehnt an der Balustrade der Terrasse und hört dem Geräusch der Bälle zu, das von Roland-Garros heraufdringt.
»Noah hat angerufen. Du warst um neun Uhr verabredet. Er ist dir nicht böse. Alle wissen, daß du bei Régine zuviel getrunken hast. Er hat nur gesagt, du sollst ihn anrufen, wegen eines anderen Tages, wenn du dich erholt hast.«
»Und deine Haare? Wer hat dir die so gemacht?«
»Carita. Ich war mit Livia dort. Man hat mich zwischen zwei Kundinnen drangenommen. Ich hab gesagt, es sei dringend, weil wir zwei auf Reisen gehen würden.«
»Du bist völlig verrückt . . . Thieu hat dich gefahren, denke ich, oder?«
»Ich habe ihm gesagt, du seist einverstanden, daß wir uns verabredet hätten. Er hat mich vor Carita rausgelassen. Zurück habe ich ein Taxi genommen.«
»Warte unten auf mich. Sag Thieu, er soll mir eine heiße Zitrone machen, und sie soll riesig sein.«

»Es ist ein sehr schlechter Moment, um mit ihm über Ihre Pläne zu reden, Miss.«
In der Küche sieht Natty zu, wie der Vietnamese die Obstpresse neigt, um in das dicke Punschglas den Saft von drei Zitronen fließen zu lassen, und wie er ein Drittel kochendes Wasser hinzufügt.
»Das wird er ohne Zucker schlucken?«
»Vor allem keinen Zucker!«
»Und der Kaffee?«
»Der Kaffee sehr stark. Mit zwei Aspirin. Hier, laß sie sich in ein bißchen Wasser auflösen. Da, tu Puderzucker dazu.«
»Du kennst dich aber aus, wirklich.«
»Ich war früher in Saigon Apotheker . . . Er kommt herunter. Trag das Tablett auf den Tisch. Ich schließe mich in der Küche ein.«

Istvan setzt ein unbekümmertes Gesicht auf, als er sich Natty gegenüber an den Tisch setzt. Sie sieht, daß sein Gesicht mit den umschatteten Augen zu seiner grauen Kleidung paßt.
»Hast du dir nicht die Haare getrocknet?«
»Der Lärm des Rasierapparates hat genügt.«
Ohne eine Miene zu verziehen, trinkt er in kleinen Schlukken das Glas mit der dampfenden Zitrone aus. Als er es auf den Tisch aufsetzt, kratzt der Fuß auf dem Marmor. Die Hand, die ein wenig zittert, ergreift das Glas mit Aspirin.
»Was für eine Mischung«, sagt er angeekelt. »Ich bewahre mir den Kaffee für den Schluß auf. Das ist das Beste.«
»Istvan, ich muß mit dir reden.«
»Worüber?«
»Über sehr wichtige Dinge.«
»Willst du dir eine Perücke kaufen?«
»Mach dich nicht lustig, Istvan. Es ist ernst. Ich habe die Nase voll vom Tennis.«
»Hör zu, Natty, du erzählst mir das später. Auch mir ist es

passiert, daß ich die Nase vom Tennis voll hatte. Und ich habe noch Kopfschmerzen.«

»Das ist nicht alles. Ich habe auch vom Rodean's die Nase voll. Ich will nicht nach England zurück.«

Istvan trinkt seine zweite Tasse Kaffee leer. Er ist jetzt völlig wach und blickt in Nattys entschlossenes Gesicht, das von kurzen Haaren eingerahmt wird. Die Augen, die tiefer und größer aussehen, geben ihm zu erkennen, daß der Ärger anfangen wird. Nattys Schläger, den sie in Roland-Garros hingeworfen hat, war nicht nur die Geste einer launischen Göre. Genausowenig wie seine Trunkenheit der Nacht ihm nicht gestattet hat, zu vergessen, daß mit dem Ende der Ferien sich neue Probleme stellen würden. Er gibt keinen Kommentar ab. Er wartet.

»Fragst du mich nicht, warum?«

Er zuckt die Schultern.

»Also gut, ich frage dich, warum England? Du bist kein Engländer, ich auch nicht. Meine Eltern haben mich oft im Rodean's besucht. Und im Sommer haben sie mich auf Kreuzfahrt mitgenommen. Im Winter ließen sie mich in der Schweiz Ski fahren, Weihnachten und sogar Ostern . . .«

»Wenn sie anfängt zu weinen«, denkt Istvan, »kann ich nur noch das Zimmer verlassen.«

Sie weint nicht. Ihre Augen sind trocken, und ihr Mund wütend:

»Sie haben Tennis gespielt, wie du, aber sie haben mich nie gezwungen. Ich hatte dich gebeten, ein paar Bälle mit mir zu spielen, einverstanden, aber jetzt nutzt du das aus, um mich loszuwerden!«

»Ach du übertreibst, Natty«, seufzt Istvan, während sein Kopfweh wiederkommt. »Was soll ich denn tun?«

»Schick mich in ein College, wo ich Ski fahren kann! Wir müssen uns beeilen. Bald wird es Schnee geben.«

»Du lenkst ab. Es ist zu spät. Keine Schule nimmt mehr Einschreibungen an, nirgends.«

»Ich bin deine Tochter. Man wird mich immer nehmen!«

21

Das Internat Edelweiß in Gstaad läßt tatsächlich — eine besondere Gunst — die Adoptivtochter von Istvan Horwat zu, auf Empfehlung der Gräfin Balanska, deren Kinder in dieser sehr geschlossenen Institution gute Studien absolviert haben.

Vor Istvans Verwirrung hat die Gräfin als alte Freundin das Kommando übernommen.

»Man darf sich nicht mit der Leitung des Rodean's verzanken«, hat sie gesagt. »Man kann nie wissen.«

Und als Natty wiederholt, daß sie nie mehr ins Rodean's zurückkehren wird, bringt die Gräfin sie zum Schweigen.

»Du hast keine Ahnung. In deinem Alter ändert man oft seine Meinung. Du hast nur auf Tennis geschworen. Jetzt redest du nur vom Skifahren. Wenn Istvan schon so schwach ist und deinen Launen nachgibt, laß mich nur machen!«

Um Istvan mit Mary Collins in Frieden zu lassen, die nichts von dieser Geschichte hören will, will sie selber Natty nach Gstaad begleiten.

»Ich kenne das Edelweiß ausgezeichnet, mein lieber Istvan. Machen Sie sich keine Sorgen.«

In lyrischen Worten beschreibt sie die gemütlichen kleinen Chalets, in denen je zwei Internatsschülerinnen wohnen (»richtige Puppenhäuser«); sie verteilen sich um ein großes Chalet, in dem die Stunden abgehalten werden, und ein anderes, das kulturellen Aktivitäten vorbehalten ist, mit einer Bibliothek, einem Schachzimmer und einem Fernsehraum.

»Und das Skifahren?« fragt Natty.

»Die Lehrer zählen zu den besten in der Schweiz.«

Ein aufwendiger Prospekt bestätigt, daß Edelweiß eine sehr teure, aber auch sehr kostbare Blume ist.

Allein Thieu paßt nicht in die Abschiedsatmosphäre, in der

sich Istvans Erleichterung, die Geschäftigkeit der Gräfin und die Ungeduld von Natty vermischen, die nur noch von Schuß und Slalom redet und beschließt, daß Paris schlicht unerträglich ist und die Stadt sie anödet. Thieu irrt mit gesenktem Blick in der Wohnung umher und vergewissert sich zum zehntenmal, daß Natty nichts vergessen hat. Er räumt schon am Tag vor der Abreise die Koffer so sorgfältig weg, daß Natty alles wieder herausholen muß, um etwas zum Anziehen zu finden.

»Du hast es wirklich eilig, mich loszuwerden!« ruft sie aus. Sie ist ergriffen, als er den Blick hebt:

»Du weinst?«

»Es ist nicht schlimm, Miss. Wenn du wiederkommst, wirst du mir beibringen, schweizerisch zu kochen.«

»Aber ja, du weinst! Du bist traurig, weil ich gehe. Ich glaubte, daß du nie das Gesicht verlierst und auch nicht dein Lächeln! In der Schule hat man mir gesagt, daß die Chinesen nicht weinen!«

Sie küßt ihn auf die feuchten Wangen und fügt hinzu:

»Du bist wohl der einzige . . . Istvan dagegen ist ziemlich froh!«

Thieu hat nicht den Mut, den Diener mit dem großen Herzen zu spielen, der unablässig seinen Herrn verteidigt. Mary Collins hat sehr früh angerufen. Noch bevor Thieu Zeit hatte, ihr Istvan zu geben, hat sie gefragt, ob Natty fort sei.

Also kannte sie das Datum des Abflugs der Swissair, wenn nicht sogar die Zeit. Mehr war nicht nötig für Thieu, um eine Geschichte zurechtzubasteln, in der Natty die Heldin und das Opfer eines Komplotts war. Aber er findet, daß Istvan ziemlich schnell die Gelegenheit ergriffen hat, als Natty entschieden hat, Ski zu fahren . . . Was die Gräfin Balanska angeht, die ihn mißtrauisch betrachtet, seit er in Istvans Diensten steht, so hat er ihr Gehabe einer übereifri-

gen Vierzigjährigen nie ertragen können. Er macht aus ihr die Seele des Komplotts, das darauf hinzielt, eine unschuldige Seele in die Kälte, in die Berge hinauszubefördern.
»Thieu, ich werde dir ein Foto von mir schicken, im Skianzug, im Schnee vor meinem Chalet.«

Die Monate vergehen. Nattys Postkarten werden immer seltener. Istvan war lieber auf die Bahamas gefahren, als an Weihnachten die Chalets des Edelweiß zu erforschen. Thieu hatte ihm, während er es in der Hand behielt und bewachte, als ob er Angst hätte, man könnte es ihm entreißen, ein Foto von Natty gezeigt: es hätte irgendein junges Mädchen mit langen Beinen sein können, das Gesicht in einen roten Anorak und in eine Antinebelbrille gesteckt. Da Istvan von diesem Anblick nicht besonders bewegt zu sein schien, hatte Thieu es in seinem Zimmer versteckt, unter den Zeichnungen, die er Natty gestohlen hatte. Aber Istvan verlor an Boden zwischen den Anforderungen von Mary Collins, die ihr Hotel zugunsten des Appartements in der Avenue Robert Schuman aufgab, dem wilden Widerstand, den Thieu dieser Invasion entgegensetzte, und vor allem dem Pessimismus von Fenwick, der sah, daß die Angebote der Sponsoren immer seltener wurden.
»Nach den Turnieren ging es ja noch«, sagte Fenwick, holte seine Akten aus den Taschen und mischte sie wie ein Kartenspiel. »Du mußt aushalten, Istvan, du mußt aushalten!«
»Ich halte aus!«
»Zu viele Frauen. Begnüge dich mit deiner Journalistin. Und — kümmere dich mehr um deine Tochter . . . Ja! Jetzt sag ich dir das. Du bist dreiunddreißig Jahre alt. Es ist Zeit, ruhiger zu werden.«
Das wußte Istvan. Aber er war in einer Falle gefangen, die so fest war wie das Netz seiner Alpträume. Die Karriere,

die er bis zur Spitze durchlaufen hatte, kam ihm nun wie ein Abgrund vor, in den er einfach stürzen mußte. Dieser Sturz, der unausweichlich war, ließ ihn schwindeln. Also genoß er das Geld, das ihm blieb, das er noch verdiente. Manchmal, wenn er mit jüngeren Spielern trainierte, litt er unter der Bewunderung, die sie ihm entgegenbrachten. Erkannten sie nicht, daß sein Genie unangetastet blieb, daß er sich aber allmählich von einer Müdigkeit einholen ließ, die nur er erkennen konnte?

Im Frühjahr akzeptiert er es, Livia Fabiani zu sehen, die ihn seit drei Monaten nicht mehr anruft. Seit er, Marys müde, sich auf den Bahamas mit Carla eingelassen hat, dem Starmannequin der Stunde, während Livia glaubte, daß er mit Natty zusammen sei.

Sie lädt ihn in ihre Wohnung in der Rue Jacob ein. Sie kommt von einer Irlandreise zurück. Sie beabsichtigt, sich dort niederzulassen, vielleicht sorgt sie sich dabei mehr um die Steuer als um wilde Ponys.

»Ihr habt gute Nachrichten von Natty, hoffe ich?« fragt sie.

»Mittel.«

»In acht Monaten haben Sie nicht eine Woche gefunden, um nach Gstaad zu fahren?«

»Mischen Sie sich da nicht ein, Livia. Ich tu, was ich kann.«

»Nun gut, ich bin hingefahren . . . Etwas Champagner?«

»Nein, das genügt . . . Ich kann mir vorstellen, daß sie ekelhaft war?«

»Sie war wunderbar. Sie hat mir das Chalet gezeigt, das sie mit ihrer Freundin Baba Bugatti bewohnt. Sie hat mir ihren Skilehrer vorgestellt und gesagt, ich sei ihre Tante . . .«

»Sie haben den Direktor nicht gesehen?«

»Er hat mir erlaubt, sie ins Restaurant auszuführen.«

»Er hat Ihnen nichts gesagt?«

»Nein, warum?«

»Ihr ist alles schnuppe. Ich werde nach Roland-Garros hinfahren. Ich muß mich mit ihr aussprechen.«

»Ich verstehe nicht. Könnten Sie sie in den Osterferien kommen lassen?«

»Damit sie wieder mit ihrer vietnamesischen Küche und ihren Launen anfängt? Das ist wirklich nicht der richtige Augenblick.«

»Ich sage noch einmal, daß ich nicht verstehe. Zur Zeit Ihrer Journalistin, da . . .«

»Was hatte Mary Collins?«

»Sie hat Sie Natty entfremdet. Aber seit Sie sie vor die Tür gesetzt haben, wie alle anderen . . .«

»Vielleicht haben Sie recht, Livia . . . Wann sind Osterferien?«

»In vier oder fünf Tagen, glaube ich.«

»Ich rufe sie an. Sie kommt nach Paris.«

»Hören Sie zu, Istvan, ich komme Ihnen sicher lächerlich vor, nach dem, was zwischen uns passiert ist, aber ich könnte sie holen . . .«

»Sie sind nett, Livia. Sie ist schon ganz allein gereist.«

22

Natty hält sich sehr gerade an der Wand der Küche. Thieu läßt einen Stift in ihre Haare gerade über ihrem Schädel gleiten und zeichnet einen kleinen Strich.
»Hol in der Schublade das Lineal.«
Dreimal nimmt er Maß zwischen Boden und Strich, unter dem spöttischen Blick von Natty:
»Du vergeudest deine Zeit! Ich habe dir gesagt: ›Ein Meter sechzig.‹«
»Das ist nicht möglich! Du bist so groß wie ich!«
»Ich werde in diesem Sommer zwölf, das ist normal . . . Ach, weißt du, ich mag diesen Saft von verfaultem Fisch nicht mehr! Mach mir gute Beefsteaks!«
Thieu räumt betrübt das Lineal in die Schublade. Er schrickt hoch, als er Istvans Stimme hört:
»Was treibt ihr denn in der Küche? Thieu, räumen Sie Nattys Sachen auf. Und du, komm auf die Terrasse! Du hast seit deiner Ankunft keine drei Worte mit mir gesprochen!«

Während er Natty im Gegenlicht auf der Terrasse über dem Bois stehen sieht, erinnert sich Istvan an das durchsichtige Kleid von Mary Collins, als sie ihn nach Wimbledon interviewte, im letzten Sommer. Natty steht wie sie an das Geländer aus Rauchglas gelehnt. Unter ihrem T-Shirt, auf dem das Wort »Tennis« mehrere Male in Großbuchstaben verschiedener Größen steht, zeichnen sich Brüste ab, die seit dem letzten Mal entstanden sind. Ein Band hält die Haare zurück, die sie sich wieder hat wachsen lassen. Istvan, der seine Moralpredigt so gut vorbereitet hatte, weiß nicht mehr, was er sagen soll. Natty sieht, daß er sie betrachtet.
»Findest du auch, daß ich zu lange Beine habe? Auch in Gstaad nennen mich alle große Bohnenstange. Sie sind alle verwachsen, außer Baba.«

»Deine Beine sind sehr gut, Natty. Dein Kopf stimmt nicht. Erinnerst du dich daran, was dir Cora in Flushing Meadow sagte? Du mußt vor allem einen guten Schulabschluß machen. Du wolltest nicht mehr ins Rodean's. Ich habe dich ins Edelweiß gesteckt. Und dort tust du überhaupt nichts mehr . . . Der Direktor hat mich in diesem Monat dreimal angerufen.«

»Was will er denn noch? In Englisch und Französisch komme ich zurecht . . .«

»Ja, aber hast du dein letztes Zeugnis gesehen? Mathematik, 2 von 20 Punkten. Naturwissenschaften, 3 von 20. Geschichte, 5 von 20 . . .«

Natty seufzt und rückt eine Locke zurecht, die unter dem Band hervorschaut.

»Und das Skifahren? Mit Absicht hältst du dich an allen Slalomstöcken fest!«

»Ski fahren ist kein Sport, es ist ein Spiel für Irre, die sich gleiten lassen! Diese Elefantenschuhe, diese Anoraks wie Daunendecken, diese Tauchmasken! Übrigens, alle Mädchen, die Ski fahren, sind mies. Beim Tennis ist es umgekehrt . . . Im Edelweiß sind die Lehrer mies. Wenn du gekommen wärst, hättest du das gesehen!«

»Aber ich dachte, du wolltest kein Tennis mehr!«

»Im Moment ja, weil ich Ski fahren wollte. Aber alle, die Ski fahren, sind Deppen und Fettklöße . . .«

»Das geht absolut nicht, Natty! Du strengst dich nicht an, und du denkst nicht an mich. Ich habe mein Training, meine Turniere, wie soll ich mich konzentrieren, wenn ich, was dich angeht, nie ruhig sein kann?«

»Ich habe nicht mal einen guten Tennispartner gefunden! Sie sind so mies, diese Tennislehrer, daß sie besser Ski fahren sollten!«

»Wir reden in den großen Ferien über all das. In diesem letzten Trimester wirst du dich anstrengen.«

»Und danach?«
»Danach sehen wir weiter . . .«

Istvan kommt, im Gegensatz zu Livia Fabianis pessimistischen Voraussagen, in Roland-Garros bis ins Viertelfinale, ohne jedoch die Klippe umschiffen zu können. Aber wenn Istvan an das Ende des Trimesters denkt, an die Sommerferien, kommt er sich völlig entwaffnet vor. Er telefoniert oft mit Natty, die einsilbig immer wieder sagt, daß alles in Ordnung sei. Doch das ist nur eine vorläufige Ruhepause, dessen ist sich Istvan sicher. Während seiner langen schlaflosen Nächte sagt er sich immer wieder, daß das nicht so weitergehen kann. Er versucht sich zu beruhigen, indem er sich sagt, daß Natty nur im undankbaren Alter ist, und daß er sich nur gedulden muß, doch er fühlt sich immer noch schuldig. Er traut sich nicht mehr, mit jemandem über sie zu reden. Er meidet die Gräfin Balanska und Livia. Was soll er ihnen sagen? Daß Natty im Edelweiß dahinvegetiert und er nicht weiß, wie er aus dieser Sackgasse herauskommen soll?
In manchen Nächten, wenn er den Atem der eingeschlafenen Carla hört, sieht er wieder die Gesichter von Màrton und Jane vor sich. Schauen sie ihn nicht streng an? Verdient er nicht ihre Vorwürfe? Bedrückt wird er wütend, weil er sich zwischen Gewissensbissen und Hilflosigkeit hin und her gerissen fühlt. Wenn er nicht vor allen Drogen einen Horror hätte, ließe er sich ein Schlafmittel verschreiben, um dieser Leere zu entkommen. Und entgegengesetzt seiner Gewohnheit akzeptiert er es, daß Carla bei ihm schläft, ihre Anwesenheit in der Dunkelheit verscheucht den Alptraum vom Netz und den Strudel, der ihn anzieht. Doch seine ewige Unruhe wegen Nattys Zukunft bleibt quälend.
Allmählich erträgt er Thieu nicht mehr. Der Vietnamese,

wie die Geister von Màrton und Jane, schaut ihn mit einer Miene an, die so vorwurfsvoll ist, senkt schnell den Blick, macht ihn durch sein Schweigen verrückt . . .
Dabei ist es Thieu, der ihm eines Morgens eine Idee eingibt, die er selber hätte haben können. Istvan ist ins Eßzimmer hinuntergegangen und überläßt sein Zimmer Carla. Er fühlt sich müde und schlechtgelaunt, hat erst spät einschlafen können. Er sagt zu dem Diener, daß die gekochten Eier zu hart sind und der Kaffee lauwarm. Thieu, der in der Küche neue Eier kocht und die Kaffeemaschine in Gang setzt, ruft etwas, was Istvan nicht versteht. Die näselnde Stimme des Vietnamesen bringt ihn auf.
»Wenn du mit mir reden willst, komm her!«
»Ich passe auf die Eier auf. Sonst werden sie wieder zu hart.«
»Was sagst du?«
»Ich komme.«
Er stellt sich vor Istvan hin, der einige Schlucke heißen Kaffee herunterstürzt und die feinen Lamellen eines Toastes in ein Ei taucht.
»Also, rückst du nun raus?«
»Der Großvater von Miss Natty ist in Aachen, Monsieur.«
»Wo?«
»In Aachen. In Deutschland. Zur Weltmeisterschaft im Gespannfahren.«

Istvan fährt zweihundertfünfzig Kilometer in der Stunde auf der deutschen Autobahn und fühlt sich das erste Mal seit Wochen entspannt. Er wird in Ungarisch von Natty reden können, mit einem kleinen trockenen Mann mit dem grauen Schnurrbart. Er erinnert sich an den rollenden Bus auf der unebenen Straße, zum Gestüt, durch die verschneite Pußta. An jenen Tag, der ihm schon so weit weg vorkommt, an dem er beschlossen hatte, der Vater von

Natty zu werden, in der kleinen Wohnung des Stallknechts über dem Stall . . . Für den Augenblick will er an nichts denken . . . Er überholt ein rotes Kabrio. Drei Mädchen, die Haare in der Sonne, machen ihm im Vorüberfahren ein Zeichen. Er lächelt. Sandor Kotany wird überrascht sein, er, der ihm — sicher aus Rücksichtnahme — nicht einmal seine Anwesenheit in Aachen mitgeteilt hat, in dem kurzen Brief, den er ihm vor zwei Monaten geschickt hat, um etwas Neues über Natty zu erfahren. Istvan hatte sich damit begnügt, zu antworten, daß es ihr gut ginge. Wenn er ihn sah, konnte er mehr erklären.
Acht Tage lang regiert das Pferd die Hauptstadt von Karl dem Großen, beim größten Reitturnier der Welt. Istvan hat sich nicht einmal die Mühe gemacht, im *Kaiserhof* anzurufen, dem schweren, majestätischen Palast, in dem er vor zwei Jahren anläßlich eines Turniers abgestiegen war. Er weiß, daß es, obwohl alle Hotels voll sind, immer ein Zimmer für Istvan Horwat im Kaiserhof geben wird, wo er die besten Turnierreiter, die Dressurmeister, treffen wird. Zehntausende von Zuschauern haben die Stadt überschwemmt. Das Auto bahnt sich einen Weg zum Hotel. Als er ankommt, erinnert sich Istvan daran, daß der Tag ihn immer gegen vier Uhr morgens weckte, da die Zimmer im Kaiserhof merkwürdigerweise keine Fensterläden und Vorhänge haben.

Natürlich kann der Portier ein Wunder bewirken. Herr Horwat wird nicht im Auto schlafen. Ohne sich die Mühe zu machen, den Koffer zu öffnen, den Thieu ihm in Rekordgeschwindigkeit gepackt hat, geht Istvan in die Stadt, auf die Suche nach Nattys Großvater.
Im Sekretariat des Turniers sagt man ihm das Hotel, in dem das ungarische Team abgestiegen ist. Er hat alle Chancen, ihn dort zu finden, denn die Gespannprüfungen sind

für heute vorbei. Aber man will Istvan Horwat nicht einfach so gehen lassen, den Helden des ungarischen Tennis. Er muß mit seinen Landsleuten zu Abend essen.
Das Hotel Müller dagegen ist in völligem Einklang mit der Wohnung von Sandor auf dem Gestüt. Nachdem er auf die Adresse geschaut hat, die man ihm auf eine Karte geschrieben hat, hat Istvan Mühe, es an einer Straßenecke in der Nähe des Bahnhofs zu finden. Die abgeblätterte Fassade zeugt von dem eiligen Wiederaufbau Deutschlands nach dem Krieg. Das pausbäckige Mädchen im Empfang, die über einer Nummer der *Brigitte* schlummert, sagt lakonisch »Zimmer 21«. Dann hebt sie den Blick zu Istvan, wird fast liebenswürdig und fügt hinzu: »Zweiter Stock.«
Istvan findet die Tür von Zimmer 21 neben den Toiletten in einem schwach beleuchteten Gang. Er klopft mehrmals, will schon wieder gehen, um später wiederzukommen. Da öffnet sich die Tür. Sandor, in Hemd, Hosenträgern und Reiterhosen, erscheint verschlafen auf der Schwelle. Ohne ein Wort zu sagen, breitet er die Arme aus, um Istvan an sich zu drücken. Dann sagt er entschuldigend:
»Ich war eingeschlafen.«
»Es ist erst sieben . . .«
»Ich weiß . . . Es waren Prüfungen heute morgen und heute nachmittag. Dann habe ich mich um die Pferde gekümmert. Um ehrlich zu sein, ich bin nicht in Form.«
»Ich wollte Sie zum Essen einladen«, sagt Istvan, »aber da ich im Sekretariat war, um Ihre Adresse zu bekommen . . .«
»Man hat Sie beschlagnahmt, wie die Pferde in Kriegszeiten! Auf jeden Fall werden wir alle zusammen essen. Ich werde Sie neben mich setzen.«
»Geben Sie mir die Zeit, mit Ihnen allein zu reden«, meint Istvan.
»Mein Zimmer ist sehr klein«, sagt Sandor. »Wir können etwas spazierengehen.«

»Sie sind müde . . . Trinken wir ein Glas in der Bar vom Kaiserhof . . .«

»Ich ahnte, daß sie nicht gut arbeitet«, sagt Sandor. »Sie sprechen mit uns nie über ihre Schule.«
»Ich weiß nicht, was Màrton und Jane an meiner Stelle täten . . . Sie ist doch in einer der besten Schulen der Schweiz . . .«
»Sie hätten sie sicher wieder zu sich genommen«, meint Sandor.
»Jane hat mir davon erzählt. Sie wollte mit dem Tennis aufhören, um sich um Natty zu kümmern.«
Er leert sein Glas mit Kräuterwodka und leckt sich mit der Zunge über den Bart. Dann verstummt er. Istvan achtet sein Schweigen.
»Wir stellen uns immer wieder Fragen über Nattys Zukunft, Erzebet und ich«, fährt Sandor fort. »Wir wissen, daß Sie alles tun, was Sie können . . .«
»Nein. Ich glaube, ich weiß nicht, was ich machen soll . . . Ich rufe sie nicht oft genug an, aber ich weiß nicht mehr, was ich ihr sagen soll . . .«
»Ihr im Westen, ihr meßt dem Telefon zu viel Bedeutung bei. Màrton hat es mir immer gesagt . . . Erzebet denkt, daß Natty zu groß für ein Internat ist. Nichts ersetzt Vater und Mutter.«
»Ich weiß es, aber was könnte ich tun, und ich bin ganz allein, Sandor!«
»Was haben Sie in den Ferien vor?«
»Nichts, das ist immer ein Problem.«
»Wir können sie nehmen. Das würde uns allen erlauben, bis zum Schulanfang nachzudenken.«
»Sie zu sich nehmen?«
»Im Juli und August, wenn Sie wollen. Sie werden nicht viel Zeit haben, sich um sie zu kümmern. Sie haben Wim-

bledon, Flushing Meadow . . . Ich werde ihr das Pferdelenken beibringen. Das bringt ihr Abwechslung vom Tennis!«

Istvan sieht Sandors Hände an, die auf dem Tisch verschränkt sind. Sie sind dick, schwer, gerecht. Rauh wie das Leben, das er führt. Wieder tritt Schweigen zwischen ihnen ein, und Istvan ist bestürzt. Plötzlich hat er Angst. Warum ist er gekommen, um all das dem alten Mann zu erzählen? Will er Natty unbewußt loswerden, sie nach Ungarn zurückschicken? Bei diesem Gedanken fühlt er sich unbehaglich. Er erinnert sich an seine Sicherheit, die sich nicht geändert hat. So wie sie erzogen ist, kann sie nur im Westen leben . . .

»Es handelt sich natürlich nur um die Ferien«, sagt Sandor. »Obwohl, wenn Sie sich danach nicht in der Lage sehen . . . Erzebet und ich könnten daran denken . . .«

»Das ist unmöglich«, sagt Istvan. »Vergessen Sie, was ich Ihnen gesagt habe. Natty hat eine kleine Krise, das ist alles. Wenn das Edelweiß ihr nicht paßt, finde ich eine andere Schule für sie.«

»Nicht nur die Schule zählt«, sagt Sandor. »Die Zuneigung, die Gegenwart sind wichtiger. Ich kenne Ihre Großzügigkeit, Istvan, aber es reicht nicht, Schecks zu unterzeichnen, um das Internat oder die Kleider zu zahlen . . . Sie sind reich, aber das Geld schafft nicht alles.«

»Ich weiß. Natty wird sicher sehr glücklich sein mit Ihnen diesen Sommer. Ich werde für sie ein Visum beantragen.«

23

Die Monate nach Nattys Ferien in Ungarn werden unterbrochen von ihren Bitten, Gstaad verlassen zu dürfen. Aber Istvan hat beschlossen, noch ein Jahr durchzuhalten, um so mehr, als er sieht, worauf Natty hinauswill, selbst wenn sie es nicht offen formuliert. Sie ist sehr melancholisch von ihrem Aufenthalt bei ihren Großeltern zurückgekommen, der dabei doch nur einen Monat dauerte. Sie wollte nichts mehr vom Skifahren hören. Jetzt will sie nichts mehr von Pferden hören. Wenn Istvan sie anruft, fragt sie ihn über die neuen Tennisspieler aus:

»Hast du bemerkt, daß die Champions immer jünger werden?«

Sie beklagt sich, im Edelweiß immer noch so einen schlechten Lehrer zu haben:

»Er hat nicht mal ein drittrangiges Niveau. Wie soll ich da Fortschritte machen?«

»Fang damit an, Fortschritte in Mathe zu machen!«

Ein Dialog von Tauben, denn Istvan tut so, als verstünde er nicht, daß es in Nattys Kopf nicht mal mehr darum geht, wieder das Internat zu wechseln, sondern daß sie bei ihm in Paris leben will. Wenn er daran zweifeln sollte, Thieu sagt es ihm immer wieder:

»Miss Natty würde Ihnen keine Sorgen machen. Ich würde mich um sie kümmern. Sie würden aus ihr eine Meisterin machen!«

»Sie könnten auch ein vietnamesisches Restaurant eröffnen. Sie würde dort kochen.«

Seit seinen mittelmäßigen Ergebnissen in den ersten drei Turnieren des Grand Slam von 1980, in denen er nicht über das Viertelfinale hinausgekommen ist, weiß Istvan sehr wohl, daß er sich wieder zusammenreißen muß. Um so mehr, als er im Februar 1981 in den Davis-Cup-Turnieren seine ersten zwei Einzel gegen England verloren hat, in der Halle in Eastbourne gegen John Lloyd, dann gegen Buster Mothram. Die Engländer haben gegen Istvan und seinen Landsmann Tyroczy auch das Doppel gewonnen. Fenwick hält ihm lange Reden, und Istvan mag noch so sehr versuchen, ihn zu meiden, er liegt immer wieder auf seinem Weg, mit gleichzeitig strenger und verärgerter Miene:

»Du weißt, was ich immer wieder sage, Istvan. Ich habe manchmal den Eindruck, daß du vor den Realitäten fliehst ... Du bist dreiunddreißig Jahre alt, du kannst nicht mehr wie mit fünfundzwanzig in Saus und Braus leben! Du brauchst ein ruhiges, ausgeglichenes Leben ... Merkst du nicht, in der ersten Runde im Davis-Cup geschlagen, ohne in der Saison davor die dritte Runde von Flushing Meadow geschafft zu haben! Du, der du den Siegrekord in den Masters-Turnieren hältst, doch der letzte war vor zwei Jahren, du bist jetzt an 17. Stelle, kannst vom 30. oder 40. bei den Schauturnieren in Straßburg und Clermont-Ferrand geschlagen werden! Du wirst bald regionale Sponsoren suchen müssen ... Ich kenne keinen. Man kann nicht alle seine schlechten Ergebnisse wiedergutmachen, aber man muß Lehren daraus ziehen ... Der Tarif deiner Verträge ist bereits gesunken, seit du nicht mehr unter den ersten zehn bist.«

»Adidas ist immer noch Abnehmer ...«

»Ja, die sind sentimental, aber ich habe Schwierigkeiten ... Wenn du so weitermachst, wirst du nächstes Jahr 32. sein, und wenn du 65 bist, was wirst du dann machen? Du hast deine ganze Kohle verplempert. Dir bleiben Schulden und die Verantwortung für ein Kind. Glaubst du, daß du, wenn du so weitermachst, noch einen Mercedes 450 fahren wirst? Ich sehe dich schon am Steuer eines gebrauchten Peugeot, in dem du nur die Schmetterlingsnetze oder Krabbennetze deiner Tochter aufstapeln mußt!«

Istvan weiß, daß er gelebt hat, als ob sein Leben mit fünfundvierzig aufhören würde. Und Fenwick erkennt selber an, daß er das Pech hatte, Nummer eins zu einer Zeit zu sein, als es im Tennis noch nicht soviel Geld gab . . .
»McEnroe fängt an, den Löwenanteil zu kassieren«, meint Fenwick. »Er wird dir die Krümel überlassen. Ein Schlägervertreter, ein Vertreter für Bälle oder Tennisbeläge, oder ein Werbejob bei Adidas? Du kannst nicht mal Sportreporter im Fernsehen werden . . . Gut, du sprichst sehr gut Französisch, für einen Ungarn, aber nicht gut genug für einen Franzosen. Und nicht gut genug Englisch für einen Engländer . . . oder Deutsch für einen Deutschen! Du mußt es wieder schaffen. Du hast wie ein Künstler gelebt und nicht mal eine reiche Frau geheiratet! Jetzt müßtest du ein wenig Geld verdienen, das ich verwalten würde, ohne daß du es vergeudest!«
»Übrigens«, fragt Istvan, »in der Zwischenzeit schieß mir zweihunderttausend Francs vor!«
»Ich bin sicher, daß du dich für die Frühjahrsturniere erholen wirst. Wie geht es Natty?«
»Sie könnte mehr arbeiten . . .«
»Wie du . . . Kommt sie Ostern wieder?«
»Nein. Nach allem, was du gesagt hast, glaubst du, da hätte ich Zeit, mich um sie zu kümmern?«

24

Natty Kotany und Baba Bugatti sind nicht gerade stolz, Genf als Anhalterinnen erreicht zu haben; vom Ferrari eines Walliser Playboys sind sie in einen Lieferwagen mit Fleisch umgestiegen; haben den Käfer eines alten Pastors verlassen, um in einen Linienbus Lausanne—Genf zu steigen, der sie am Ufer des Genfer Sees abgesetzt hat.
»Die Reise war nicht teuer«, sagt Baba. »Nur diese kleine Busfahrt.«
»Außerdem haben wir unsere Spuren gut verwischt«, meint Natty. »Der Busfahrer hat uns nicht mal angesehen . . . Trotzdem sehen wir doof aus vor diesen Booten; mit unseren Skianzügen und unseren Rucksäcken.«
»Wir ziehen uns im Hotel um.«
»Beeilen wir uns, eins zu suchen! Ich wußte nicht, daß es im März in Genf so kalt sein würde! . . . Von Gstaad aus gesehen, war es die Côte d'Azur!«
Sie gehen schweren Schrittes am Straßenrand, denn sie tragen ihre Moon-Boots. Möwen kreisen einen Augenblick über ihren Köpfen, bevor sie auf den Sog eines schweren weißen Schiffes zustoßen, das, beladen mit Fahrgästen nach Evian, vorüberfährt. Sie gehen an Gärten vorbei, die sanft zum See hin abfallen.
»Keines dieser Häuser sieht wie ein Hotel aus«, sagt Natty. »Wir müssen näher an die Stadt. Wir hätten dort aussteigen sollen.«
»Wir wußten nicht mal, wo der Bus hinfährt!«
»Beschwer dich nicht«, sagt Natty. »Hier schneit es nicht.«
»Nein, aber es wird regnen.«
Eine Chris-Craft fährt in einen Privathafen. Sie hüpft auf den Wellen. Natty denkt an Istvan, der Schiffe nicht mag. Es ist seine Schuld, wenn sie zehn Tage lang Baba, ihre Zimmergenossin, die sie 3B nennt, dazu überredet hat, mit

ihr aus dem Edelweiß auszureißen. Sie hat diese Flucht beschlossen, als sie erfahren hat, daß sie in den Osterferien nicht nach Frankreich fahren würde, da Istvan durch ein Turnier irgendwo auf der Welt abgehalten würde, sie wollte nicht einmal wissen wo. Seit Monaten hatte sie Geduld, zwang sie sich, die Ratschläge von Karl Brünner, ihrem Tennislehrer zu befolgen. Sie hat sogar akzeptiert, ihre Skier für eine ehrbare Abfahrt im Riesenslalom anzuziehen. Da sie sich so vernünftig zeigte, dachte sie, Istvan würde sehen, daß sie nun eine Frau ist und daß es Zeit sei, sich ernsthaft um ihre Karriere als Meisterspielerin zu kümmern. Sie will keine Zeit mehr in Schulen verlieren, in denen sie nur auf Mittelmaß trifft.

3B ist sehr nett, aber sie interessiert sich nicht für viel, und sie muß ihre häufigen depressiven Krisen ertragen. Deshalb hat Natty beschlossen, einen großen Coup zu starten. Wenn Istvan sich tot stellt, wird er schon sehen . . .

Alles fängt mit einer schlauen Vergiftung von ungefähr zehn Mädchen an, die bereit sind, alles zu glauben, was man ihnen erzählt. Sie spielt mit der Bewunderung, die ihr 3B entgegenbringt, und mit ihrer Passivität, und erklärt ihr, wie lustig es doch wäre, die Eifersucht dieser angeberischen und hochnäsigen Ziegen zu erwecken, indem man ihnen erzählt, sie hätten beide einen Liebhaber. Einen richtigen. Nicht einen von diesen Dummköpfen, die auf den Skipisten herumhängen. Der von 3B, der so blond wie sie brünett ist, soll Amerikaner sein, Pilot bei der TWA, der seine Freizeit damit verbringt, auf die Schweizer Gletscher zu fliegen. Der von Natty, ein Brünetter mit grünen Augen, der auch Amerikaner ist, soll ein Polo-Champion sein, der mit seinem Porsche Carrera auch Rallyes fährt. Die zwei Freunde werden zum Wochenende ins Palace von Gstaad kommen. Sie werden sich weigern zu erklären, wie sie das Edelweiß verlassen konnten, nach dem Abendessen, um sie

in ihrem Hotel zu treffen. Bill, den Piloten, und Peter, den Polo-Champion. Alles, was sie den verzauberten Mädchen anvertrauen könnten, nachdem sie sie haben schwören lassen zu schweigen, ist, daß, nachdem sie bis zum Morgengrauen Champagner getrunken haben, sie alle vier überein gekommen wären, daß Bill Natty und 3B mit seinem Gleiterflugzeug abholen würde, um sie in ein geheimnisvolles Land des Ostens mitzunehmen, wo Peter ein geheimes Polomatch austrägt. Dann wird Bill sie heimlich in seine 747 Richtung New York laden. Der Porsche Carrera folgt mit einem Frachtflugzeug.
Natty bleibt sehr vage, was das Aussehen von Peter und Bill angeht. Sie sind zwischen dreißig und vierzig, schöner als Robert Redford und Paul Newman.

Die Serviererin im Hotel *Seevögel* sagt sich, daß die kleinen Amerikanerinnen Glück haben, alle beide, sich gegenübersitzend an dem Tisch zu Abend zu essen, der über die Lichter des Landestegs schaut. Sie wünscht für sie, daß ihre Eltern, die sich wegen eines Streiks der Fluglotsen verspätet haben, nicht vor zwei oder drei Tagen eintreffen. Sie, die jeden Abend nach dem Dienst sehr spät in ihr winziges Zimmer, das bis oben hin vollgestopft ist, kommt, hat immer davon geträumt, mit einer Freundin vor einem weißen Tischtuch plaudern zu können, ohne sich um die Bedienung kümmern zu müssen. Aber sie hat keine Freundin, und sie ist so müde am Sonntag, daß sie den ganzen Tag schläft.
»Morgen essen wir auf dem Zimmer«, sagt 3B. »Es nervt mich, daß uns all diese Leute anschauen.«
»Du träumst«, meint Natty. »Keiner achtet auf uns. Du bist nur nicht an Restaurants gewöhnt. Mit Istvan ging ich immer in Restaurants.«
In dem großen Zweibettzimmer mit dem lackierten Holz

haben sie sich mit dem größten Ernst für die Essenszeremonie vorbereitet. Sie haben aus ihrer Tasche einige etwas zerknitterte Kleider junger Mädchen aus guter Familie hervorgeholt; Kilts, Mokassins und Kaschmirpullover.
»Du bist keine dreizehn«, sagt 3B, »ich bin vierzehn, und ich sehe aus wie deine kleine Schwester.«
»Gott sei Dank! Du hast dich nicht mal getraut, dich mit der Hotelbesitzerin zu unterhalten.«
»Ich hatte keinen Schiß . . . Ich hatte Angst, daß wir nicht zahlen könnten.«
»Dabei ist das doch gar nicht das *Palace*, in dem wir Peter und Bill getroffen haben.«
Sie sind in Gelächter ausgebrochen und haben sich um die Haarbürste gestritten.
»Nehmen wir Lippenstift?« fragte 3B.
»Bloß nicht. Und wir trinken nur Milch. Wir dürfen keine Aufmerksamkeit erregen.«
Natty, die ein bißchen angewidert ist von ihrer Lachsforelle in kalter Milch, schaut angeekelt 3B an, die mit ihrem Pfirsich Melba kämpft.
»Wie kannst du so was Schreckliches nur hinunterbringen?«
»Glücklicherweise sind wir zu zweit«, murmelt 3B. »Wer sagt dir, daß die Chefin nicht schon die Polizei angerufen hat?«
»Sie wären schon da. Und warum soll sie sich zweier netter Gäste wie uns berauben? Los, lach ein bißchen! Wir tun nichts Böses.«
»Findest du? Und meine Eltern? Und Istvan Horwat?«
»Istvan, dem geschieht das recht.«
»Red nicht so laut. Der Typ nebenan hört uns zu.«
»Aber nein. Er preßt seine Knie zwischen die Schenkel des Mädchens gegenüber. Es ist sicher eine Nutte.«
»Sei still!«

Natty dreht sich um und lächelt engelsgleich in die Runde. Zwei oder drei Damen vor Bechern mit Tee erwidern ihr Lächeln.
»Ich würde gern einen Tee trinken. Willst du einen, 3B?«
»Lindenblütentee zum Einschlafen?«
»Nein, Pfefferminz, damit ich diesen ekligen Fisch runterkriege. Ich hasse das Meer . . .«

Es regnet weiter. Bis Mitte des Nachmittags schleppt sich der Nebel auf dem See dahin, so wie Natty und 3B sich in ihrem Zimmer hinschleppen, auf dem Bett liegen, ihren Walkman über den Ohren, ihren Vorrat an Comics, Schokolade und Bonbons ausschöpfen, den sie jeden Abend in der Stadt erneuern, vor dem Essen, das sie im Hotel einnehmen müssen, da die Chefin ihnen Halbpension aufgezwungen hat.
Von Zeit zu Zeit setzt sich Natty in den Voltaire-Sessel gegenüber vom Fenster und betrachtet den düsteren See, auf den der Regen herniederprasselt. Sie möchte weinen, sagt sich jedoch, sie müsse durchhalten, wenn sie Istvan überzeugen will. Sie wirft einen Blick zu 3B, die mechanisch in die Schokoladenschachtel greift. Langsam nervt sie sie. Im Edelweiß waren sie nicht Tag und Nacht beisammen, und diese Nähe bedrückt sie. Aber da sie sie auf diese Seegaleere mitgeschleppt hat, darf sie nichts sagen. Sie muß sie ertragen. Und dann ist es vielleicht besser als die Einsamkeit.
»Wenn es wenigstens einen Fernseher auf dem Zimmer gäbe«, seufzt 3B und nimmt sich die Hörer des Walkmans von den Ohren. »Ich hab die Nase voll von den Kassetten. Sollen wir neue kaufen?«
»Wir haben fast kein Geld mehr. Gerade genug, um uns einige Gläser im *Café du Théâtre* zu leisten. Wir dürfen auch nicht so viele Comics und Schokolade verbrauchen! Glücklicherweise müssen wir das Hotel nicht zahlen!«

»Wieso?«
»Man wird uns vorher finden. Sie holen uns da raus.«
»Wir könnten aber doch ins Kino gehen.«
»Um im Regen Schlange zu stehen, nein danke!«
»Nachmittags gibt es keine Schlangen.«
»In Genf zeigen sie nur miese Filme.«
»Glaubst du?«
»Sicher, Genf ist wie Gstaad. Alles ist mies.«
Vor Nattys offensichtlicher schlechter Laune, die ihre Schmollmiene der schlechten Tage hat, verfällt 3B wieder in Lethargie. Noch eine Stunde hinter sich bringen, bis sie wieder in die lärmende und verrauchte Atmosphäre des *Café du Théâtre* tauchen.
Natty rafft sich aus dem Sessel und pflanzt sich vor dem Badezimmerspiegel auf. Die reichhaltigen Abendessen und die Kilos an Süßigkeiten haben ihre Magerkeit besiegt. Sie findet sich fett, fast so sehr wie 3B. Sie hatte Schwierigkeiten, ihren Rock zuzukriegen, und ihre Bluse klafft vor ihrer Brust.
Die gerundeten Wangen machen ihr dreieckiges Gesicht schwerer. Am Vortag, als sie an den Spiegeln des Foyers und den Schaufenstern der Straße vorbeiging, hat sie sich nicht wiedererkannt. Sie kneift sich angewidert in die Schenkel. Nur ihre Beine sind schlank geblieben. Aber selbst wenn sie fünfzehn Zentimeter größer ist als 3B, sie würde eher sterben, als in diesem Zustand vor Istvan zu erscheinen. Er, der dicke Frauen verabscheut!
»3B!«
»Hmm?«
»Du hast recht. Heute abend kaufen wir Kassetten. Schluß mit Schokolade und Bonbons. Übrigens esse ich heute abend nichts. Mir ist so schlecht.«
»Soll ich ganz alleine in den Speisesaal?«
»Wir gehen dann eben ins Kino, dann ins Bistro, anstatt

ins Hotel zurückzukommen . . . Zieh dich an. Sie müssen schon da sein.«

»Sie«, das ist die Stammkundschaft des *Café du Théâtre,* eine kleine Bar, die 3B und Natty am Tag nach ihrer Ankunft in Genf entdeckt haben, als sie den Konditor suchten, dessen Adresse die Bedienung des *Seevogels* ihnen gegeben hat.
Um dem immer stärker werdenden Regen zu entrinnen und den Windstößen, die sie an die Fassaden der Banken drückten, haben sie die Tür durchschritten, deren Glas, das nur schwach erleuchtet war, an eine Kathedrale erinnerte und ihnen ein beruhigendes Gefühl der Wärme und der Nähe gab.
So kamen sie in die verrauchte Höhle der Cafémarxisten, der schlechtest bewerteten Filmleute des Kantons, der Gurus der Psychoanalyse, der Jünger des Post-Post-Surrealismus und der Weltpolitik. Zuerst waren sie eingeschüchtert, dann ließen die Mädchen sich von diesen Bärtigen, die nach Schweiß und Pfeife rochen, zähmen. Getäuscht von Nattys Größe, boten sie ihnen Bier an. Ganz selbstverständlich duzten sie sie. Natty und 3B waren schon nach dem zweiten Glas betrunken und schwebten in höheren Regionen der Schöpfung. Natty bat den Barmann um Zigaretten, um sich anzupassen. Durch einen Nebel sah sie merkwürdige Gesichter. Sie begriff nicht ein Zehntel der nebelhaften Reden und bewunderte sie um so mehr. Die hatten Studien über sich ergehen lassen müssen! Jemand fragte sie, womit sie ihren Lebensunterhalt verdiene.
»Ich studiere Philosophie.«
»In Genf?«
»Nein, in Paris.«
»An der Sorbonne?«
»Genau, ja.«
»Also bist du in Ferien?«

»Nein, die Professoren streiken.«
Sie antwortete so überzeugend, daß der Bärtige, der ganz verloren in seinem Genie und dem Rauch seiner Pfeife war, sich damit begnügte, wissend mit dem Kopf zu nicken. Sein Nachbar, der hellsichtiger war, fragte sie nach ihrem Alter:
»Siebzehn. Ich bin im ersten Jahr.«
Ein Psychoanalytiker verkündete, es sei eine Schande, junge Geister mit einer überholten Wissenschaft zu vergiften. Darauf folgte eine lebhafte Debatte, die von der schrillen Stimme eines Schülers von Jean-Luc Godard beherrscht wurde, den er »meinen Landsmann« nannte, ohne daß Natty begriff, warum. Sie begriff ebensowenig, warum man unaufhörlich von Klassenkampf sprach und fragte sich, warum man sich in den Oberschulen von Genf bekämpfte ...
Als sie 3B blaß von der Toilette zurückkommen sah, gab Natty das Zeichen zum Aufbruch, versprach dabei, am nächsten Tag wiederzukommen.

Die Schweizer Polizei mag zwar zu den besten der Welt zählen, doch erst am sechsten Tag putzt ein Doppelgänger von Jesus, der ein Informant von Inspektor Kozinski ist und sich zum Sterben inmitten der Stammgäste des *Café du Théâtre* langweilt, denen er gerade seine allgemeine und wöchentliche Runde ausgegeben hat, seine beschlagene Brille, um erstaunt die sogenannte Philosophiestudentin und ihre Schwester anzusehen. Er nimmt sich noch die Zeit, sein Glas mit Fendantwein zu leeren, bevor er auf die Telefonzelle zugeht.
Inspektor Kozinski mag noch so gut auf der Skala spielen, die er in zwanzig Jahren Beruf gelernt hat: Von Sanftheit zur Drohung übergehen, wie ein guter Papa an seiner Pfeife ziehen oder sie wie eine Pistole auf die beiden Ausreißerinnen richten, er bekommt nur den Bericht, den

er schon kennt; in der Hand hat er den Bericht seines Kollegen Weinberg, der in Gstaad die Zeugenaussage der Schülerinnen des Edelweiß bekommen hat. Was er wissen will, ist, wohin die beiden Verführer verschwunden sind und wie sie heißen. 3B zittert und kann keine drei zusammenhängenden Worte hervorbringen, da sie weiß, daß das nächste Verhör vor ihren Eltern stattfinden wird. Natty erwartet ungeduldig Istvans Ankunft. Sie erklärt, daß sie ihre beiden Liebhaber immer Robert und Paul genannt haben, da sie Robert Redford und Paul Newman ähnlich sahen. Sie sagten, sie hießen Peter und Bill, doch sie kennen ihre wahre Identität nicht. Übrigens haben sie keine Lust, sie wegen Verführung Minderjähriger ins Gefängnis zu bringen, da sie sehr nett zu ihnen gewesen seien. Inspektor Kozinski, das weiß sie, glaubt kein Wort von ihrem Abenteuer in New York, genausowenig wie an das Polomatch in einem östlichen Land, dem Natty noch einen Flug über die Anden an Bord eines Flugzeugs unbekannter Marke hinzufügt und eine Nacht in einer kalifornischen Sekte, in der man den Reis mit zerstoßenem Haschisch bestäubte; dabei beobachtet sie das Gesicht des Polizisten, das von Rosa in Scharlachrot übergeht.

Was Madame Rosenwald, die Chefin des Hotels *Seevögel*, angeht, so kann sie nur sagen, daß die zwei jungen Mädchen den ganzen Tag auf ihrem Zimmer blieben. Sie fühlte sich in ihrer Haut nicht wohl, als die Polizei zu ihr kam, nachdem diese bei ungefähr zwanzig Hotels in Genf angerufen hatte. Sie waren gut erzogen, sie warteten darauf, daß ihre Eltern kämen . . .

Es ist nicht das erste Mal, daß Kozinski eine schmutzige Sache auf dem Hals hat, die den Jet-Set betrifft. Doch die Adoptivtochter von Istvan Horwat ist einer der peinlichsten Fälle in dieser Navigationskunst, die im wesentlichen darin besteht, Wellen zu vermeiden.

25

»Ich habe keine Anklage erhoben«, sagt Istvan. »Die Familie von Mlle. Bugatti auch nicht. Doch die Justiz sucht weiter diese berühmten Peter Redford und Bill Newman, falls es sie überhaupt gibt.«
Natty sitzt auf einer Bank im Abflugsaal von Genf-Cointrin, wo das Flugzeug nach Paris angekündigt ist, und tut so, als sei sie ganz vertieft in die Betrachtung eines Babys, das sich bemüht zu laufen und sich dabei an eine Karre anklammert. Sie wirft Istvan schräge Blicke zu, der in seinem schwarzen Mantel sehr steif, ja sogar düster aussieht.
»Wer wird meine Sachen im Edelweiß holen?« fragt sie. »Ich darf nämlich nicht mehr dorthin . . .«
»Deine Sachen sind mir egal! Was ich wissen will, ist, was wirklich passiert ist. Ihr habt irgendwas erzählt.«
Das Baby rutscht aus, fällt heulend zu Boden, während die Karre, die es losgelassen hat, an Istvans Knie stößt. Er schiebt sie mit dem Fuß zurück, zwei oder drei Meter, dann steht er verwirrt auf und entschuldigt sich bei der Mutter, die ihn lächelnd beruhigt.
»Das ist nicht schlimm. Spielen Sie auch Fußball, Monsieur Horwat?«
Im Flugzeug hält Natty hartnäckig die Nase ans Fenster gedrückt. Sie ist enttäuscht. Das Abenteuer hat zu leicht geendet. Natürlich wird Istvan nur mit Schwierigkeiten ein Internat für das dritte Trimester finden, obwohl er immer alles bekommt, was er will. Doch im nächsten Jahr kann alles von vorne anfangen. Einmal hat sie ihn mit Mary Collins über die Schule reden hören, in der diese gewesen ist, in Massachusetts. Er ist zwar wütend, aber er sieht immer noch so selbstsicher aus. Er hat nicht genug Angst gehabt. Sie sind nur zu sechst in der Kabine erster Klasse, darunter die junge Frau und ihr Baby, die genau vor Istvan sitzen.

Das Baby klettert auf die Sitzlehne und lächelt Natty an. Es weint, als seine Mutter es wieder auf den Sitz heruntersteigen läßt.
Istvan bringt die Zähne nur auseinander, um der Stewardeß zu danken, die Champagner anbietet. Natty will nichts. Sie beobachtet Istvan, der langsam trinkt.
»Was hast du? Warum schaust du mich denn so an?« fragt er sie.
»Nichts. Ich hab an etwas gedacht, in bezug auf das Baby . . . Blöd an der Geschichte ist, daß ich nicht die Pille nehme. Nun, da ich jetzt eine Frau bin, kann man nie wissen . . .«
»Wie, du . . .«
Istvan packt Natty ungläubig bei den Schultern, um sie zu zwingen, ihn anzusehen. Sie nickt.
»Aber ja, ich bin *entwickelt*, wie 3B sagt.«
»Seit wann?«
»Seit mehr als sechs Monaten.«
»Du hast mir nichts gesagt!«
»Ich habe keine Zeit gehabt. Du hast nur zwei Tage an Weihnachten in Gstaad verbracht, und wir waren die ganze Zeit mit deinem Mannequin zusammen.«
»Sie hat ja so recht«, denkt Istvan. »Ich führe mich auf, als hätte ich allen gesunden Menschenverstand verloren. Ich sehe nicht mal, daß sie groß wird. Wenn etwas passiert, wird es meine Schuld sein. Der alte Sandor hatte recht. Es genügt nicht, Schecks zu unterzeichnen. Ich muß mich um sie kümmern. Auch Thieu hat recht. Sie hat ihr Zimmer in der Wohnung. Wir werden für sie eine Schule im Viertel finden. Wenn ich nicht da bin, wird Thieu auf sie aufpassen. Mit ihm wird sie keine Dummheiten machen können.«
»Natty, hallo? Hörst du mich?«
»Ich hör dich ganz deutlich, Istvan.«

»Ich habe eine große Entscheidung getroffen. Du wirst nicht mehr ins Internat zurückgehen.«
»Niemals?«
»Niemals.«
»Schwörst du es mir auf deinen Schläger?«
»Wenn du willst.«
Sie drückt sich an ihn, verbirgt ihren Kopf in seinen Achselhöhlen in einer Bewegung der Zärtlichkeit, die Istvan voller Glück wieder erkennt. Er weiß nicht, ob sie weint oder lacht. Ihr feuchter Mund drängt sich an sein Ohr und flüstert:
»Wir sind die ganze Zeit im Hotel geblieben und haben Schokolade gemampft. Deshalb bin ich so dick. An Männern haben wir nur die Stammkunden des Bistro kennengelernt. Außerdem glaube ich, daß sie Frauen absolut nicht mochten . . . Weißt du, ich habe in meinem Leben nur einen einzigen nackten Mann gesehen. Das warst du, im Bad, am Rande der Wanne.«

26

Thieu muß nicht lange nach der Schule suchen, die der Wohnung am nächsten liegt: er muß nur die Avenue Robert-Schuman überqueren. Nicht nötig, Natty zu begleiten. Der Vietnamese bedauert es ein wenig, denn sicher hätte man ihn mit dieser Verantwortung betraut, da Istvan morgens mit seiner Gymnastik und nachmittags mit seinem Training in Roland-Garros beschäftigt ist. Er wäre gerne neben Natty hergegangen, hätte auf sie aufgepaßt, obwohl sie jetzt größer als er ist. Er hätte den Eindruck gehabt, seine Tochter zu begleiten. Er hätte ihr einen Gang durch die Schülergruppen gebahnt, die auf dem Bürgersteig flüstern, hätte gewartet, daß die Tür der Schule sich öffnet, wäre erst wieder gegangen, wenn er sie hätte hineingehen sehen. Er erkennt nicht, daß es sicher nicht so verlaufen wäre. Natty wäre ihren Leibwächter so schnell wie möglich losgeworden, um mit den anderen zu plaudern und zu lachen. Alles, was sie ertragen hätte, wäre, daß er sie im Auto hingebracht und sie vor der Schule hinausgelassen hätte.

Als außergewöhnliche Gunst hat man der Tochter von Istvan Horwat gestattet, die Kurse des Collège Dupanloup während des dritten Trimesters zu besuchen, bevor sie fürs nächste Schuljahr eingeschrieben ist. Sie studiert mit Istvan ihren Stundenplan. Zwischen der fünften Klasse und den Trainerstunden von Istvan muß man freie Augenblicke für Nattys Tennis finden.

»Wenn Roland-Garros zu voll ist, gehen wir auf den Court von Jacques in der Rue Ribeira«, meint Istvan.

»Wirst du nicht zu müde sein?« fragt Natty. »Eine Stunde Fußball, zwei Stunden Gymnastik, plus zwei Stunden Roland-Garros am Tag . . . Und außerdem noch das Spiel mit mir, das wird viel!«

Istvan lächelt. Das »außerdem« bezaubert ihn. Es gefällt ihm, daß Natty sich ernst genug nimmt, um zu denken, daß die Müdigkeit ihn davon abhalten könnte, mit ihr Bälle zu wechseln. Das gibt ihm Hoffnung. Er hat sie wiedergefunden. Es geht nun darum, sie nicht mehr loszulassen.

Mittwochs, samstags, sonntags und manchmal unter der Woche nach der Schule zieht Natty ihre Tennissachen an, um zuzusehen, wie Istvan in Roland-Garros trainiert, ganz in der Nähe, gegenüber dem Collège Dupanloup. Sie vergißt nie ihren Schläger. Man kann ja nie wissen.
Zwischen fünf und sieben findet sie ihn in den Fängen von Connors, Tanner, Panata oder Noah, je nachdem, ob sie in Paris sind. Sie erlebt Tage ruhigen Glücks. Sie denkt nicht mehr ans Skifahren, an Gstaad, an ihre Flucht. Sie ist um mehr so mehr in einer Position der Stärke in der Avenue Robert Schuman, als Istvan Carla vor den Vorbereitungsturnieren auf die großen Ereignisse des French und von Wimbledon auf Abstand hält: Nizza, Rom, Monte Carlo . . . Wenn er abreist, um im Ausland zu spielen, hat Natty das mächtige Gefühl, Hausherrin zu sein, und sie würde nicht mehr die kleinste Laune erlauben.
»Du bist sehr vernünftig geworden, Miss«, sagt Thieu eines Tages, als sie sich weigert, Istvan nach Nizza zu begleiten, um vor dem Wochenende keine Stunde am Nachmittag zu versäumen.
»Ja . . . Erinnerst du dich an den Zirkus, den ich gemacht habe, bevor ich ins Edelweiß gekommen bin, als er mit dieser furchtbaren Collins nach Palermo gefahren ist?«
»Er wird im April oft weg sein. Mit wem wirst du spielen?«
»Noch ist er nicht weg. Und dann gibt es ja Jacques. Er hat gesagt, daß er mich gerne trainieren möchte. Jedenfalls, wenn sie angefangen haben, Roland-Garros für das Turnier vorzubereiten, werde ich keinen Fuß mehr auf einen

Court setzen können. Also mußt du dich daran gewöhnen, mich in die Rue Ribeira zu fahren. Sag mal, hast du gemerkt, wie ernst Istvan ist? Er geht um zehn Uhr ins Bett.«
»Seit du hier wohnst, Miss, hat er wieder angefangen zu arbeiten. Er ist wunderbar!«

Von nun an sagt sie Laurence Germain und Sophie Imbert, ihren neuen Freundinnen aus dem Collège Dupanloup, nicht mehr, daß sie mit Istvan ein paar Bälle spielt, sondern daß sie zum Training geht. Laurence und Sophie, die im Racing Stunden nehmen, wo ihre Eltern mehrere Stunden während des Wochenendes verbringen, wagen es nicht, Natty einzuladen; sie gehört in eine andere Welt. Sie haben sogar Angst, sie könnte eines Tages kommen, um ihnen beim Spielen zuzusehen. Der Blick der Tochter des Champions kann nur unbarmherzig sein. Natty ist ihnen dankbar für ihre Ehrerbietung. Auch liebt sie sie alle beide, sie, die nie zwei Freundinnen gleichzeitig haben konnte. Laurence und Sophie waren zusammen im Kindergarten. Sie wohnen in der Rue du Chateau, in Nachbarhäusern. Ihre Väter, Notare, sind Kompagnons, ihre Mütter finden denselben Geschmack am Schwimmbad, am Braunwerden und an Yves Saint-Laurent in kleinen Dosen. Wenn sie sie reden hört, hat Natty den Eindruck, daß sie Zwillingsschwestern sind. Sie sind beide mittelgroß. So kann Natty auf sie herabschauen.
Eines Tages nach der Schule gelingt es Natty, sie nach Roland-Garros hereinzubringen, um Istvans Training zuzusehen. Die zwei Mädchen haben noch nie aus so großer Nähe einen Mann gesehen, der mit der Schönheit des Ruhmes bekleidet ist. Von da an kennt die Bewunderung ihrer zwei Freundinnen keine Grenzen mehr.
An einem Aprilabend, als sie mit ihrer Tennistasche zum Racing gehen, fragt Natty sie, ob sie sie begleiten kann.

»Wir haben uns nicht getraut, dich einzuladen«, sagt Laurence, »aber wenn du willst . . . Weißt du, wir teilen uns einen Lehrer. Eine Woche gibt er Sophie eine Stunde, in der anderen mir. Deshalb sind wir nicht sehr gut . . .«
Was Natty sofort bemerkt an diesem Abend, ist, daß die Väter von Laurence und Sophie sich wahnsinnige Mühe geben, um in ihrer schönen Kleidung und mit ihrem raffinierten Schläger wie Galeerensträflinge zu schwitzen . . . Aber natürlich teilt sie diesen unangenehmen Eindruck nicht ihren Freundinnen mit. Großherzig schlägt sie ihnen sogar vor, einige Bälle mit ihnen zu wechseln.
»Los, Laurence«, meint Sophie. »Ich schaue euch zu . . . Ich werde nicht allein sein. Natty hat schon ihr Publikum!«
Sobald sie angefangen haben zu spielen, beginnen die paar Neugierigen einen Austausch an Kommentaren! »Das ist die Tochter von Horwat. Sie ist dreizehn. Sie ist schon in der Juniorenklasse. Sie hat für ihr Alter eine außergewöhnliche Reife!«
»Wir machen einen Satz, ja?« fragt Laurence, die ziemlich stolz auf ihre letzte Vorhand ist. »Wir habe den Platz für eine Dreiviertelstunde!«
»Wenn du willst«, meint Natty ohne Überzeugung.
Der Lehrer von Laurence und Sophie gibt zwei Plätze weiter gerade einer Frau von ungefähr sechzig eine Tennisstunde, die es nie versäumt, ihren Trainer an die Bar zu schleppen, um ihm von ihren Ferien an der Beach oder bei Bobet zu erzählen. Während er die Bälle aufsammelt, wirft er ein paar Blicke auf seine Schülerin und auf Natty, die gerade ihr Spiel begonnen haben. Er mag Laurence gern, doch denkt er mit einer gewissen Trauer daran, daß sie eines Tages auch in dem banalen Leben seiner alten, geschwätzigen Schülerin dahinvegetieren wird. Nett, aber wenig sportlich, nicht begabt . . . Man könnte meinen, sie sei da, um als Kontrast für die Tochter von Horwat zu die-

nen, die mit ihrer Eleganz den Ballwechsel beherrscht, genauso wie durch ihre Ruhe und ihre Konzentration. »Sie macht keinen Fehler«, sagt er bei sich. »Sie wird sicher eine große Spielerin. Ich möchte sie gerne als Schülerin haben. Ich habe so oft den Eindruck, nicht zu viel nütze zu sein . . .«

Natty hat beschlossen, so schnell wie möglich fertig zu werden. Sie spielt, um zu gewinnen, ohne das Vergnügen zu erkennen, das dieses kleine Match Laurence macht, die voller Begeisterung in alle Richtungen über den Platz läuft. Die Aufregung ihrer Freundin entgeht ihr. Sie macht alle ihre Schläge ganz ernst, ohne sich um die Schwäche von Laurence zu kümmern, die nicht ein Spiel gewinnen und sicher nicht mal einen Punkt machen wird. »Das ist ein Witz . . . Ich werde sie 6:0 schlagen, das wird zwanzig Minuten dauern und dann trinken wir einen Orangensaft . . .«

Schon bei ihrem ersten Aufschlag hat sie bemerkt, daß Laurence ihn fast nicht zurückschlagen konnte. Macht nichts. Als Laurence aufschlägt, schlägt Natty eine mächtige Vorhand oder eine Cross-Rückhand, schlägt einen weichen Ball, um sie zum Laufen zu bringen. Wenn es Laurence gelingt, einen weichen Ball zu returnieren, zwingt Natty ihr einen Lob auf, um sie noch mehr laufen zu lassen, und die Bälle von Laurence sind so schlecht placiert, so leicht, daß Natty keine Mühe hat, sie zu returnieren.

Die zwei Spiele gehen vorbei: 1:0, 2:0, 3:0 . . . Natty gelingen mit Leichtigkeit alle ihre Schläge. Der Aufschlag von Laurence fällt schlaff in die Mitte des Platzes. Natty, die am Ball ankommt, antwortet mit einem unerreichbaren Vorhandschlag oder einer Long-Line-Cross-Rückhand, die Laurence nicht returnieren kann.

Laurence war sehr glücklich, mit Natty zu spielen. Sie wußte sehr wohl, daß Natty ein regelmäßiges Training hatte, doch sie dachte doch, daß sie selber besser wäre. Ein

wenig naiv sagte sie sich, daß es ihr gelingen würde, ein gutes Spiel zu machen, vor allem wenn Natty es nicht zu ernst nehmen würde. Und jetzt erkennt sie deutlicher denn je, daß zwischen ihnen Welten liegen. Es entmutigt sie und verletzt sie in ihrer Leidenschaft, die sie für den Vater von Natty hegt, die mit jedem Ball, den Laurence verschlägt, immer unerreichbarer wird.
Als sie die Seite wechselt, geht sie schleppend. Verschwitzt und erschöpft senkt sie den Kopf. Sie sieht nicht, wie sie es vermeiden könnte, 6:0 zu verlieren. Den Tränen nahe sammelt sie die Bälle immer langsamer auf, um zu versuchen, die Niederlage zu verzögern.

»Ich mache sie lächerlich«, denkt Natty. »Schon 4:0 . . . Mit all den Leuten, die uns zuschauen, ist das gemein. Und es ist zu leicht. Was würde Istvan sagen, wenn er sähe, wie ich Laurence die Lust am Tennis nähme, wo sie doch nur ein nettes Tennisspiel machen wollte?«
Laurence, die dasteht wie ein Standbild der Verzweiflung, zeigt ihre Wut nicht. Resigniert begnügt sie sich, Nattys Aufschlag abzuwarten.
»Ich kann das Massaker nicht weitermachen«, sagt Natty bei sich. »Es ist meiner nicht würdig. Es ist noch Zeit, ihr ein Spiel zu lassen, sogar zwei. Mut, Laurence. Ich werde auf deine Vorhand spielen, das ist deine einzige Chance. Mach wenigstens nicht zu viele Fehler!«
Sehr geschickt, damit weder die kleine Welt des Racing noch Laurence merken, was sie vorhat, hütet sich Natty, nun lasch zu spielen. Sie läßt Laurence einfach Punkte mit ihrer Vorhand machen. Und auf ihre Vorhandschläge läuft sie zum Netz, um Passierschläge oder Lobs zu provozieren, bei denen sie mit einem Kopfnicken »gut gespielt« sagen kann. Natty fühlt sich besser. Da sie sich weigert, ihre Freundin zu zermalmen, fühlt sie sich Istvans würdig. Sie

lächelt, als sie sieht, daß Laurence wieder Mut faßt, nachdem sie ein Spiel gewonnen hat. Sie beschließt, ihr noch eins zu gönnen. Dann, als sie die gute Tat für ausreichend hält und sie sich selber bewiesen hat, daß sie sich wie eine Erwachsene beherrschen kann, fängt sie von neuem an, die Gegnerin auf ihre Rückhand anzugreifen und gewinnt den Satz 6:2.

»Du warst nett, daß du mir zwei Spiele überlassen hast«, sagt Laurence, als sie zu den Umkleideräumen gehen.
»Absolut nicht«, antwortet Natty. »Du hast sie gewonnen. Ich habe nicht gedacht, daß du so eine gute Vorhand hättest. Das ist nicht so schlecht. Wir sind erst dreizehn . . .«

Zweiter Teil

1

»Er ist ein Junge«, denkt Istvan. »Ein Junge, der so groß ist wie ich.«
Er ist genauso neugierig wie das Publikum auf den siebzehnjährigen Deutschen, der ihm gegenübersteht.
»Siebzehn Jahre? Praktisch so alt wie Natty!«
War Rainer Ritter darauf gefaßt, das Viertelfinale bei den Internationalen Meisterschaften von Frankreich in Roland-Garros zu erreichen?
Istvan betrachtete diesen unerwarteten, ziemlich arroganten Gegner.
»Er ist eigentlich sympatisch, der Bomber von Westfalen, wie ihn die Journalisten nennen. Ein etwas unausgegorenes Gesicht, noch nicht fertig, wie ein Jüngling. Der deutsche Verband wollte nicht, daß er sich für die Orange Bowl einschrieb. Er hat sie als Privatmann gewonnen . . . Ich dachte, er wäre athletischer, er kommt mir ein bißchen schwerfällig vor. Aber Vorsicht, er soll sehr kraftvoll sein . . . Was mich am meisten beunruhigt, sind seine Augen: er hat den leeren Blick eines Killers.«
»Wenn ich beim Los gewinne, wähle ich nicht den Aufschlag. Man wird sehen, wie der Bomber das Feuer eröffnet.«

»Sein erster Serviceball hat mich überrascht.«
»Sein letztes As auch.«
»Alle seine Bälle gehen rüber, und denen, die nicht rübergehen, folgen zweite Bälle, die fast so gefährlich sind wie die ersten.«
»Der Knabe ist sehr gut. Sogar ein bißchen zu gut.«
»Dieses Mal hat er mich mit seiner Schnelligkeit am Netz gekriegt.«

— 40

»Das ist nicht möglich, er schlägt ein As nach dem anderen.«

— Spiel Ritter. Eins null.

»Gut, mein Aufschlag. Aber ein Return wie der Blitz. Es sieht so aus, als ob er sich amüsiert. Er lächelt, wenn er schlägt. Sicher ein Grinsen.«
»Asse, Doppelfehler, es ist noch wirr, aber es summiert sich. Er ist gut und schnell.«
»Es geht zu schnell . . .«

— Ritter gewinnt den ersten Satz mit 6:3.

»Ich hätte es schon beim ersten Ball merken sollen . . .« Istvan sitzt während der Pause auf seinem Stuhl und wischt sich den Kopf mit einem Handtuch ab, massiert sich die Wangen mit der Handfläche, dann seine Arme, dann die Beine.
»Ich bin schnell drangekriegt worden. Ich hatte keine Zeit, mich zu konzentrieren. Ich war Zuschauer des Match. Ich bin nicht ins Spiel reingekommen. Jetzt reicht's. Alles wieder in Ordnung bringen.«
»Diesen Jungen zu Raison bringen.«
»Ein erster Satz 6:3 . . . Halb so alt wie ich und die doppelte Anzahl Spiele. Nichts geht mehr, das ist verkehrte Welt . . .«

— Horwat gewinnt den zweiten Satz 6:3.

»Gut. Wir fangen wieder bei Null an. Das funktioniert. Dieser Dummkopf wird weit kommen. Aber nicht dieses

Mal. Jetzt brauche ich 6:2, 6:3. Ein gutes Match in vier Sätzen . . .«
»Er spielt, als hätte er den zweiten Satz gewonnen. Absolut nicht beunruhigt. Er bombt immer noch. Er zieht seine Schläge voll durch. Er hält nichts zurück.«
»Es wird allmählich etwas lang. Unglaublich, seine Returns. Nicht schlecht, seine Passierschläge. Ich habe die Nase voll von seinen Aufschlagvolleys. Und immer diese ersten Bälle, die rübergehen . . . Wie viele Asse schon?«
»Wir gehen auf einen Tie-Break zu. Es ist schwül. Ist es das Gewitter, oder drehe ich durch?«
»Ich komme da raus. Er wird mich nicht kriegen, aber er macht mich fertig.«

»Ich habe wirklich gelitten, um ihm diesen Tie-Break bei 15:13 zu entreißen. Ich muß schneller zum Netz, schneller! Du hast Beine aus Bronze, alte Statue . . . Das sagt sich der Knabe wohl. Er hat recht. Sie schleppen sich dahin.«
»Das ist der zweite Lob, den ich durchlasse. Möchte er vielleicht, daß ich mich am Geländer stoße?«
»Ich muß dringend einen Vorsprung über ihn kriegen.«
»Er nimmt wieder meinen Service an. Wir kommen da nicht raus.«

— Vier Spiele beide.

»5:4 bei seinem Aufschlag. Es geht besser. Ich werde ihn bei 6:4 kriegen. Es wird Zeit. Der Marathon reicht. Uff!«
». . . ich habe mir wieder meinen Service abnehmen lassen. Ich bin eine Null. Verrostet, gut fürs alte Eisen. Eine kaputte Triebfeder, da ich zu früh ›Uff‹ gesagt habe.«
»Tie-Break. Es geht wieder los.«
»Nichts zu machen. Noch ein erster Ball wie eine Bombe. Ich kann nicht mehr. Ich bin nicht mehr da.«

Rainer Ritter hat mit 7:2 den Tie-Break gewonnen, im vierten Satz. Istvan hört das Schweigen des Publikums. Er bemüht sich, ruhig die üblichen Bewegungen zu machen, die ihm Zeit geben, sich zu konzentrieren: Er rollt den Ball in seiner Hand, läßt ihn dreimal auf dem Boden aufspringen, richtet die Saiten seines Schlägers, die doch völlig in Ordnung sind, bindet ein Schuhband, das nicht offen ist . . .

»Sie glauben alle, der Deutsche wird mich rausschmeißen. Bloß ihnen nicht meine Müdigkeit zeigen. Übrigens spüre ich sie nicht mehr.«
»Ich werde geschlagen. Ich verliere alle meine Chancen fürs Halbfinale. Aber er wird nicht gewinnen . . . Ihn einstampfen, ihn umbringen . . .«
»Er sieht weniger gut. Er ist nicht mehr so genau. Jetzt mache ich ihn müde. Das ist der Moment, ihn zu kriegen. Er hat mehr Angst zu gewinnen, als zu verlieren.«
»Im letzten Satz gibt es kein Tie-Break. Kein Tie-Break!«
»7 beide. Ich kriege ihn. Ich mache ihn in fünf Minuten fertig oder nie.«
»8:7.«
»Das Gewitter ist nicht losgebrochen. Das Gewitter . . .«
»9:7!«
»Ist wirklich Schluß?«

»Du hast immerhin doch noch gewonnen«, sagt Natty, die noch ganz blaß ist.

2

In der Loge stehend, die Istvan hartnäckig immer noch in Roland-Garros mietet, ohne sich um Fenwicks Bemerkungen zu kümmern, der ihm diesen unnötigen Luxus vorwirft, wo er doch sehr gut die Matchs von der Spielertribüne aus sehen könnte, erwartet Natty Istvan, der lächelt. Er hat sich geduscht und sich einen merkwürdigen Trainingsanzug in Lila und Schwarz angezogen — halbe Trauer —, den sie nicht kennt und der seine angespannten Züge und seine umschatteten Augen betont. Er kommt ihr plötzlich verletzlich vor.

Cora Gordon hat Nattys Hand während des ganzen Tie-Breaks und des fünften Satzes gehalten, da sie wußte, daß diese, Sekunde für Sekunde, Istvans Leiden mitlebte. Sie hat sanft mit ihr geschimpft:

»Bald bist du siebzehn, und du reagierst wie ein kleines Mädchen!«

Jim Cordon hatte Wert darauf gelegt, bei seiner Frau zu bleiben. Das ganze Match hatte er die Zähne nicht auseinanderbekommen. Seine Generation stand auf dem Spiel. Er war nicht über das Achtelfinale hinausgekommen. Livia Fabiani, die ihren neuen Liebhaber eingeladen hatte und schließlich nicht wußte, wo sie sich setzen sollte, hatte Natty gefragt, ob sie sich neben sie setzen könne.

»Sicher«, hatte Natty geantwortet, ganz große Dame in einem türkisen Kleid. »Istvans alte Damen sind immer willkommen!«

Wie an einem Talisman fummelte sie an der goldenen Rolex-Uhr herum, die ihr Istvan zu ihrem sechzehnten Geburtstag geschenkt hatte, bevor er sie zum Essen ins *Maxim's* einlud.

»Du hast uns ins Schwitzen gebracht«, sagt Jim Gordon und umarmt Istvan. »Beinahe wäre Natty in Ohnmacht gefallen.«

»Ich hatte Vertrauen«, sagt Laurence, die auch aufsteht, um den Sieger zu umarmen.
»Dieser Bomber von Westfalen konnte gegen dich nicht gewinnen«, sagt Livia Fabiani.
»Können wir von etwas anderem reden?« fragt Istvan.

Laurence Germain klebt fast an dem neben ihr sitzenden Istvan und schaut gerade vor sich hin, fragt, ob das Match bald anfangen wird. Bauer, der Coach von Ritter, schleicht sich in die Loge von RTL, um halblaut mit dem jungen Mann zu reden. Beide lächeln, als sie Istvan einen Blick zuwerfen. Natty hat das Gefühl, daß sie über sie reden. Seit zwei Tagen hat sie eine Lockenfrisur, die sie ein paar Stunden amüsiert hat, sie aber allmählich nervt. Amüsiert ihn das vielleicht? Schließlich kann Rainer Ritter denken, was er will. Ihr ist es schnuppe.

Die Menge erhebt sich nach dem zweiten Match im Viertelfinale. Istvan schaut noch mal das Publikum an, vor dem er soviel Mühe hatte, Ritter zu schlagen. Er spürt eine große Müdigkeit, doch er stellt sich. So viele Gesichter sind ihm zugewandt . . . Natty hat seinen Arm genommen, läßt Laurence zurück, zusammen mit Jim Gordon, der ihr einige Feinheiten von Connors' Spiel erklärt.
Einige Meter vor Istvan, mitten in der auf der Stelle tretenden Menge drängelt Ritter mit den Ellbogen vor, um Holgersson zu erreichen, den Schweden, der so alt ist wie er und der sich mit dem Motorrad vor Beginn des Turniers das Handgelenk gebrochen hat. Trotz seines Gipses ziert Holgersson die Chronik der Pariser Nächte. Heute abend möchte Ritter, der sich schon erholt hat und wie ein Kind in den Ferien lacht, mit dem Schweden und seiner Bande feiern.
Istvan und Natty kommen an der kleinen Gruppe vorbei,

ohne sich umzudrehen. Wieder bemüht sich Istvan zu lächeln, trotz seiner Müdigkeit, gestärkt durch den vertrauten Anblick einer Gruppe Fans, die gierig nach Autogrammen auf ihn zustürmt.

»Eines Tages wirst du Tennisbälle signieren«, sagt er zu Natty, die den Arm des Champions losläßt, um ihn seinen Bewunderern zu überlassen.

Man läuft, man drängelt. Istvan wartet gelassen . . .

Die Gruppe geht an ihnen vorbei, ohne sie zu sehen. Istvan ist bestürzt und dreht sich um. Natty steht wie erstarrt. Sie hat verstanden. Die Hände strecken sich nach dem Deutschen, der einige Meter hinter ihnen ist.

Sie hat wieder seinen Arm genommen, schleppt ihn fort. Sie möchte weinen.

»Wir müssen auf Jim und die anderen warten«, sagt Istvan kühl. »Bei diesen Menschenmassen werden wir uns verlieren.«

3

Istvan wacht in einem der zahllosen Hotelzimmer auf, in denen er während der Etappen seines Nomadenlebens absteigt. In London bemüht sich die Direktion des *Claridge*, wo er bei jedem Wimbledonturnier gerne wieder hingeht, ihm bei jedem Aufenthalt dasselbe Zimmer zu geben. Istvan bedauert es, daß das Bett so kurz ist. Seine Größe, weniger als einen Meter neunzig, rechtfertigt jedoch nicht, daß man ihm ein Spezialbett hinstellt, wie man es für General de Gaulle machte. Doch er wirft sich oft herum und rutscht im Schlaf nach unten, selbst wenn er sich beim Aufwachen nicht bewußt ist, geträumt zu haben. Selbst wenn er sich nicht in den Fängen seines berühmten Alptraums befindet: der Wasserstrudel, der ihn anzieht, während er in einem Netz gefangen ist. So wacht er mit den Füßen außerhalb des Bettes auf, was ihm das unangenehme Gefühl gibt, ein Kadaver zu sein, den man gerade zur Leichenhalle fahren will.
Noch bevor er die Augen öffnet, stößt er gegen das Kopfende. Sobald seine Füße den Schutz des Lakens gefunden haben, bückt er sich, um tastend die zwei Kopfkissen aufzuheben, die er am Vorabend auf den Teppich geworfen hat. Er lehnt sich an sie an, macht das Nachttischlämpchen an und schaut auf die Uhr. Es ist immer noch viel früher als die Zeit, um die er hatte geweckt werden wollen. Er prüft den kommenden Tag: die Zahl der Trainingsstunden, die noch vor dem Turnier bleiben, das Ergebnis, das sein zukünftiger Gegner im Sechzehntelfinale erzielt hat, die Notwendigkeit, einer lästigen Bewunderin zu entfliehen, der er sicher ohne Nattys Entschiedenheit gestern abend nachgegeben hätte, doch diese hat ihn um zehn Uhr ins *Claridge* zurückgebracht.
Natty besitzt die Gabe, zu spüren wann er wach ist. Sie

weiß, daß er ungefähr zehn Minuten nachdenken muß, ohne mit jemandem zu sprechen. Wenn diese Frist verstrichen ist, ruft sie ihn an. Letztes Jahr hatte Istvan bemerkt, daß sie endgültig ihre Kinderstimme verloren hat.
Er läßt es dreimal läuten, bevor er abhebt.
»Istvan?«
Der erste Ton bedeutet immer eine Unruhe, als ob Natty befürchtete, sich im Zimmer zu irren.
»Aus den Federn, Istvan? Dann lasse ich zwei English Breakfasts in dein Zimmer bringen und komme.«

Er steht auf, öffnet die Vorhänge, geht ins Bad, stellt die Dusche auf Höchststärke ein. Es ist dasselbe Problem wie bei den zu kurzen Betten: Der Strahl ist für ihn nie stark genug.
Er ist gerade mit dem Rasieren fertig, als Natty an der Verbindungstür klopft. Drei Schläge, wie beim Läuten des Telefons. Es ist ihre Fetischzahl, die den Tag unter einem günstigen Zeichen beginnen lassen soll. Auch da hat sie seine Zeit gut berechnet. Die Eier mit Schinken kochten, während Istvan unter der Dusche war, die Toasts wurden fertig, während er sich rasierte, und das riesige Tablett stieß an die Tür des Flurs, als Natty gerade ihren Gutenmorgenkuß auf die Wange hauchte, die nach Eau de Cologne riecht.
»Wir frühstücken im Bett«, beschließt sie. »Setz dich hin, ich werde alles richten.«
Sie legt die zwei Morgenzeitungen, den *Guardian* und den *Daily Telegraph*, beiseite, gießt den Tee ein, zuckert den ihren, jedoch nicht den von Istvan, gibt Salz auf die Eier, aber nicht auf die von Istvan. Für ihn wählt sie die am meisten gegrillten Toasts. Er sieht sie an, amüsiert sich über dieses Ritual, das sie zu bezaubern scheint.
»Trinkst du keine Schokolade mehr?«
»Das macht dick.«
Sie hat sich auf den Teppich gekniet, neben Istvan, der sich

bereitwillig von Natty bedienen läßt, blond in einem himmelblauen Trainingsanzug, eine Virtuosin der Orangenmarmeladeschnitten.

Natty nimmt die langen Beine auseinander und schneidet Grimassen, als ob sie Krämpfe hätte, springt mit geschlossenen Füßen auf dem Teppich herum, öffnet das Fenster, macht das Radio an und stürzt sich in eine Aerobic-Nummer.
»Das ist zu brutal«, meint Istvan. »Du tätest besser daran, Gymnastik zu machen.«
»Eins, zwei, drei! Gymnastik nervt mich«, stöhnt Natty. »Vier, fünf, sechs. Du hast mir schon das Schwimmen verboten, weil es den Bewegungen beim Tennis zuwiderläuft . . .«
»Also gut, krepier doch, reden wir nicht mehr darüber. Jedenfalls werde ich heute morgen trainieren . . . Warte, mach die Musik leiser. Es ist das Telefon . . .«
Er hebt mißgelaunt ab. Er hat einen Horror davor, am Morgen gestört zu werden, in den Momenten der Vertrautheit mit Natty, in denen sie von allem und nichts reden, manchmal sich streiten, aber schließlich immer wieder zu Komplizen werden.
»Natty, für dich«, sagt er, die Hand über dem Hörer.
»Für mich? Wer?«
»Der Held von Queen's. Willst du mit ihm reden?«
»Warum nicht?«
»Ich gebe sie dir«, sagt Istvan in den Apparat. »Und noch einmal bravo für gestern . . .«
Istvan nimmt aus dem Ankleidezimmer einen Trainingsanzug und Tennisschuhe, zieht sich im Bad an. Er läßt die Tür offen, weiß aber dadurch nicht mehr, denn wie immer sagt Natty am Telefon nur ja und nein. Dabei möchte er gerne wissen, was ihr dieser Ritter erzählt. Das Queen's ist ihm wohl zu Kopf gestiegen, wenn er es wagt Natty anzuru-

fen, und dann noch vor neun Uhr. Bis jetzt drückte er ihr, wenn er sie traf, wie auch Istvan die Hand, ohne stehenzubleiben. Einige Freunde haben ihm hinterhältig zu verstehen gegeben, daß der Deutsche sich von Alan Davidson hat überraschen lassen, dem berühmten Fotografen aus der »Viererbande«, den *paparazzi* von London, während er mit stiller Bewunderung Natty beim Training zusah. »Paß auf die Feuerkraft des Bombers auf«, fügten sie hinzu. Istvan, der vulgäre Reden verabscheut, hat sich damit begnügt, die Achseln zu zucken. Am Vorabend, im *Bedford's Price*, hat er geglaubt, daß Ritter Natty ansprechen würde, aber die weiblichen Leibwächter von Holgersson hinderten ihn daran. — Er war ein wenig betrunken und hat sich damit begnügt, nur in Englisch einen unverständlichen Satz in das Durcheinander zu werfen.

»Ich werde sehen«, sagt Natty. »Die Zeitungen sind da. Wegen heute abend rufe ich dich an.«

»Also, liest du mir den Artikel aus dem *Guardian* vor?«

»Er ist nicht sehr nett zu dir . . .«

»Was werfen sie mir vor? Wie heißt der Typ, der das geschrieben hat?«

»John O'Neill.«

»Kenn ich nicht. Lies.«

Natty schüttelte den Kopf, reicht die Zeitung Istvan, der schnell den Kommentar über das Turnier von Queen's überfliegt und dann laut und langsam liest, als er zum Schluß kommt: »Istvan Horwat hatte große Mühe, Rainer Ritter in Roland-Garros herauszuwerfen. Man kann sagen, daß der junge Deutsche das Match fast gewonnen hatte. Sein Sieg in Queen's gegen die südafrikanische Nummer eins Krieck, der dabei eine gute Partie gemacht hat, bestätigt, daß man noch von Rainer Ritter hören wird. Ja, wenn wir uns an die nicht endenwollenden Breaks seines Matchs im Viertelfinale von Roland-Garros erinnern, können wir dar-

aus nur schließen, daß wir einem bekannten Phänomen beiwohnen: der junge Ruhm, der weniger trophäenbeladen ist als der alte, steigt, während der andere absteigt.«
Beide sehen sich schweigend einige Augenblicke an. Istvan faltet sorgfältig den *Guardian* wieder zusammen, ohne einen Kommentar abzugeben, legt ihn aufs Bett.
»Als Ritter da war«, fragt er, »hat er da nicht gesagt, daß auch sein Kurs bei den *Bookmakers* stieg?«
»Nein, was ist das, *Bookmaker?*«
»Eine britische Spezialität. Spezialisten, die Wetten annehmen, besonders für Tennismatchs. Siehst du, für Wimbledon muß Ritter nach Queen's 20 zu 1 stehen. Der Kurs von Krieck ist vielleicht bei 50 zu 1.«
»Ich verstehe nicht.«
»Es ist einfach: Man setzt eine Menge Geld auf Ritter, der als Favorit erscheint, zumindest fürs Achtelfinale, weil man weiß, daß er gute Gewinnchancen hat. Je stärker ein Spieler ist, desto niedriger ist sein Kurs! Es ist wie bei den Pferden! Ich kenne einen amerikanischen Champion, Bobby Riggs, der ungefähr sechzig ist. Sein ganzes Leben hat er von Wetten gelebt. Er hatte sogar die ersten Wetten auf den Markt geworfen, auf sich selber. Verstehst du? In einem Jahr hat er in Wimbledon im Einzel, im Herrendoppel und im gemischten Doppel gewonnen. Er sagte zum Beispiel: › Ich werde den dritten Satz 7:5 gewinnen, den vierten 6:3 verlieren, den fünften 6:2 gewinnen. ‹ Er mußte seine Vorhersagen bestätigen . . .«
»Das ist einzigartig, was du mir da erzählst«, sagt Natty nachdenklich.
»Siehst du, ich in meinem Alter habe nur noch eine Chance zu vierzig, ich stehe 40:1. Aber als ich in Roland-Garros gewonnen habe, stand ich bei 3:1 . . .«
Istvan verstummt, bleibt einige Minuten in Gedanken versunken, dann schließt er trocken:
»Aber, weißt du, mit Tennis hat das nichts zu tun.«

4

Natty fragt sich, ob Istvan bemerken wird, daß sie zum erstenmal in ihrem Leben hohe Absätze trägt. Er wollte nicht so lächerlich sein, ihr zu verbieten, mit Rainer Ritter auszugehen, aber sie hat gespürt, daß es ihn ärgerte.
Sie will sich nicht eingestehen, daß sie die Einladung ein wenig deshalb angenommen hat, um ihn zu provozieren. Was er auch tut, sie findet immer, daß er sich nicht genug um sie kümmert, sie hartnäckig immer noch als Mädchen ansieht. Nach mehreren Versuchen hat sie eine einfache Aufmachung gewählt, die jedoch geschickt pervers ist, so daß Istvan aufspringt. Aber das ist ihr erster richtiger Abend, und auch sie will schön sein! Schließlich, wenn er schon den ganzen Tag im schwarzen Trainingsanzug herumläuft, warum sollte dann sie nicht diese Farbe auch einweihen? Geduldig hat sie in London mehrere Läden auf der King's Road ausgeforscht, um alle Stücke ihrer Rüstung zusammenzubekommen. Vor dem Spiegel im Bad versichert sie sich ein letztes Mal, daß sie bereit ist, sich Istvan zu präsentieren. Von vorne ist das schwarze Kleid aus Seide von beispielhafter Züchtigkeit, geschlossen von den Knien bis zum Hals, die Taille von einem Gürtel kaum betont. Ein einfaches Cape, aus dem gleichen Stoff, hat sie sich nachlässig über die Schultern geworfen. Eine fast strenge Aufmachung, die sich jedoch von hinten verändert, wenn sie das Cape abnimmt. Dann erscheint ihr Rücken, der fast bis zum Hintern geschlitzt ist. Aber Istvan wird sicher nicht so neugierig sein, das Cape zu heben.
Die schwarzen Strümpfe dagegen müßten ihn eher zu einer Reaktion zwingen, ebenso wie die dunkelrot geschminkten Lippen. Beim Parfum hat sie sich für Zurückhaltung entschieden: ein Lavendelwasser von Yardley, das kaum wahrnehmbar ist. Sie hat ihre Locken herausziehen lassen und

hält die Haare mit einem breiten Band aus schwarzem Samt zusammen, das sie noch blaßblonder erscheinen läßt.
Sie lächelt in den Spiegel, überrascht vom Ergebnis: Sie hat sich noch nie so schön gesehen. Sie genießt dieses Bild, kann nicht begreifen, warum sie sich diese Mühe gegeben hat.

»Die Braut trug Schwarz«, grummelt Istvan. »Was soll diese Maskerade?«
Er geht um Natty herum wie ein wütender Modeschöpfer, der ein Modell verdorben hat. Im Moment sieht er nicht so aus, als würde er den Trick mit dem Cape verstehen. Aber als er sich Natty genähert hat, lehnt er sich auf:
»Findest du dich nicht groß genug? Wie siehst du denn aus, mit diesen Absätzen, mit denen du nach vorne wankst? Bei deiner Schuhgröße bist du eher für Tennisschuhe geeignet.«
Natty antwortet nicht. Sie senkt auch nicht den Blick. Sie, die niemals eine Prüfung gemacht hat, stellt sich vor, daß ein Schüler, der nichts mehr zu verlieren hat, diese Haltung haben könnte, um den Lehrer zu ärgern. Und diesmal muß Istvan sie ansehen. Sie verbirgt das Vergnügen, das ihr diese forschenden Augen bereiten, die jetzt vom Zorn verdunkelt sind.
Die Sandalen aus schwarzem Leder haben ihr Ziel nicht verfehlt. Sie faszinieren Istvan wie Aschenbrödels Pantoffel.
»Geh ein wenig!«
Natty macht unbehaglich ein paar Schritte.
»Glaubst du, du kommst weit damit?«
»Einmal muß man ja anfangen . . . Willst du nicht mehr, daß ich ausgehe?«
»Aber doch! Ich habe ja gesagt. Du hättest dich anders anziehen können, das ist alles . . . Komm nicht nach Mitternacht heim. Ich werde nicht schlafen. Übrigens, wohin bringt er dich, dein Westfale?«
»Nach Covent Garden . . . Du wolltest ja nicht hingehen.«

Um halb acht sind die Geigen fertig gestimmt. Natty hat Rainer Ritter gegenüber behauptet, sie kenne *Giselle* von Adolphe Adam auswendig, dessen Namen sie gerade zum erstenmal auf dem Plakat gesehen hatte. Aber die Feierlichkeit des Publikums und des Orchesters überraschen sie. Die wenigen Male, wo sie den Fuß in einen Konzertsaal gesetzt hatte, war es auf Befehl gewesen, mit den Mädchen der Schule. Eine gute Gelegenheit für Lachanfälle, Bonbontausch, für unter den Sessel geklebtes Kaugummi. Covent Garden ist ernsthaft. Sie erinnert sich, daß einige Schüler in Rodean's, früher, dauernd wieder sagten, daß ihre Eltern dort Abonnenten wären. Sie bemühten sich, ungeschickt Bewegungen von Tänzerinnen widerzugeben, die sie dort bewundert hatten.
Natty bewundert absolut nicht Rainers Miene, der starr in dem Nachbarsessel sitzt. Sie hat ihn bis jetzt nur in seiner Tenniskleidung gesehen, seinem Kampfkostüm. Mit seinem marineblauen Anzug und seiner leuchtenden Krawatte erinnert er sie an die Skilehrer, die man nach der Wintersportsaison einlädt und die dann im Sonntagsstaat erscheinen. Er kommt ihr noch rosiger als sonst vor, und die verliebten Blicke, die er ihr zuwirft, ändern nichts daran. Sie sagt sich, daß, wenn sie zufällig auf ihre Ex-Mitschülerinnen träfe, sie nicht wüßte, wohin mit sich.
Istvan würde sich auch über sie lustig machen, wenn er ihren teutonischen Kavalier und Diener sähe, vorgebeugt, seine Riesenhände ruhen auf den Knien seiner Hose, die Hochwasser hat und die roten Haare über seinen Socken enthüllt. Sie sagt sich, um sich zu beruhigen, daß sie eben dunkle Männer vorzieht.

In welchem Traum schwebt Rainer, daß er diese Ungerührtheit, diese Unbeweglichkeit bewahrt, unterbrochen von Lächeln, das er Natty zuwirft. Sie mag sich noch so ehrlich sagen, daß sie ihn hierher gebracht hat, geleitet von einer dum-

men Kindheitserinnerung und vom magischen Klang der Worte »Covent Garden«, sie muß ihm einfach böse sein. Er hätte ihr ein fröhlicheres Schauspiel vorschlagen können als dieses Meisterwerk des romantischen Balletts . . .
Sie windet sich in ihrem Sesssel. Ihr ist kalt, trotz der Jahreszeit. Sie legt sich wieder ihr Cape um, seufzt. Vor allem der nicht endenwollende Pas de deux macht sie kaputt.
»Wenn Istvan bei mir wäre«, denkt Natty, »bin ich sicher, würde ich diese Musik lieben und sogar diesen verdammten Pas de deux. Das Ballett von Covent Garden ist schließlich keine Kleinigkeit. Aber mit Rainer, der mich nur immer anschaut . . . Ich habe noch Glück, daß er nicht versucht, meine Hand zu nehmen. Was kann im Kopf dieses Jungen nur vorgehen? Er hat etwas Menschliches in seinen Augen, wenn er mich ansieht. Sonst sind sie leer.«

Ritter bewundert Natty, weil sie noch einmal in dieses Ballett gegangen ist, das sie schon kennt. Sie ist ebenso kultiviert wie schön. Sie ist nicht wie all diese Tennisspielerinnen, die Wimbledon bevölkern, aber nicht einmal wissen, wo Covent Garden liegt.
Er wird niemals etwas von Musik verstehen. Genauso wenig, wie er einen Krimi zu Ende liest. Er weiß, daß Natty in den besten Schulen in England, der Schweiz, in Paris gewesen ist. Sie hat Glück, daß sie zum Vater den alten Horwat hat, einen Herrn des Tennis. Er hat auf manche Dinge verzichten können. Er hat aus ihr keine Courtbestie gemacht, als sie acht Jahre alt war. Sie ist ein Mädchen, das stimmt, da ist es anders. Aber trotzdem, sie hat Glück, so sitzenbleiben und ein Ballett ansehen zu können. Es dauert seit zwei Stunden, und es sieht nicht so aus, als würde es bald aufhören. Seine Hände verkrampfen sich auf seinen Knien.

5

Betäubt von Giselles langem Schlaf werden Natty und Rainer brutal durch den Lärm des Donners geweckt. Ein heftiges Sommergewitter ist losgebrochen, als sie aus Covent Garden herauskommen. Inmitten der Flut der Zuschauer, die sich auf die Taxis zudrängen, laufen sie, platschen in die Pfützen. Natty fällt fast hin, hält sich an Rainers Arm fest, der plötzlich den Regen vergißt, der ihm aus den Haaren rinnt. Zum erstenmal nimmt er Nattys Hand. Er zieht sie zum einzigen freien Taxi, und alle beide lachen wie zwei Kinder, überholen mühelos ihre Konkurrenten, die bei weitem nicht ihr Training haben.
Aber in dem Augenblick, in dem sie in das Auto steigen wollen, stürzt sich ein altes englisches Paar, das aus dem Vorhang aus Regen aufgetaucht ist, durch die andere Tür ins Taxi. Jetzt sind alle vier im Inneren des Autos.
»Wir haben uns wieder mal vom Alter reinlegen lassen«, murmelt Natty wütend.
Ritter antwortet mit einem Grollen, das um so unwilliger ist, als Natty ihm ihre Hand entzieht, um das durchnäßte Samtcape aufzufangen, das ihr von den Schultern rutscht. In dem Augenblick, als sie schon weichen und aussteigen wollen, greift der alte Engländer ein:
»Wenn sie erlauben, es ist genug Platz, Sie finden kein anderes Taxi, bei diesem Regen. Bleiben Sie!«
»Oh, danke«, sagt Natty.
Und ohne Rainers Antwort abzuwarten, drückt sie sich gegen die mit Vergißmeinnicht parfümierte alte Dame.
Ritter ist enttäuscht. Seit einer Stunde windet er sich in seinem Sessel, bemühte sich nicht einmal mehr, auf die Bühne zu sehen. Er wartete auf den Moment der Intimität, den er im Restaurant finden würde. Er hätte vielleicht die Worte gefunden, um Natty gegenüber auszudrücken, was er für

sie fühlte, seit er sie gesehen hatte. Und nun muß er sich dazu zwingen, ein paar freundliche Worte zu diesem charmanten Gentleman zu sagen, der ihn im Fernsehen im Queen's hat spielen sehen und nicht mit Lob über die Macht seiner Aufschläge und seiner Cross-Rückhand spart.
»Ich hatte vor allem nicht erwartet, daß Sie Krieck schlagen würden. Sie werden es weit bringen.«
»Unser Sohn Edward war in Frankreich beim Turnier von Roland-Garros«, fügt die alte Dame hinzu. »Er hat uns gesagt, daß Sie beinahe Horwat geschlagen hätten . . .«
»Das stimmt nicht!« schneidet Natty ihr so trocken das Wort ab, daß die Engländer schockiert nichts mehr zu sagen wagen.
»Sie hat recht«, sagt Ritter. »Ich wußte, daß ich Horwat nicht schlagen konnte. Aber ich habe getan, was ich konnte.«
Belohnt von einem Blick von Natty hat er den verrückten Gedanken, sie an sich zu drücken. Aber natürlich hat er es nicht getan.

Ihre Kleider sind noch nicht trocken, als das Taxi sie schon vor dem Hotel Gloucester absetzt, bevor es mit dem charmanten Paar weiterfährt.
Ein Ober, der so würdig und gefaßt wirkt wie der Ort selber, fragt sie, ob sie einen Tisch reserviert haben, und auf welchen Namen.
»Wir haben nicht reserviert«, sagt Rainer.
Natty würde mit Freude dem nackten Gesicht des Obers eine Ohrfeige geben, der sie mustert, als kämen sie aus einem Asyl der Heilsarmee: Ritter, dessen Haare vom Regen ankleben und der sich immer unwohler fühlt; und sie, deren durchnäßtes Kleid den Körper abzeichnet. Natürlich fällt das Urteil: »In diesem Fall tut es mir leid, ich habe keinen freien Tisch mehr.«

»Aber es ist doch fast niemand da«, begehrt Natty auf.
»Alles ist reserviert, Fräulein.«
Natty bereitet sich darauf vor, umzukehren, schaut den verhaßten Menschen mit blitzenden Augen an, als Rainer ihren Arm nimmt, um sie zu stoppen:
»Erkennen Sie mich nicht?« fragt er mit jugendlicher Sicherheit den Ober. »Ich bin Rainer Ritter.«
Natty fragt sich, ob dieser schmächtige Snob mit dem Vampirgesicht Ritter wirklich nicht wiedererkennt, der nach Queen's die Ehren der Presse und des Fernsehens empfangen hat, oder ob er nur so tut, als erkenne er ihn nicht.
»Ich kenne den Herrn«, sagt der Mann ungerührt, »auf jeden Fall habe ich keinen Tisch.«
Gedemütigt und wütend bleibt Ritter erstarrt stehen. Schließlich wendet er sich an Natty:
»Wir gehen in dem Regen weiter«, sagt er.
»Wenn Sie in der Bar warten wollen, hole ich Sie, sobald ich einen freien Tisch habe.«
»Wir gehen«, sagt Natty.
»Anderswo wird es dasselbe sein«, meint Rainer.
Natty folgt ihm widerwillig bis zur Bar mit dem gedämpften Licht. Leise Gespräche werden von einem Clubsessel zum anderen geführt.
»Es ist düster«, sagt sie.
»Es kann nicht so düster sein wie Covent Garden«, denkt Rainer, als er Nattys Silhouette nachsieht, die zu den Toiletten geht.
Er hatte nicht gedacht, daß es so ein schönes Mädchen geben könnte. Er sieht sie wieder vor sich, wie sie mit ihrem Vater spielt. Er hatte Holgersson gesagt, daß sie eine große Meisterin werden würde.
»Mich interessieren ihre Beine«, hatte Holgersson gesagt und dabei einen vulgären Ton angeschlagen. »Nun, der Rest ist auch nicht schlecht. Sie hat runde Brüste, wie Bälle.«

Empört hatte Ritter, den Holgerssons Dreistigkeit sonst amüsierte, ihn als Besessenen beschimpft, der nur dazu gut war, seine Bande von Groupies mit sich herumzuschleppen, die seine Gesundheit ruinierten und ihm eines Tages eine schmutzige Krankheit einbringen würden.
»Beruhige dich«, hatte der Schwede erwidert und die Schultern gezuckt. »Wir wollen uns doch nicht so anschnauzen. Schlaf mit ihr, und dann reden wir nicht mehr darüber!«
»Ich habe nicht mal daran gedacht . . .«

»Hast du was bestellt?« fragt Natty, als sie sich tief in den Sessel fallen läßt. »Schau mich nicht so an!«
»Du bist sehr schön!«
»Ich habe mich neu frisiert. Mein Kleid fängt an trocken zu werden, aber mein Cape ist immer noch ein richtiger Scheuerlappen.«
»Sollen wir Champagner trinken?«
»Bist du verrückt? Ich trinke nie Alkohol. Und du solltest es auch nicht, vor Wimbledon.«
»Ich wollte dir eine Freude machen.«
Ritter streckt seine Hand aus, um sie auf Nattys zu legen, dann hebt er sie verlegen sehr hoch, um den Kellner zu rufen. Wieder herrscht Schweigen, als der Kellner sich entfernt. Natty blickt ins Leere und bemüht sich nicht, ein Gespräch anzufangen. Rainer fragt sich, woran sie denkt.

»Du kennst doch *Giselle*«, sagt Ritter schließlich, »war es gut gespielt?«
»Sehr gut. Aber vor allem Merle Park war wunderbar«, sagt Natty, die sich erinnert, den Namen auf dem Plakat gesehen zu haben.
»Ich finde, daß sie ein Mördergesicht hatte«, wagt sich Rainer vor.
Die Schale mit Erdnüssen ist leer. Natty leckt mit der Zun-

genspitze einige Krümel am Rande des Glases auf, dann fängt sie an zu kauen und betrachtet dabei das zur Hälfte leere Restaurant.

»Sie machen sich über uns lustig«, sagt sie schließlich. »Ich möchte gern etwas essen. Wir werden nicht die ganze Nacht bleiben.«

Ritter steht auf und geht zum Oberkellner, der sich nicht rührt. Mit hochgezogenen Augenbrauen betrachtet er den großen Jungen, der auf ihn zukommt und so gerne frech wäre. Natty beobachtet sie. Ihr geheimer Wunsch wäre es, daß Ritter den Vampir k.o. schlüge, mit einer direkten Rechten. Aber nein. Er hört brav der Rede zu, die ihm der Ober auferlegt. Er kommt wieder und erklärt mit gezwungenem Lächeln:

»Wir können in zehn Minuten essen. Willst du solange noch ein Glas?«

Sie schüttelt den Kopf. Wieder Schweigen, das plötzlich durch ein doppeltes Niesen unterbrochen wird.

»Eine Erkältung«, sagen beide gleichzeitig.

Sie sehen sich an und lachen los.

»Ich hoffe nicht«, meint Natty. »Mitten in der Turnierzeit . . .«

Rainer fängt das Wort auf. Endlich hat er ein Thema gefunden, bei dem sie sich beide wohl fühlen. Dort sind sie in ihrem Element. Sie amüsieren sich, heben die Stimme, was in diesem Heiligtum völlig unangemessen ist.

Ritter vor allem, der sich in Covent Garden trotz Nattys Anwesenheit gelangweilt hat, und der erkennt, daß er schließlich in ihren Augen als Dummkopf dastehen wird, wenn er weiter den schüchternen Liebenden spielt, stürzt sich unvorsichtigerweise auf ein gefährliches Gebiet: den Vergleich zwischen Damen- und Herrentennis.

»Navratilova und Chris Evert«, verkündet er, »würden von der Nummer 200 der Männer geschlagen werden.«

»Das hat man mir schon erklärt, als ich klein war«, entgegnet Natty. »Was willst du denn? Daß mich Tennis anwidert?«
Der Gegenangriff ist so heftig, und der Ton so wütend, daß Ritter mit offenem Mund dasitzt, ohne zu wissen, was er sagen soll.
»Du solltest lieber von dir reden, anstatt dich in Allgemeinplätze zu stürzen.«
Diesmal scheint das Schweigen endgültig zu sein. Jeder zieht sich in seinen Sessel zurück. Sie haben Hunger. Der Ober kommt immer noch nicht, um sie zu holen.

»Du kommst schon heim?« fragt Istvan erstaunt, der auf seinem Bett liegt und eine unvergeßliche amerikanische Serie im Fernsehen ansieht.
»Du hast gesagt, ich sollte nicht nach Mitternacht wiederkommen. Nicht, daß ich nicht vor . . .«
»Dein Kleid ist ganz zerknittert«, sagt Istvan.
»Wir sind in den Regen gekommen . . . Weißt du, Covent Garden ist toll! Ich möchte jeden Abend hin.«
»Was habt ihr danach gemacht?«
»Rainer hat mich ins Restaurant ausgeführt. In ein Hotel, im Gloucester, kennst du es?«
»Nicht sehr lustig, oder?«
»Wir haben Hummer gegessen und von allem möglichen geredet. Rainer ist sehr gebildet. Man sieht, daß er nicht nur Tennis gespielt hat . . . daß er auch studiert hat.«
»Das wußte ich nicht. Er ist nicht wie du . . .«
»Wir sind früh heimgekommen, wegen seines Trainings morgen. Sonst wären wir tanzen gegangen. Er liebt das. Hast du dich allein nicht zu sehr gelangweilt?«
»Ich habe mit Connors gegessen. Wir sind um neun heimgekommen. Wir trainieren auch morgen.«

6

»Wir sehen uns dann gleich an der Bar!«
Nachdem er als Antwort mechanisch diesen Satz hingeworfen hat, während er in den Duschraum geht, erkennt Istvan, daß er nicht mal gehört hat, was ihm Panata gesagt hat. Seine Anstrengung, sich zu konzentrieren war so groß, daß er noch von der Welt isoliert ist.

Mit seinem üblichen ungezwungenen Gang hat er den Court verlassen, nachdem er lächelnd McEnroes Hand gedrückt hat, der ihn soeben im Achtelfinale geschlagen hat. Er weiß, daß er ein schönes Match gegen den großen Favoriten im Turnier von Wimbledon gespielt hat. Diese Niederlage ist mit seinen sechsunddreißig Jahren ein Sieg für ihn, bei einem Gegner, der dreizehn Jahre jünger ist. Er hat glänzend den ersten Satz 6:4 gewonnen, hat gespürt wie im zweiten, den er im Tie-Break verlor, seine Kräfte nachließen und konnte danach nicht besser sein als nur 3:6 und 2:6.

In der Einsamkeit der Dusche fragt er sich, ob jemand im Publikum die Anstrengung erkennen konnte, die er aufbringen mußte, um zu diesem Ergebnis zu kommen. Mehr denn je hat er vor den Journalisten Theater gespielt, die auf seinen Fall lauerten und sicher neue unfreundliche Artikel über seinen alten, verblassenden Ruhm vorbereiteten . . . Vor dem Publikum, das früher an seine Siege gewöhnt war, vor Natty, vor Fenwick, vor Ritter, der in der ersten Runde durch Schappers ausschied, den Champion von Holland, 160. der Weltrangliste. Es stimmt, daß Ritter Pech hatte. Der Wind blies sehr stark, auf einem Boden, der so rutschig war, daß das Match eigentlich nicht hätte stattfinden dürfen. Er hatte wenig geschlafen und hatte dem gleichzeitig kraftvollen und gleichmäßigen Spiel von Schappers nicht widerstehen können, der ein ausgezeichneter Arbeiter auf dem Court ist.

Vor McEnroe hat Istvan dem Publikum einmal mehr das Bild geboten, an das er es gewöhnt hat. Der Eindruck, sich auf nette Weise über alle zu amüsieren, alle Schläge leicht zu finden, wobei er mit einem Lächeln seine eigenen Fehler unterstrich.

Seit Jahren versteckt er sich hinter einer Leinwand, die ihn verkleidet. Obwohl er zutiefst melancholisch ist, schafft er sich die Maske eines unverbesserlichen Scherzbolds. Er ist unbarmherzig, was seine Diät angeht, trinkt fast nie Alkohol, achtet auf sein Gewicht, zählt die Stunden seines Schlafs, beschränkt so gut wie möglich seine weiblichen Eroberungen und schafft es so, die Welt über seine wahre Persönlichkeit zu täuschen.

Aus Sorge um die Eleganz, aus Vorsicht oder aus Schüchternheit erträgt er nicht die sichtbare Mühe, die offensichtliche Askese. Für ihn muß alles leicht erscheinen, als ob es von selber ginge. Und vor allem im Laufe seines Matchs gegen McEnroe hat er sich bemüht, das Publikum an mehreren Stellen zum Lachen zu bringen.

»Sie haben nur Feuer gesehen«, sagt er sich immer wieder, während er die Dusche einstellt. »Wenn sie wüßten, daß ich seit zwei Wochen früher schlafen gehe als Natty, während mich die Schreiberlinge in Nachtclubs sehen, in die ich niemals einen Fuß gesetzt habe!

McEnroe hat sich nicht getäuscht. Auch nicht die Freunde, die uns zusahen. Auch Fenwick nicht. Er sieht beunruhigt aus. Er war vielleicht nicht auf ein so gutes Ergebnis gefaßt.

. . . Gutes Ergebnis! Aber wie lange noch werde ich zu so einer Anstrengung imstande sein, die sogar über das hinausging, was ich selber zu können glaubte!

Ich habe besser meine Rolle des Clowns gespielt als vor Ritter in Roland-Garros.

Sicher, weil ich, je älter ich werde, desto mehr den Rasen vorziehe, auf dem ich weniger schnell müde werde. .

Aber trotzdem . . . Wenn jedes Turnier mir diese Konzentration abverlangt, die bis zum Schwindel geht, darf ich mir keine Illusionen machen. Ich werde es nicht lange schaffen. So eine Anstrengung bedeutet Leiden. Man kann sie nicht ewig wiederholen.«

»Der Artikel im *Guardian*, den der kleine Ritter Natty vorgelesen hat, hat mich gekränkt. Dieser John O'Neill, der ein so fanatischer Anhänger von R. R. ist, daß er Entschuldigungen für ihn gefunden hat, als er sich von Schappers in der ersten Runde hat rausschmeißen lassen, hätte nichts anderes geschrieben, wenn er mich dazu hätte ermutigen wollen, mich wie ein Tier gegen McEnroe zu schlagen.
Gut . . . Aber ich kann nicht verlangen, daß man mich mit der Feder schlägt, um mich dazu zu treiben, im Kampf zu sterben.«

»Ach, du hast dich weiß angezogen«, sagt Natty, die Istvan am Ausgang der Umkleideräume erwartet. »Deine Freunde sind in der Bar.«
Sie nimmt seinen Arm. Er atmet den Duft ihrer blonden, frisch gewaschenen Haare ein.
Während er durch eine Gruppe Spieler geht, die ihn zu seinem Match beglückwünscht, nimmt er Natty um die Mitte, dreht sie um und geht dann mit ihr zur Bar.
»Bist du nicht müde, Istvan? Ich fand, du warst während des Matchs in Hochform. Sehr entspannt. Nach dem ersten Satz dachte ich, du würdest McEnroe schlagen . . . Selbst noch nach dem Tie-Break im zweiten . . .«
Sie verstummt, legt ihre Hände auf Istvans Schultern. Er liest in ihren Augen ein Vertrauen, das ihn rührt, als sie bekräftigt:
»Das nächste Mal wirst du ihn schlagen.«
Als er so aussieht, als wollte er weitergehen, ohne zu ant-

worten, bleibt sie stehen, die Hände in seinen Armen verkrampft, ohne zu merken, daß sie ihm weh tut.
Ein Zweifel steht in ihren Augen:
»Das nächste Mal wirst du ihn schlagen, nicht wahr?«
»Dafür müßte es ein nächstes Mal geben«, antwortet er, ohne sie anzusehen.
Er lacht, macht sich los, um Connors zuzuwinken, der ihn ruft.
»Sie haben gesagt, daß sie Champagner bestellen«, sagt Natty. »Als ob du gewonnen hättest.«
»Siehst du«, sagt Istvan, »ich hatte recht, daß ich mich nicht ermüdet habe.«
»Ich will nicht, daß du die ganze Zeit scherzt. Ich weiß nie was ich denken soll. Manchmal habe ich das Gefühl, daß du dich über mich lustig machst, daß du mir nur Unsinn erzählt . . .«
»Selbst als du klein warst, habe ich dir nie Unsinn erzählt!«

7

»Heute abend komme ich mir vor wie in den Ferien, Natty. Da ich ausgeschieden bin, führe ich dich aus.«
»Ich höre nichts!« schreit Natty. »Ich bin im Bad. Mach die Tür auf!«
Istvan gehorcht und zieht sich sofort ins Zimmer zurück. Schon lange hat er Natty nicht mehr nackt in der Badewanne gesehen.
Er setzt sich aufs Bett, wie ein Störenfried, der zu Besuch kommt, schiebt ein Höschen, einen Büstenhalter, zwei oder drei Röcke, eine Hose und einige Sweat-Shirts beiseite, die auf den Teppich fallen.
»Ich sage, daß wir heute abend ausgehen, der Portier hat uns zwei Plätze für Covent Garden reserviert . . . Hörst du mich?«
»Ich war doch neulich da.«
»Ich weiß. Aber man spielt *La fille mal gardeé* von Frederic Ashton.«
»Und danach führst du mich zum Essen aus?«
»Ja, sag ich doch . . . Heute abend feiern wir.«
»Warte, ich komme!«
Er hört, wie Natty aus der Wanne steigt und prustet, dann schrickt er zusammen, als der Fön angeht. Immer weniger erträgt er das Geräusch elektrischer Geräte. Selbst ein Rasierapparat nervt ihn jeden Morgen. Übrigens macht ihn der unvermeidliche Prozeß des Toilettemachens immer ungeduldiger. Deshalb staunt er über das Vergnügen, das Frauen daran finden, in einem Bad zu schmoren oder sich um fünf Uhr nachmittags die Haare zu waschen.
Schließlich hört das Geräusch auf. Istvan errät die Bewegung der Bürste in Nattys Haaren.

Sie erscheint, theatralisch in eine amerikanische Flagge als Frottiertuch gehüllt.

»Woher hast du das?« fragt Istvan. »Ist das eine neue Version der Freiheitsstatue?«
»Rainer hat es mir geschenkt.«
»Schon wieder der?«
»Er macht mir viele Geschenke . . . Bist du sauer?«
»Warum?«
»Du könntest eifersüchtig sein, wenn ein Junge mir Geschenke macht. Schließlich bist du ein Mann und ich eine Frau . . .«
»Das ja, du bist eine Frau«, sagt Istvan. »Man muß nur die Unordnung in deinem Zimmer sehen!«
»Ich hab was zum Anziehen gesucht, um ein Glas im Queen's Club zu trinken.«
»Mit Ritter?«
»Er ist sehr nett.«
Sie holt ihren rechten Arm aus der Fahne, bückt sich, um vom Bett neben Istvan ihr Höschen und ihren Büstenhalter zu nehmen, dreht ihm den Rücken zu, läßt die Fahne flattern und fängt an sich anzuziehen.
»Als ich dich angerufen habe, hast du mir nicht gesagt, daß du dich zum Ausgehen fertig machst«, sagt er.
»Ich wußte nicht, daß du Pläne hast . . .«
Sie läßt die Fahne zu ihren Füßen gleiten, hebt sie auf und wirft sie Istvan auf die Schultern.
»Du kannst mich ansehen, weißt du«, fügt sie hinzu. »Es gibt Häßlichere.«
»Wenn alle sagen, daß du schön bist, dann stimmt es sicher.«
»Also, was ziehe ich für Covent Garden an? Wie neulich?«
»Ich dachte, du gehst in den Queen's Club?«
»Willst du das lieber? Dann könntest du früh schlafen gehen . . . Sag es mir. Ich werde nicht halb angezogen eine Stunde lang hierbleiben.«
»Holt Ritter dich ab?«
»Wir sind unten verabredet. Ich rufe ihn an.«

»Es war toll!«
Natty hat Istvans Arm genommen, drückt sich an ihn, geht, das Gesicht zum Sternenhimmel erhoben, neben ihm.
»Wohin gehst du? Das Auto ist da.«
Der geliehene Luxusmercedes ist so nahe wie möglich ans Theater herangekommen. Natty setzt sich, löst ihr schwarzes Samtcape.
»Ich spüre gerne Leder an meinem nackten Rücken«, sagt sie.
Dann stürzt sie sich in eine begeisterte Lobrede auf *La fille mal gardée* von Frederic Ashton. Plötzlich verstummt sie und sieht Istvan beunruhigt an:
»Aber du sagst ja nichts. Hat es dir gefallen?«
»Sicher.«
»Hast du dich nicht gelangweilt?«
»Manchmal fand ich, daß sie viel Lärm machten . . .«
»Oh, Istvan, wie kannst du so reden? Also, du warst bei mir, und du wärst lieber woanders gewesen?«
»Absolut nicht. Du vergißt, daß ich dich hingebracht habe.«
Sie sieht so enttäuscht aus, daß er den Arm um ihre Schultern legt. Im Rückspiegel sieht er den Blick des Fahrers. Eine seltsame Mischung aus Neugier und gespielter Gleichgültigkeit. Er kennt Istvan gut, den er oft seit seiner Ankunft in London gefahren hat, aber er weiß wohl nicht, daß Natty seine Adoptivtochter ist.
»Noch einer, der tief an die Horwat-Legende glaubt«, denkt er. »Der große Champion, der in Wimbledon im Achtelfinale ausgeschieden ist, weil er mehr an Mädchen als an sein Training denkt. Ich kann es ihm nicht verdenken. Ich habe diese Legende selbst geschaffen. Warum sollte es mich stören? Weil ich mit Natty zusammen bin? Ich sollte das eher komisch finden . . . Sicher findet er sie sehr jung, trotz ihres Kleides und ihrer schwarzen Strümpfe. Vor al-

lem da sie sich mir zu Ehren nicht die Augen geschminkt und nicht mal Lippenrot aufgelegt hat.«

Natty fragt sich, wie sie denken konnte, daß der längste und magerste Ober im Hotel Gloucester ein Vampirgesicht hat. Sein breites Lächeln entblößt keinen zu langen Eckzahn und auch keinen zu spitzen.
»Ich bin glücklich, Sie wiederzusehen, Herr Horwat.«
Dann verneigt er sich leicht vor Natty, ohne aufzuhören zu lächeln:
»Wenn die Dame mir bitte folgen will . . .«

»Hattest du reserviert?« fragt Natty und spielt mit ihrer Gabel.
»Du weißt doch, daß ich nie und nirgends reserviere . . . Warum? Ritter hatte reserviert? Das erstaunt mich nicht. Das ist eure Generation. Computer. Übrigens, ich frage mich, warum du hierherkommen wolltest. Ich wollte dich ins *Wheelers* führen. Das ist viel fröhlicher.«
»Na, ich hab mir gesagt, nach Covent Garden wäre das eine logische Folge . . . Ich werde mich kurz kämmen. Bestellst du für mich?«
»Aber was?«
»Was du willst. Wie du . . .«
Istvan sieht, wie sie davongeht. Mehrere Leute haben ebenfalls den Blick auf sie gerichtet. Er stellt sie sich auf der Bühne von Covent Garden vor.
»Sie hätte tanzen lernen können«, sagt er sich, »und nun hat sie sich für die Orange Bowl angemeldet.«
Istvan hebt den Blick. Natty hat wieder Platz vor ihm genommen, so leise, daß er sie nicht hat kommen hören.
»Ißt du nicht? Wovon hast du geträumt?«
»Ich dachte, daß du aufs Schminken verzichtet hättest, aber ich sehe, daß ich mich getäuscht habe.«

»Es steht mir gut, oder?«
Istvan neigt den Kopf nach rechts, nach links, nähert sich Natty, geht wieder weg, prüft mit einer genauen und komischen Aufmerksamkeit ihre Augen, die durch einige Striche vergrößert sind, und den purpurroten Mund.
»Sehr gut«, sagt er schließlich, »nur daß du um zehn Jahre gealtert bist.«
»Um zwei höchstens. Dracula hat mich Dame genannt, ich will ihn nicht enttäuschen.«
»Dracula?«
»Rainer hat ihm den Beinamen gegeben . . . Also, essen wir! Ich fühl mich wohl mit dir. Ich habe Hunger.«

»Ein Fruchtsaft, und dann gehen wir«, meint Istvan. »Ich bin frei, aber du mußt früh ins Bett . . .«
»Die Orange Bowl im Oktober, ich weiß, ich denk dran . . . Ich werde nur noch meinen Orangensaft trinken . . .«

Istvan zuckt zusammen, als sie den Trubel des *Tramps* betreten. Hier regiert der Rock'n'Roll. Natty zieht Istvan auf die Tanzfläche.
»Ich fühl mich auf dem Court wohler«, schreit er ihr ins Ohr.
Er dreht sich plötzlich um und stößt gegen eine Rothaarige, die kichernd protestiert. Er bekommt einen festen Schlag auf die Schulter. Ganz im Stile von Rainer Ritter.
»Ich dachte, du wärst im Queen's«, sagt er, nachdem er sich bei der Rothaarigen entschuldigt hat.
»Wir kommen von daher . . . Kann ich Natty fünf Minuten entführen?«
Istvan, der vom Rauch fast erstickt und blind ist, sieht keinen freien Tisch. Er bahnt sich einen Weg zur Bar und ist plötzlich müde. Er bestellt Cola mit Wodka, sucht mit dem Blick nach Natty und Ritter in der Menge.

R. R. ist nicht schwer zu entdecken. Er bewegt sich hektisch wie ein kaputtes Signal, wirft seine langen Arme in Richtung der Tänzer. Natty lacht lauthals.
Istvan findet, daß sie nichts Anmutiges an sich hat, daß sie sich auf obszöne Weise windet. Er strengt sich an, um zuzugeben, daß sie nicht schlechter ist als die anderen, und nennt sich einen alten Dummkopf. Er entdeckt, daß er in seiner Hand immer noch das Cape hält, das Natty ihm vorhin anvertraut hatte.

»Du hättest dich setzen können, Istvan. Ich habe jede Menge Freunde gesehen, die dir ein Zeichen machten.«
»Auf jeden Fall gehen wir«, sagt Istvan. »Hast du gesehen, wie spät es ist? Ritter hatte gesagt, fünf Minuten . . . Du bist durchgeschwitzt . . . Leg dein Cape um, du wirst dir den Tod holen.«
»Schrei nicht so, wir gehen ja schon!«
»Geh erst zu den Toiletten. Wenn du dein Gesicht sähst, mit deiner laufenden Schminke. Putz das ab. Überhaupt, dir in deinem Alter die Augen anzumalen!«

8

»Du hast die Gabe, der Freund all deiner Ehemaligen zu werden«, stellte Natty fest, als Mary Collins Istvan vorschlug, den Turnieren um die Orange Bowl in der Kabine der CBS beizuwohnen.

Sie fügte hinzu:

»Wenn du mich sitzenließest, würdest du mich niemals wiedersehen!«

Natty fühlt sich durch die Hitze in Florida im Oktober nicht gestört. Nachdem sie einen großen Beitrag zum amerikanischen Sieg bei der Weltmeisterschaft der Junioren im Mannschaftstennis geleistet hat, arbeitet sie sich in aller Ruhe auf das Finale in der Einzelmeisterschaft in Key Biskayne vor.

Sie bleibt unberührt von der großen Aufregung der vierzehn Tage der Orange Bowl, in der die besten jungen Spieler, von den kleinsten bis zu den Junioren, die meiste Zeit begleitet von ihren Eltern und ihrem Trainer, in einer fiebrigen Anspannung leben, die Ähnlichkeit hat mit der in Prüfungssälen und Pausenhöfen.

Wenn man ihn fragt, ob er Nattys unaufhaltsamen Aufstieg bei den Ausscheidungskämpfen erwartet hat, antwortet Istvan mit einem geheimnisvollen Lächeln. Wenn er darüber nachdenkt, nachdem er nachgesehen hat, daß Natty in ihrem Hotel in Miami, gewiegt vom Summen der Klimaanlage, eingeschlafen ist, muß er sich sehr wohl eingestehen, daß er im Grunde geglaubt hat, sie würde nur eine ehrenhafte Runde schaffen.

Vielleicht weil der Satz von Fenwick — »Training nicht intensiv genug« — ihn doch quälte. Er ist selber erstaunt, daß Nattys Ergebnisse seine Theorie bestätigen: seit der Kindheit eine harmonische Entwicklung und niemals Übertreibungen. Er hat sie nie übertrainieren, sie ermüden wollen, seit sie klein war. Er hat sie sogar gebremst. Er bereut

es nicht. Wenn sie zehn Jahre lang drei, vier Stunden am Tag Tennis gespielt hätte, wäre sie bereits verbraucht, ob es dem lieben alten Fenwick nun gefällt oder nicht, der fand, daß sie nicht genug arbeitete.
Dann sagt er sich, daß all das zu schön ist, um wahr zu sein, und er hat Angst. Nach Nattys Leistung in der Mannschaftsmeisterschaft ist Fenwick umgeschwenkt. Er findet nicht genug Superlative, um das Spiel von Natty Kotany zu loben. Der Manager versäumt kein Match, achtet auf die Begeisterung des Publikums, für das sie innerhalb von zwei Wochen das schönste Mädchen von Florida geworden ist, nach dem Ausdruck eines Journalisten, der aber noch hinzufügte, daß sie in New York geboren und gerade achtzehn geworden sei.

Istvan hat Natty eindringlich geraten, vor dem Ende der Orange Bowl keinen Artikel zu lesen, der sie betrifft, und nicht Fernsehen zu schauen. Sie gehorcht ihm in allem, mit einer Fügsamkeit, die ihn überrascht, wo er doch auch ihren Charakter kennt. Sie scheint in einem Zustand permanenter Konzentration zu leben, ißt, was nötig ist, schläft, solange wie es nötig ist, antwortet allen mit einem Lächeln und am liebsten von weitem.
Istvan schläft nicht mehr.
Er ist Mary Collins dankbar, die ihm erlaubt, sich in die Kabine der CBS zu flüchten, um dem Drängen von Jim Gordon und Cora zu entgehen, das er ebenso übertrieben findet wie den Fanatismus der Gräfin Balanska, die zum Finale gleichzeitig mit Livia Fabiani eingetroffen ist.
»Es ist ein Familientreffen«, stellt Gordon fest. »Man denkt nicht nur an die Kleine. Man denkt an ihre Eltern, an Istvan . . .«
»Ihr denkt nicht viel an ihren ergebenen Ritter«, sagt Livia. »Ihr seid nicht sehr nett zu ihm.«

»Ritter? Er nervt alle mit seinem enormen Enthusiasmus.«
Istvan hält sich abseits von der Gruppe und findet ein düsteres Vergnügen daran, mit seiner Angst allein zu bleiben. Die Aufregung des CBS-Teams trennt ihn noch mehr von den anderen.
Sein vertrauter Alptraum überfällt ihn fast jede Nacht, seit Natty und er in Miami angekommen sind. Und jeden Morgen hat er die Vorahnung, daß Natty das Finale nicht erreichen wird.
Dieser Pessimismus weicht weder angesichts von Nattys Ergebnissen, die seit Beginn der Mannschaftsmeisterschaften einen Durchgang ohne Fehler begonnen hat, noch angesichts der allgemeinen Meinung, die ihr immer gewogener ist, noch angesichts der Journalisten, die sie in den höchsten Tönen loben, selbst wenn sie mehr von ihrem Aussehen als von ihrem Spiel reden. Das ist im übrigen sicher einer der Gründe für seine Unruhe. Verdeckt Nattys äußeres Bild nicht Mängel, die sich erst im Laufe des Finales zeigen werden?
Charlotte Larbaud, die beste Französin unter den Junioren, wird zu seiner fixen Idee.
Seit dem Beginn des Turniers sieht er voraus, daß diese perfekte Technikerin im Finale stehen wird. Und in den Augenblicken der Entmutigung, die er immer unter seinem lässigen Äußeren zu verstecken verstanden hat, beginnt er an seiner Methode zu zweifeln.
Er hatte einen guten Platz, um dem Interview zu folgen, das Charlotte Larbaud, oder besser gesagt ihre Mutter, die stellvertretend spricht, Mary Collins gegeben hat. Seit dem sechsten Lebensjahr spielt sie ohne Unterbrechung. Mit acht Jahren trainierte sie zwei Stunden täglich. Mit zwölf Jahren drei oder vier Stunden. Sie war bereits ein »Profi«, sagte ihre Mutter mit einem Lächeln falscher Bescheidenheit. Und mit dreizehn gewann sie die Orange Bowl in der

Klasse der Jüngsten. Selbst wenn Natty ins Finale kommen sollte, was könnte sie gegen dieses junge Tier ausrichten, das zum Töten abgerichtet wurde?

»Erlauben Sie, daß ich mich zu Ihnen setze, wo doch Monsieur Horwat schon da ist?«
Mary Collins wirft Istvan einen bedauernden Blick zu. Sie hat keinen Grund, die zum Teufel zu schicken, die sie insgeheim die Mutter von Amadeus Larbaud nennt.
Es wird für Istvan ein weiterer Alptraum, in dem seine Vorahnungen bestätigt werden. Die Mutter ist gekommen, um ihn in seiner Zufluchtsstätte, der CBS, zu nerven, und in einigen Minuten wird sich Natty auf dem Court von Charlotte Larbaud abschlachten lassen.
Er bleibt wie gelähmt.
Er entfernt sich vom Fuß der Kamera, die ihn von der übermächtigen Mutter mit der zu starken Bräunung und den platinblonden Haaren trennt, deren Mund sich zwingt, ihn in einer Art anzulächeln, die besagt: »Nur weil unsere Kinder sich schlagen werden, können wir doch miteinander reden.«
Das ist wirklich die Höhe, daß sie ausgerechnet ihm gegenüber ihren Charme ausspielt . . .
»Ich bin eine große Bewunderin von Ihnen, Monsieur Horwat. Und Charlotte ist sehr glücklich, in diesem Finale gegen Ihre Tochter zu spielen . . . Aber sie ist nicht Ihre richtige Tochter, glaube ich?«
Istvan antwortet nicht.
Das Lächeln von Madame Larbaud wird gezwungener.
Sie fährt in einem Ton fort, den nur sie allein elegant findet:
»Als Charlotte vor fünf Jahren die Orange Bowl gewann, war das gegen eine Amerikanerin . . . Apropos, Miss Collins, Sie haben doch nichts gegen Franzosen, oder?«
»Nein«, antwortet Mary gereizt. »Warum?«

»Sie haben dreiviertel des Interviews mit Charlotte geschnitten. Das, was das Interessanteste war . . .«
»Nicht mehr reden, Madame«, sagt ein großer hagerer Mann, dessen riesiger Strohhut ihm bis über die Ohren fällt und von den Bügeln seiner Sonnenbrille gehalten zu werden scheint.
»Nur ein Wort noch, Monsieur, das, was Sie schreiben, gefällt mir sehr. Wollen Sie morgen mit uns zu Mittag essen? Sie werden einen großen Artikel bekommen, ich verspreche Ihnen keine Exklusivrechte, aber . . .«
»Jetzt Ruhe«, meint Mary Collins trocken, ihr Notizbuch auf den Knien und konzentriert sich auf den Court.

Istvan schließt die Augen.
Er öffnet sie wieder, um festzustellen, daß Charlotte den Aufschlag wählt.
Und daß sie ein As plaziert.
Er schwört sich, während des ganzen Spiels nicht mehr das Gesicht ihrer Mutter anzusehen, so sehr regt ihn ihre Miene nachsichtigen Triumphs auf. Er beißt die Zähne zusammen. Kaum kann er atmen. Er zwingt sich zu vergessen, daß es ums Finale geht. Jetzt, wo es ums Handeln geht, wird er wieder der Trainer, der das Spiel seines Schülers beurteilt.
Und er nimmt Charlotte Larbaud auseinander.
Während ihre Mutter halblaut Mary Collins mit bewundernden Kommentaren überhäuft, vermischt mit Erinnerungen an andere Matchs, über den Volleyaufschlag und die berühmten Lobs von Charlotte, die sicher den ersten Satz gewinnen wird und ihn tatsächlich mit 6:4 gewinnt, sieht Istvan Natty gegenüber nur noch ein armes, verunstaltetes Gör mit schon bandagierten Knien. Er hatte diese Verbände nicht bemerkt, als er das Spiel der jungen Französin bei vorigen Matchs studierte.

Sie trägt sie übrigens nicht wie Ruhmestitel, ebensowenig wie den Tennis-Ellbogen, der ihr doch Schmerzen bereiten muß. Abwesend, offensichtlich gelangweilt, wirft sie ihrer Mutter, die sie in der CBS-Kabine entdeckt hat, Blicke zu. Sie hat Angst, nicht zu gewinnen. Mme. Larbaud hat bereits mehrere Kisten Champagner auf ihren Sieg verwettet. Sie hat einen großen Ball organisiert. Die Funktionäre, die sie von der offiziellen Tribüne aus beobachten, werden dasein . . . Ihr Leben hängt an diesem Juniorenweltmeistertitel. Wie es immer, seit Jahren, am Ergebnis eines jeden Wettbewerbs hing. Und sie weiß, daß es noch viele Jahre so sein wird . . . Istvan wischt sich mit seinem T-Shirt den Schweiß ab, der auf seine schwarze Brille tropft. Er wird doch wohl nicht diese arme Charlotte bemitleiden, selbst wenn sie einem ungeliebten Roboter ähnelt!

Natty sieht nichts und niemanden an. Sie trinkt ein paar Schlucke, wechselt ihr schweißdurchtränktes Stirnband aus, stellt sich in aller Ruhe wieder hin, schlägt dreimal mit dem Schläger auf den Ball, auf dem sehr harten Boden von Key Biskayne, wo Hitzewellen vibrieren.
Sie führt mit 5:4 im zweiten Satz.
Aber schon verbessert sie auf 6:4.
Das verkündet der Schiedsrichter nach einer Reihe von Rückhand-Crossbällen ganz bis an die Grundlinie, denen das Publikum stehend Beifall klatscht.

»Istvan«, schreit Rainer Ritter. »Das ist die Horwat-Rückhand.«
Holgersson zwingt ihn mit einem Seitenhieb, sich zu setzen.
»Wettest du mit mir?« fragt er.
»Was?«
»Daß deine Amerikanerin den dritten Satz verliert.«

»Dummkopf! Du sagst das, weil du seit sechs Monaten nicht mehr spielen kannst . . . Oder vielleicht, weil Natty dich hat abblitzen lassen, ist es das?«
»Nein. Schau!«

»Zwei Asse, zwei!« schreit die Mutter.
»Ruhe!« antwortet der Journalist mit dem Strohhut. »Wir sind hier nicht in der Kneipe!«
Istvan fragt sich, wie Charlotte Larbaud ihre zwei Asse hat plazieren können, bei der er spürt, daß sie immer kaputter wird, wie eine Ansammlung von sich lösenden Teilen, die schlecht zusammenpassen.
»Träumst du, Natty, oder was?«
Er denkt laut. Mary Collins dreht sich um und legt den Finger auf ihren Mund:
»Pscht!«
Die Anstrengung, mit der die Französin ihr zweites As ausgeführt hat, scheint ihr die Sehfähigkeit gestört zu haben. Sie läßt eine Vorhand von Natty durch, die zwar kraftvoll, aber völlig erreichbar ist.
»Das sind ihre Kontaktlinsen«, seufzt ihre Mutter. »Bei dieser Hitze und dem Schwitzen ist es eine Qual.«
»Sie braucht nur eine Brille zu tragen, wie alle anderen auch«, meint der Mann mit dem Strohhut. »Auf jeden Fall . . .«
»Auf jeden Fall was?« kreischt Mme. Larbaud. »Sie sind also auch gegen sie?«
Wie um ihre Niederlage einzugestehen, schaut Charlotte auf die Tribüne. Ein echter Hilferuf.
»Miss Kotany, 2 Spiele, Mademoiselle Larbaud, 2 Spiele«, verkündet der italienische Schiedsrichter.

»Wenn sie wenigstens weinen könnte«, denkt Istvan und sieht auf die zu Eis erstarrte Mutter.

Nach der endgültigen Ansage erhob er sich ein bißchen betäubt:
»Siegerin Miss Kotany, mit 4:6, 6:4, 6:2.«
Vor ihm das haßerfüllte und verwüstete Gesicht von Mme. Larbaud.
Er schiebt dieses Phantom ewigen Blaus beiseite, läuft auf das Netz zu, neben dem Charlotte in Nattys Armen schluchzt.
»Bloß das nicht versauen, Mist«, schreit Mary Collins McGill zu, dem ersten Assistenten, der, die Kamera 3 über der Schulter, hinter Istvan herhinkt.
»Aufhören«, heult die Mutter und zerkratzt den Arm des Journalisten, der versucht sie zurückzuhalten. »Sie wollen sie demütigen! Charlotte! Du bist lächerlich! Geh weg! Ich komme!«

Ian McGill konnte sich kein besseres Debüt als Kameraassistent träumen lassen.
Istvan Horwat, der die beiden Finalistinnen in der Orange Bowl an sich drückt.
Sobald sich Istvans Hand auf ihre Schulter legte, hat Charlotte Larbaud aufgehört zu weinen.
»Es ist nicht ihre Schuld«, sagt Natty. »Sie hat nichts mehr gesehen.«
»Nein, das ist es nicht. Seit dem Beginn des zweiten Satzes tat mir alles weh. Meine Mutter versteht es nicht . . . Was wird sie sagen?«
»Sie wird nichts sagen«, meint Istvan. »Wenn du willst, rede ich mit ihr.«
»Du bist eine große Spielerin«, sagt Natty. »Du bist müde, das ist alles.«
»Es ist wirklich unglaublich!« brüllt Ritter, der an der Spitze des Haufens auftaucht, den der Ordnungsdienst machtlos durchläßt, bevor er wieder eine Mauer bildet.

»Unglaublich«, wiederholt er, während McGill die Linse auf Natty, Istvan und ihn richtet.
»Natty ist Weltmeisterin, und ihr verbringt eure Zeit damit, die andere zu trösten!«
»Halt die Schnauze, du Bomber«, erwidert Natty. »Die andere ist meine Freundin. Also sei nett.«
Dann blickt sie sich um:
»Wir ziehen uns um. Das dürfen wir doch, oder?«

9

»Ich wäre gern mit Charlotte gereist«, meint Natty. »Ihre Mutter hat mich weggeschickt.«
»Mich auch«, erwidert Istvan. »Gestern abend habe ich versucht, ihr Ratschläge für das Training ihrer Tochter zu geben. Sie hat es sehr schlecht aufgenommen. Laß es.«
Beim Umsteigen von einem Flugzeug ins andere, am Kennedy Airport, ist die Freundesgruppe zusammengeschmolzen. Jim und Cora bleiben in New York, ebenso Mary Collins. Livia Fabiani dagegen fährt bis Paris mit.
Mme. Larbaud drückt ihre Tochter an sich, damit sie sich nicht mit der aufgewühlten Menge der jungen Leute vermischt, die erschöpft von der Orange Bowl zurückkehren, aber sehr aufgeregt sind.
Rainer Ritter hält sich immer noch so nahe wie möglich bei Istvan auf, was ein gutes Mittel ist, Natty nicht aus den Augen zu verlieren.
Die glücklicheren Bürger der Tennisrepublik haben schnell die Erste-Klasse-Kabine in einen Wohnwagen für Nomaden verwandelt. Die Mannschaft betrachtet die Eltern, die von der Generation der Orange Bowl ein wenig überrannt werden, die zufriedenen oder enttäuschten Trainer, die diskutierenden Manager, die sich ein wenig abseits halten und von allem reden, nur nicht von besseren Elementen, die sie für einen eventuellen Vertrag entdeckt haben.

Istvan hat Natty den Platz neben dem Fenster überlassen und sich neben sie gesetzt.
»In fünf Minuten starten wir«, sagt er. »Sobald wir gegessen haben, kannst du schlafen.«
»Aber Istvan, es ist noch nicht mal sieben Uhr . . . Und ich habe keinen Hunger.«
»Weil du kaputt bist. Du wirst essen, was du willst, und danach ›Gute Nacht‹.«

»Und du?«
»Ich gehe kurz an die Bar, bis du eingeschlafen bist.«
Ritter, der zwei Reihen hinter ihnen sitzt, erträgt die schlechte Laune von Holgersson.
»Genauso gut wie Gratistickets auszugeben«, sagt der Schwede immer wieder, »hätte die Fluggesellschaft uns die Concorde zahlen können. Ist dir klar, daß wir in diesem Scheiß Jumbo-Jet bis Paris acht Stunden brauchen?«
»Ich liebe Flugzeuge. Ich finde die Zeit nie zu lang. Ich denke nach, ich träume«, meint Ritter.
Holgersson bricht in Gelächter aus und sieht seinen Freund R.R. aufmerksam an, als ob er ein seltsames Tier betrachtete.
»Das ist neu«, sagt er. »Rainer denkt nach. Rainer träumt . . . Vergessen Sie aber bitte nicht den Service dabei!«
»Und wann machst du mit deinem Service weiter?«
»Mit dem Training geht es so einigermaßen, du hast es ja gesehen. Ich werde ganz langsam mit einem Turnier auf Einladung in einem verlorenen Nest anfangen, dessen Namen ich vergessen habe . . . Sieh doch, da kommt das kleine Essen! Hast du die Beine der Stewardeß gesehen? Entschuldigung, stimmt ja, der verliebte Ritter sieht nur die Bälle seiner Schönen an!«

»Ist dir nicht kalt?« fragt Istvan. »Willst du eine Decke?«
»Gleich. Im Moment geht es . . .«
Sie nimmt Istvans Hand und legt sie an ihre Wange.
»Siehst du, mir ist heiß.«
Istvan sieht Natty wieder auf dem Court, am Vortag, in Key Biskayne, auf sich selber konzentriert, der Außenwelt gegenüber gleichgültig, so erwachsen in ihrer Art, in ihrem Spiel . . . Jetzt ist sie wieder Kind geworden. Das Blau ihrer Augen ist dunkler geworden, während sie jenseits des Fensters Geister betrachtet, von denen er keine Ahnung

hat. Denkt sie an Jane und Màrton? Er erinnert sich an ihre Worte von gestern nach dem Sieg.
»Istvan, Papa muß stolz sein, oder? Mama auch. Natasche Kotany, Weltmeisterin!«
Da hat er daran gedacht, ein Telegramm nach Ungarn, an ihre Großeltern, zu schicken. Wie oft hat er sich vorgeworfen — aber es war nur ein flüchtiger Gedanke —, mit ihr so selten von ihrer Familie zu reden, als ob er Natty für sich allein behalten wollte.
»Im Grunde«, denkt er, »bin ich nur der Coach der neuen Juniorenweltmeisterin . . .«
»Du langweilst dich, Istvan«, murmelt Natty und schaut dabei weiter in die Nacht.
Sie dreht sich um, legt ihre Hand über die Augen:
»Ich bin sicher, daß Livia an der Bar ist und sich den Hof machen läßt.«

Eine halbe Flasche Saint-Emilion hat Carl Holgersson besiegt. Erschöpft von den letzten Abenden in Miami, die er die Beerdigung seines Jungenlebens nennt, da er wieder zu spielen anfangen wird und geschworen hat, Diät zu halten, sobald er Florida verlassen hat, hat sich der wunderliche Schwede in seine Decke vergraben. Rainer Ritter kann sich endlich vorbeugen, um Nattys Profil zu betrachten, das sich auf dem Fenster im Licht der Nachtlampe abzeichnet, ohne den dummen Bemerkungen seines Gefährten die Stirn bieten zu müssen. Er mag Holgersson gern. Der Schwede hat als einziger die tiefe Schüchternheit von R.R. gespürt, die er entweder hinter einer triumphierenden Miene oder dem hartnäckigen Schweigen des Profis, der sich konzentriert, verbirgt.
Alles ging gut vor diesem Viertelfinale in Roland-Garros, wo Ritter, nachdem er Horwat nicht hatte schlagen können, dessen Tochter entdeckt hat. Bis dahin waren die

Scherze von Rainer und Carl immer dieselben. Der Deutsche warf dem Schweden seine Frivolität vor — »die Mädchen werden dich noch die Plazierung kosten« —, Holgersson antwortete, daß Ritter mit zwanzig Jahren ein Greis wäre, wenn er so ernst bliebe. Ein Milliardär, aber altersschwach.
Seit Rainer vor Liebe zu Natty närrisch ist — »ganz einfach närrisch« —, höhnt Carl, geht nichts mehr.
»Er wird bis Paris schlafen«, sagt sich Ritter.

Rainer hat gesehen, daß Istvan aufgestanden und zur Bar gegangen ist, vielleicht um diese Frau zu treffen, die ein Vermögen mit Romanen über Tennis verdient, die Frau Ritter ihrem Sohn geschenkt hat, die ihm aber, wie alle Bücher, aus den Händen fallen.
Istvan hat eine Decke über Nattys Beine gelegt und ihren Sitz nach hinten geneigt. Er wird sicher nicht so bald wiederkommen.
»Ich bin eingeschlafen«, sagt Natty, als Rainer sich neben sie setzt.
»Kann ich fünf Minuten bleiben?«
»Wenn du willst . . . Istvan ist an der Bar.«
»Ich weiß.«
Natty lächelt ins Leere.
»Bist du glücklich?« fragt Rainer.
»Ich fange an, es zu realisieren . . . Heute morgen, als ich aufgewacht bin, sagte ich mir, daß ich die Orange Bowl geträumt hätte! Ja, ich bin glücklich.«
Rainer riskiert es, seinen Arm hinter Nattys Hals zu legen. Er hat Angst vor einer abwehrenden Reaktion, die nicht kommt. Sie läßt sich nur ein wenig gleiten, um sich bequemer an Rainers Schulter zu lehnen.
Er beugt sich zu ihr und küßt sie auf die Wange:
»Eines Tages wird du nicht mehr nur Juniorenweltmeiste-

rin sein, sondern ganz einfach Weltmeisterin . . . wenn ich es so sagen kann.«
»Du wirst nächstes Jahr die Nummer eins sein.«
»Und wir beide sitzen da, ganz bescheiden!«
Rainer nützt diesen Augenblick der Euphorie, um Natty wieder zu küssen, diesmal auf die Lippen. Sie erkennt seine Züge nicht richtig, so aus der Nähe, im Licht der Nachtlampe. Heute abend hat er das Gesicht ihres Sieges. Sie ist es nicht gewöhnt, sich aus so großer Nähe den Hof machen zu lassen. Ihr Herz kommt etwas aus dem Takt, ihr Körper wehrt sich, doch sie schwebt auf einer Wolke des Ruhms. Nein, es ist nicht unangenehm, von R.R., dem jungen Glückskind, geküßt zu werden, wenn man gerade die Orange Bowl gewonnen hat. Alles wird klar. Ihre Geschichte fängt an. Rainer spürt, daß sie sanft, willig ist. Er fährt mit der Hand unter die Decke. Sie schließt die Augen, läßt sich streicheln.
R.R. ist sich noch nie so ungeschickt vorgekommen. Er sieht sich um, um sicherzugehen, daß Istvan nicht wiederkommt. Dann läßt er sich gehen, legt ein Stück der Decke über sich, wie auf das Bett einer keuschen Liebesnacht. Er atmet Nattys Haare, umarmt sie sanft. Sie erwidert seine Küsse. Sie haben beide die Augen geschlossen.

Istvan bleibt stehen.
In der Stille der schwach erleuchteten Kabine nimmt er den Atem der Schläfer wahr.
Er zwingt sich zu lächeln, als er Rainer und Natty sieht, die sich umarmen, weit weg von allem. Er sucht mit dem Blick einen freien Platz.
Er überläßt sich einer Müdigkeit, die er eben in der Bar nicht gespürt hat. Er hat nur noch einen Wunsch: sich in eine Decke wickeln, schlafen. Schon trifft er eine Verabredung mit seinem Alptraum.

Rainer hat jeden Zeitbegriff verloren.
Zum hundertstenmal flüstert er Natty ins Ohr:
»Bist du glücklich?«
»Ja«, antwortet sie im Halbschlaf.
Dann flüstert sie wieder:
»Bleibst du lange in Paris?«
»Und du?«
»Ich weiß nicht, was Istvan vorgesehen hat . . . Ich muß mit ihm sehen, wie es weitergeht.«
»Warum?«
»Ich habe in der Schule schon mehr als einen Monat versäumt.«
»Du gehst wieder in die Schule?«
»Sicher . . . Ja, ich glaube . . . Ich bin jetzt in der Première.«
Sie verstummen, umarmen sich wieder. Rainers Hand wird schwerer auf Nattys Haut. Sie seufzt, hebt den Kopf, sieht ihn fragend an, ohne sich zu entziehen.

»Schau«, sagt Rainer. »Es wird Tag . . .«
Vor dem Flugzeug ist der Himmel rosa, während hinter ihm noch schwarze Nacht ist.
»Schau . . .«
Mit den Fingerspitzen streicht er die Strähnen fort, die in Nattys Augen fallen.
Sie schüttelt sich, taucht unter der Decke hervor, streckt sich:
»Eines Nachts, als wir von Flushing Meadow zurückkamen, hat Istvan zu mir gesagt: ›Du wirst sehen, wir suchen den Tag‹ . . . Aber . . .«
Aufgeschreckt blickt sie sich um.
»Istvan . . . Wo ist er?«
»Er schläft dort, wie alle anderen.«
Natty steht auf, rückt ihr Kleid zurück, fällt fast, als sie

sich mit den Füßen in der Decke verfängt, schaut in die Sesselreihen, betrachtet die hingegebenen Körper im schwachen Licht. Sie entdeckt Istvan:
»Man könnte meinen, es seien alles Leichen!«
»Schau den Himmel an, das ist lustiger«, meint Ritter.
»Ich habe Hunger . . . Hast du keinen Hunger?«
Sie erwidert schnell seinen Kuß und lächelt:
»Doch . . . Kannst du mir meine Tasche dort oben rausholen?«
Er steht auf, öffnet die Ablage, holt die weiße Ledertasche mit den Initialen I. H. heraus.
»Ich schenke dir eine mit R.R.«, sagt er, während sie ihre Toilettentasche sucht. »R.R. wie Rolls-Royce, natürlich!«
»Nein . . . N.K.! Ich heiße doch Natascha Kotany, oder?«

10

»Alle reden von deiner Orange Bowl wie von einer außergewöhnlichen Leistung! Es ist nur der normale Sieg einer übertalentierten Spielerin.«
Sie verlassen gerade das Collège Dupanloup, in dem die Schulleitung ein Überraschungsfest für Natty organisiert hatte. Sie gehen in die Avenue Robert-Schuman, kommen an ihrem Haus vorbei, gehen wieder zurück, gehen wieder weiter. Thieu fragt sich oben auf dem Balkon, was los ist. Istvan scheint Natty eine Moralpredigt zu halten, fuchtelt mit den Händen wie ein Lehrer, der sich aufregt.
»Hoffentlich ist in der Schule alles gutgegangen, und es hat keine Probleme gegeben«, sagt sich Thieu beunruhigt.
Natty ist im Triumph empfangen worden. Ihr Monat Verspätung wog nichts neben ihrem Titel als Weltmeisterin.
Am Mittag war Istvan, der sich von der Zeitverschiebung erholte, durch einen Telefonanruf der Direktorin geweckt worden, deren Hartnäckigkeit schließlich sogar Thieus Weigerung durchbrochen hatte, Monsieur zu stören.
Istvan hat sich schlechtgelaunt beruhigt, sobald er begriff, daß es sich um eine Feier zu Ehren des Stars der Orange Bowl handelte, die zum Ruhmesstern der Schule geworden war.
Schon beim Betreten des Collège hatte die Direktorin ihn unter ihre Fittiche genommen, er war ein wenig verwirrt und wurde von den Schülerinnen beklatscht, als ob er gerade ein Turnier gewonnen hätte. Laurence sprang ihm an den Hals. In der allgemeinen Aufregung bemerkte keiner ihren zu festen, zu intimen Kuß. Außer Natty, die wütend den Blick abwendet.
»Die Meisterin hat das Collège nicht vergessen!« rief die Direktorin aus. »Heute morgen um acht war sie da! Ein wenig verloren zwar, aber das ist normal! . . . Was für ein schönes Abenteuer!«

Nach einer kurzen Rede, in der die Tugenden des Sports und der Anstrengungen im allgemeinen gefeiert wurden, zog sie Istvan von den Mädchen weg, die um Tabletts mit Kuchen und Fruchtsäften herumschwärmten, um ihn etwas besorgt zu fragen, ob Natty bis zum Abitur weiter zur Schule gehen würde.
»Geht das? Glauben Sie, daß sie es kann?«
»Sicher, Monsieur Horwat. Die Lehrer werden ihr helfen. Sie werden ihren Stundenplan so einrichten, daß sie weiter trainieren kann.«
»Die Turniere werden sie vor zahlreiche Probleme stellen.«
»Wir können ihr Nachhilfekurse geben, nach ihrer Abwesenheit. Ich sage nicht, daß sie das Abitur bestehen wird, aber ich bin sicher, daß es gut wäre, wenn sie weiter zur Schule ginge.«

»Es ist wichtig, daß du dieses Schuljahr machst«, sagt Istvan.
»Ich werde es versuchen. Siehst du, heute morgen bin ich um sieben aufgestanden. Du hast mittags noch geschlafen! Nein, mach dir keine Sorgen, alles wird gutgehen.«
Schweigend gehen sie weiter. Dann bleibt Istvan einige Sekunden stehen, um feierlich zu verkünden:
»Vor dem Essen rufe ich Fred Stolly an.«
»Wer ist das?«
»Ein ehemaliger australischer Champion. Ein sehr guter Trainer. Genau das, was du brauchst.«
»Willst du mich nicht mehr trainieren?«
»Du bist jetzt groß . . .«
Er läßt den Satz in der Schwebe, sieht Natty an und fährt dann mit gezwungenem Lächeln fort:
». . . sehr groß. Du mußt mich nicht mehr immer bei dir haben, oder?«
Wieder Schweigen. Er zögert unruhig, sucht nach Worten.

Sie weiß, daß er an die Nacht in der 747 denkt, und beruhigt ihn lächelnd:
»Aber doch! Du willst mich loswerden: das Collège, der Trainer . . .«
»Nein, Natty, es ist sehr ernst. Mit diesem Weltmeistertitel beginnst du eine Karriere als Champion. Ich habe versucht, dir alles beizubringen, was ich wußte . . . Nicht nur die Technik, sondern auch die Werte dieses Sports, dem ich alles verdanke und den ich leidenschaftlich liebe. Aber ich bin kein Lehrer. Das ist nicht mein Beruf. Auf diesem Niveau kannst du nicht mehr meine Schülerin sein. Von nun an wird Fred Stolly dein Meister sein. Und der Rest . . .«
»Der Rest?«
»Ach ja, man muß an die materiellen Fragen denken. Bis jetzt habe ich mich um alles gekümmert. Aber du wirst reich werden . . . Man kann jetzt viel Geld beim Tennis verdienen! Viel mehr als ich, als ich so alt war wie du. Ich habe mich für diese Dinge nie interessiert. Fenwick wird deine Geschäfte in die Hand nehmen.«
»Stolly, Fenwick . . . Du gehst also in Rente?«
»Aber sicher! Sehr bald. Aber ich kann mich nicht mehr um alles kümmern.«
»Ich verstehe, Istvan. Einverstanden, was den Trainer und Manager angeht . . . Aber es beeindruckt trotzdem! Bin ich ganz plötzlich älter geworden, oder was? Es wird langsam kalt. Wollen wir heimgehen?«

11

Am Sonntag um zehn Uhr war Natty schon fertig mit ihrem Training bei Fred Stolly, dem Istvan geraten hat, nicht den Rhythmus zu brechen, an den sie gewöhnt ist. Sie soll Lust auf mehr Stunden Ballwechsel haben, als er sie machen läßt . . .

»Ich habe das Ergebnis deiner Methode bei der Orange Bowl gesehen«, hat Stolly gesagt. »Mach dir keine Sorgen, ich werde nichts erzwingen.«

Das Programm des Tages ist abgesteckt. Sie wird jetzt versuchen, mit ihrer Französischaufgabe fertig zu werden, vor dem Mittagessen.

Während sie dabei ist, ein Zitatenwörterbuch durchzublättern, um eine recht leere Seite etwas aufzufüllen, holt Thieu sie aus ihrem Zimmer. Rainer Ritter ist am Telefon.

»Ich hol dich zum Essen ab«, sagt er. »O.k.?«

»Ja, aber nicht zu früh. Ich muß erst meine Aufgabe fertig machen.«

»Du wirst sie später fertig machen. Ich hol dich um halb zwölf ab. Wir müssen ziemlich weit fahren.«

»Das ist zu früh.«

»Also, um viertel vor zwölf.«

Und er legt auf, bevor Natty protestieren kann.

»Warum hast du kein Auto, Rainer?«

»Ich habe noch keins gefunden, das mir gefällt«, antwortet er und drückt sie auf dem Taxisitz an sich. »Sie sehen alle gleich aus. Selbst die R.R.'s sind nicht mehr das, was sie waren.« In Wahrheit ist er zu seiner größten Wut zweimal bei der Führerscheinprüfung durchgefallen.

»Rück ein bißchen«, sagt Natty. »Ich kann nicht mehr atmen. Müssen wir weit?«

»Es ist eine Überraschung!«

Das Taxi biegt nach rechts ab und fährt in den Bereich des Flughafens Bourget ein, der den Privatflugzeugen vorbehalten ist.
»Ich möchte gerne wissen . . .«, beginnt Natty.
»Du wirst schon sehen.«
Er zahlt das Taxi, zieht Natty in ein verglastes Büro und drückt zwei Männern, die auf sie gewartet haben, die Hand.
»Alles ist fertig, Monsieur Ritter«, sagt einer der beiden.
»Wir können los.«
»Wir nehmen das Flugzeug?« fragt Natty. »Ist das deine Überraschung? Du bist verrückt! Und meine Arbeit?«
»Wir nehmen *mein* Flugzeug«, sagt Ritter. »Wir kommen zurück, wann du willst.«
Er nimmt die Hand des jungen Mädchens, zwingt sie, bis zu der kleinen Cessna zu laufen, auf deren Seite sich in Schwarz die Buchstaben R.R. abzeichnen über zwei gekreuzten weißen Tennisschlägern.
»Das ist doch wohl einen Rolls wert, oder?« fragt er mit einer begeisterten Miene, die Natty zum Lächeln bringt.
»Gehört sie wirklich dir?« fragt sie und ist nun doch beeindruckt.
»Sie läuft auf den Namen meines Vaters, aber ich hab sie bezahlt. Ich habe dieses Jahr einen Haufen Geld verdient . . . Gefällt sie dir?«
»Es ist ein schönes Spielzeug. Wohin bringst du mich, um es mich ausprobieren zu lassen?«
»Das ist die zweite Überraschung.«
Er hat die Wand auseinandergefaltet, die die sechs Sitze von der Pilotenkanzel trennt. Er öffnet die Tür zur Bar.
»Aber du trinkst doch nichts von alldem da!« ruft Natty erstaunt aus und zeigt auf die Flaschen mit Whisky, Wodka, Rum und Martini.
»Das ist für meine Gäste . . . Willst du einen Tomatensaft? Es ist auch Champagner da . . .«

Er gießt den Tomatensaft ein. Das Glas in der Hand, zeigt er Natty alle Ausgefuchstheiten seines Spielzeugs. Die Sitze, die sich drehen, damit sie um einen Tisch stehen können, den man in der Mitte ausklappt. Das in einem Schrank verborgene Tonband, zwischen den Fenstern. Die Toilette.
»Damit können wir eine Weltreise machen«, sagt sie verträumt. »Na, sag schon, wohin fliegen wir?«
»Erst mal schauen wir einen Film an . . .«, sagt er.

»Fräulein, Rainer hat uns nicht *einmal* angerufen, ohne von Ihnen zu sprechen. Er war sicher, daß Sie die Orange Bowl gewinnen würden, ein Jahr nach ihm!«
Herr Ritter biegt auf den Zubringer ein, der zur Autobahn nach Münster führt. Massig, hitzig, noch rothaariger als sein Sohn, fährt er seinen Audi Quattro mit der Schnelligkeit und Sicherheit eines Rallye-Fahrers.
Natty weiß nicht gerade sehr viel über ihn, außer daß er Architekt ist, daß seine Frau malt und daß Rainer ihr einziger Sohn ist.
»Ich habe ihn Rainer genannt«, sagt er in vertraulichem Ton, »weil ich auf der Uni verrückt war nach dem großen Dichter Rilke, Rainer-Maria Rilke. Kennen Sie ihn, Fräulein?«
»Nein . . .«
»Rainer wollte nie sein *Tagebuch eines jungen Dichters* aufschlagen. In seinem Alter hatte ich ihn schon fünfmal gelesen . . . Nun ja, mein Sohn interessiert sich nur für Tennis.«
»Wenn man das Ergebnis sieht, kann man kaum ›Nun ja‹ sagen«, meint Natty.
»Ja . . . Nun, als ich es begriff, habe ich ihn in die Hände eines der besten Lehrer Deutschlands gegeben, den ich überbezahlte, damit er sich nur um Rainer kümmerte.«
Eva, das junge Dienstmädchen mit der Stupsnase, dem ro-

ten Kleid und der weißen Schürze, schaut Natty von unten herauf an. Jedesmal, wenn ihr Dienst sie zum Tisch führt, wirft sie einen Blick auf die Meisterspielerin. Sie ist wohl ungefähr so alt wie sie. Ihr kreidiges Gesicht gibt unter der Last ihrer Locken nach. Im übrigen ist alles kreidefarben: die Wände, die Teppiche, die bestickte Tischdecke. Weiß ist die Lieblingsfarbe von Frau Ritter. Ihre Bilder sind makellose Oberflächen, auf denen sich einige seltene rote, schwarze oder orange Quadrate abheben.

Bevor sie sich zu Tisch setzte, mußte Natty sich bis zu Rainers Zimmer führen lassen, das überquillt von Trophäen und von Tennisschlägern, von denen jeder in seiner Karriere eine historische Rolle gespielt hat.

Sie blieb ein wenig starr auf der Schwelle stehen, wußte nicht, wohin sie ihr riesiges Glas mit Seven-up stellen sollte, hatte Angst, es umzuschütten, und konnte es einfach nicht austrinken.

Herr Ritter, der genauso unerschöpflich war wie dieses verdammte Glas, ließ wie in einem schnellaufenden Film die Etappen von Rainers Leben, seit seinem ersten Zahn, vorbeiziehen. Rainer hörte mit bescheidenem Lächeln zu. Seine Mutter, die schlecht Englisch verstand, stimmte schweigend und mit demselben Lächeln zu.

Natty war dieses allgemeinen Glücks müde und hörte mit Erleichterung die Unterbrechung von Eva, die sagte, daß man zu Tisch gehen könne.

Ihre Langeweile macht sie boshaft, und sie fragt sich, ob diese fade und fette Küche verantwortlich ist für R.R.'s Schwerfälligkeit.

Ihr Appetit ist gezügelt, sie lächelt höflich ins Leere, stochert unter dem vorwurfsvollen Blick von Frau Ritter, die sich jedoch keine Bemerkung erlaubt, auf ihrem Teller herum.

Rainer ist dagegen im siebten Himmel. Immer wieder und

wieder beschreibt er das Finale der Orange Bowl und unterbricht dies nur, um die Vorzüge seines Flugzeugs zu loben. Natty kommt sich betäubt vor, wie gelähmt auf ihrem weissen Lederstuhl . . . Der Kopf dreht sich ihr ein wenig. Sie hat wohl schlecht verstanden, was mit ihr passiert.
Hat sie wirklich geglaubt, verliebt in Rainer zu sein, in den Augenblicken der Freude, die der Orange Bowl folgten, als sie, überwältigt von Glück, erkannte, daß sie Juniorenweltmeisterin war?
Sie wagt nicht, ihn anzusehen. Sie findet ihn in der Wärme seiner Familie rosiger denn je. Sie spürt eine Übelkeit, die dem Ekel ähnelt, versucht, die Erinnerung an seine Küsse, seine Zärtlichkeiten zu verscheuchen.
Sie erträgt nichts und niemanden mehr in diesem Eßzimmer, das an ein Krankenhauszimmer erinnert, wo man mit Fragen Menschen zerlegt, auf die sie kaum antwortet, und wenn, dann verkehrt.
Rainer hatte ihr eine Überraschung versprochen. Was für eine Überraschung! Plötzlich ist sie nun Gefangene eines Familienessens, das eher einem Verlobungsessen ähnelt.
Sie wird immer wütender. Nur mit Mühe kann sie ihre Wut beherrschen, und die Anstrengung läßt sie schwindeln. Nein, sie ist nicht verliebt in Rainer und wird es auch nie sein. Sie hätte ihrem ersten Eindruck, damals in Roland-Garros, trauen sollen.
Sie ist böse auf Istvan, weil er sie verlassen hat, weil er in der 747 nicht bei ihr geblieben ist. Er hätte verstehen müssen, daß sie nicht ihr normales Selbst war, einen Tag nach einem solchen emotionalen Ereignis. Sie schwebte, und er hat sie in den groben Klauen des Deutschen gelassen.
Sie hört nicht mehr zu, hört nichts mehr.
»Bring mich nach Paris zurück«, sagt sie zu Rainer. »Ich hab dir gesagt, daß ich für morgen viele Aufgaben zu machen habe.«

12

»Zwischen elf und halb zwölf!« ruft Istvan aus.
Er hört am anderen Ende der Leitung Jean Pellegrin lachen, den Vertreter von F. F., der sein Büro in Paris hat. Istvan mag den ehemaligen Champion gern, der mit fünfunddreißig Jahren aufgehört hat und sich gutgelaunt Fenwicks Stall widmet.
»Du kennst doch Frank«, meint Pellegrin. »Er bleibt nie an einem Ort.«
»Ich werde um drei nach elf dort sein«, sagt Istvan.
Um elf wartet Istvan geduldig auf den Paternoster, der aus derselben Zeit zu stammen scheint wie das massige Gebäude in der Avenue George V. In der Stille der schlecht beleuchteten Halle hört er das Knirschen der Kabine, die noch nicht da ist. Schließlich beschließt er, die Treppe bis zum zweiten Stock zu nehmen.
Sobald eine Sekretärin mit telegenem Lächeln ihm die Tür geöffnet hat, wird er in ein Bad aus Licht getaucht. Halogenlampen beleuchten den Deckenstuck von 1900. Eine Tür aus Rauchglas führt in einen Versammlungsraum, in dem ein weißer Marmortisch allen Platz einnimmt. Die alte Wohnung ist in Zellen aufgeteilt worden, und die Glastüren scheinen sich zu einer Reihe von Wandschränken hin zu öffnen.
Fenwicks Zelle ist sicher etwas größer als die anderen. Die Sekretärin setzt Istvan vor einen Glastisch.
»F. F. ist im Sekretariat. Er kommt gleich.«
Istvan betrachtet die Fotos von Champions, die um ihn herum an den Wänden hängen. Seins muß von ungefähr vor zehn Jahren stammen.
»Das bist immer noch du«, meint Fenwick, der hereingeeilt ist. »Und schau das hier an!«
Istvan hatte nicht das große Foto von Natty gesehen, das auf dem Tisch liegt.

»Es wurde bei der Orange Bowl aufgenommen«, sagt Fenwick.
»Ich schenke es dir. Das Witzigste ist, daß Natty dir ähnelt, findest du nicht? Da ist etwas im Ausdruck . . . Gut. Ich habe Stolly gesehen. Er hatte noch nie eine so begabte Schülerin. Das wundert mich nicht.«
Aus seiner Jackentasche holt er einige zusammengefaltete Blätter hervor.
»Ich habe gerade Nattys Vertrag tippen lassen«, sagt er. »Wirf einen Blick drauf! Du wirst sehen, daß sie nicht gerade im Elend lebt.«
Istvan überfliegt den Vertrag und gibt ihn dann Fenwick zurück.
»Das kommt mir sehr gut vor«, meint er.
»Das will ich wohl meinen! Mit ihrem Aussehen werde ich bald die Einsätze der Sponsoren verdreifacht haben.«
»Das ist viel Geld . . .«
»So ist das heute. Alles oder nichts . . . Ich muß ihre Unterschrift haben, um für sie ein Konto zu eröffnen. Aber ich wollte vorher dein Einverständnis haben.«
»Das hast du.«
»Wenn sie einen Vorschuß braucht, kann sie sich direkt an mich wenden. Aber sie muß nicht, so wie du, ihr ganzes Geld verpulvern!«

13

»Du kommst ganz schön spät nach Hause«, meint Istvan. »Das ist wohl ein verlängertes Mittagessen . . . Wo wart ihr?«
»Red bloß nicht davon! In Münster!«
»In Münster?«
»Ja, stell dir vor. Er wollte mir sein Spielzeug zeigen. Ein Flugzeug, mit R.R. überall, und Schlägern als Wappen!«
»Also, damit ist es ihm gelungen, dich mit nach Hause zu nehmen . . .«
»Du denkst an eine Falle, um sich an mich ranzumachen, oder? Aber nein. Absolut nicht. Es ist ganz das Gegenteil. Da waren Papa, Mama und sogar das Dienstmädchen. Ein richtiges Verlobungsessen. Was für eine Falle. Ich war so bedrängt, daß ich nichts mehr runterbrachte.«
»Setz dich. Erklär es mir.«
»Es gibt nichts zu erklären«, sagt Natty und läßt sich auf das Sofa fallen. »Ich war nicht darauf gefaßt, das ist alles.«
»Ach ja?«
»Was, ach ja?«
Während Istvan sie spöttisch lächelnd betrachtet, steht sie so schnell auf, wie sie sich gesetzt hat.
»Ich zieh mir eine Jeans an. Ich habe dieses Verlobungskleid satt!«
»Warte. Ich versteh immer noch nicht . . . Du bist nicht verliebt in Rainer?«
Natty packt eine Lampe auf dem niedrigen Tisch, verheddert sich mit den Füßen in der Schnur, schwankt, erhebt sich wieder und schwenkt die Lampe über Istvans Kopf.
»Sag das noch mal«, ruft sie. »Ich schlag dir den Schädel ein!«
»Ruhe! Ich hab dich mit ihm gesehen . . . Sag mir nicht, daß du ihn nicht liebst.«

»Noch ein Wort, und ich bring dich um!«
»Okay, okay . . . Aber wenn du dich aufregst, heißt das, daß du an ihm hängst.«
»Also wirklich! Dein R.R. ist ein Junge, er weiß nicht, was ein Mädchen ist! Deshalb braucht er einfache. Ich war nie in ihn verliebt, nie!«
Istvan steht ebenfalls auf, nimmt Natty die Lampe aus der Hand und stellt sie auf den Tisch.
Sie bleiben stehen und sehen sich an.
»Oft«, murmelt sie, »habe ich mich gefragt, warum ich mich nicht für Jungen interessierte, so wie die anderen . . . Wenn sie mir nahe kamen, fand ich immer etwas, was nicht stimmte. Sie sagten immer die gleichen Dummheiten, sie ähnelten sich alle, sie verloren ihre Zeit und wollten, daß ich meine auch verlor. Sie waren schlimmer als Rainer, sie ekelten mich an. Er ist zumindest ein großer Spieler. Aber du siehst ja, daß das nicht reicht! Hast du dich schon mal gefragt, was in meinem Kopf vorging, außerhalb der Courts? Ich war nicht glücklich. Meine einzigen glücklichen Augenblicke waren dann, wenn ich dir gegenüberstand, hinter dem Netz. Dann hatte ich Lust zu leben . . . mit dir zu leben.«
Natty wendet mit Tränen in den Augen den Kopf und legt dann plötzlich ihre Hände auf Istvans Schultern. Sie schüttelt ihn heftig.
Sie hat aufgehört zu weinen. Ihre Stimme ist merkwürdig tief und weit weg, im Gegensatz zu ihren Bewegungen. Istvan bleibt stumm und hält ihrem Blick stand.
»Es ist zu dumm. Du hast nichts begriffen . . . Ich sagte mir dabei, daß du es schließlich verstehen würdest . . . Es wird in meinem Leben nie einen anderen Mann als dich geben. Hörst du? Hörst du, ja?«
Sie läßt Istvans Schultern los, senkt den Blick und sagt dann in das Schweigen hinein weiter:

»Ich wartete darauf, daß du erkanntest . . . Ich sagte mir, zwölf ist zu jung, dreizehn, noch ein bißchen zu jung . . . Und dann war ich fünfzehn, Julias Alter im Theaterstück. Und dann sechzehn, und du sahst immer noch nichts! Du hast vom ersten Tag an nicht begriffen, daß du der einzige Mann in meinem Leben sein würdest! Sei ruhig! Ich bin mir dessen sicher! Ich kann noch Jahre warten, bevor du es bemerkst . . . Vielleicht wirst du ein Greis sein, du wirst kaum mehr laufen können, du gehst ins Konzert, hörst deinen Liszt an, du wirst die Geigen für Schläger halten, aber macht nichts. Ich werde dasein! Und du möchtest, daß ich mich in den ersten Deppen verliebe, der es wagt, mir den Hof zu machen?«
»Zieh deine Jeans an«, sagt Istvan mit rauher Stimme. »Wir gehen ein wenig spazieren.«

Im Nebel der Novemberabenddämmerung haben sie den Eindruck, daß sie sich verirren werden, daß sie vorwärtsgehen, ohne zu wissen wohin.
Das Gitter von Roland-Garros ist offen. Die Silhouetten der letzten Angestellten verblassen, werden undeutlich, die Büros des Verbandes, die noch erleuchtet sind, verbreiten ein Licht, das in gespensterhafte Färbungen zerfällt.
Der Central liegt verlassen da. Und wie alle leeren Stadien erscheint er riesig, umgekehrt zu den Häusern der Kindheit, die man Jahre später winzig findet. Die unzähligen Schicksale, die sich am Fuße der Tribünen entschieden, hinterlassen das Gefühl einer Tragödie, eines Geheimnisses, genauso wie eine Frau ihr Parfum in einem Zimmer hinterläßt, das sie verlassen hat . . .
Das Netz ist fort. »Es ist wohl in meinem Alptraum«, denkt Istvan. Der Nebel löst sich über den Planen auf, die den Boden bedecken. Der Mond erscheint schon zwischen den Wolken am samtigen Himmel. Natty folgt Istvan, der

sich in die gespenstischen Stuhlreihen setzt. Seit der Avenue Robert Schuman hat er kein Wort gesagt.
Jetzt entschließt er sich, sagt mit sicherer Stimme:
»Du mußt vernünftig sein . . . In deinem Alter . . .«
Sie kann es einfach nicht hören.
Sie schaut auf den mit Planen abgedeckten Court, in die große Leere der Tribünen. Sie hat ein Gefühl der Unwirklichkeit, der Unsinnigkeit, in dieser schwarzen Öde, mit Istvan, der mechanisch Satz an Satz reiht. Er ist weit weg, fünfzig Zentimeter weg von ihr.

In Nattys Ohren summt es.
Trotzdem hört sie plötzlich ganz klar:
»Hast du verstanden, Natty?«
Dann kommt wieder, immer wieder, das Wort:
»Wirst du vernünftig sein?«
Sie zittert.
»Ist dir kalt? Wir gehen heim.«
Er nähert sich ihr, legt den Arm um ihre Schultern. Sie zittert noch mehr.
»Du bist eiskalt«, sagt er.
Sie dreht den Kopf zu ihm. Sie nähert ihren Mund dem seinen. Er rührt sich nicht, während sie ihn lange küßt, voller Gier auf seinen Mund, der nicht antwortet.

Istvan drückt auf alle Knöpfe der Fernbedienung, schaltet mehrmals auf den gleichen Kanal, stellt den Ton lauter, wieder leiser, stellt die Farbe stärker, kommt wieder auf Schwarzweiß zurück, bringt den Kontrast durcheinander.
Eine letzte Bewegung des Bildschirms schwebt in der Nacht. Links vom großen runden Bett bleibt nur noch die bläuliche Nachtlampe an.
Er schließt die Augen.
Die chaotischen Bilder des Fernsehers bleiben, vibrieren, fangen an sich zu drehen.

Er öffnet halb die Augen, um diesem Delirium ein Ende zu setzen, um seine vertraute Umgebung wiederzufinden.
Die Tür zu dem erleuchteten Flur hat sich geöffnet. Ist es die Erinnerung an ein Bild, das er vorhin auf dem Bildschirm gesehen hat? Ist es der Beginn eines Traumes? Nein, die Tür ist wirklich offen, und Natty erscheint im Gegenlicht, sie trägt ein großes T-Shirt. Er hält den Atem an. Sein Herz überschlägt sich. Sie geht auf das Bett zu. Das Licht des Flurs zeichnet die Schatten ihres Körpers nach, unterstreicht jede Einzelheit durch die dünne Baumwolle.
Sie beugt sich zu ihm, ihre Haare streifen sein Gesicht, sie gleitet unter das Laken.
»Tu nicht so, als ob du schläfst«, flüstert sie, während sie ihr T-Shirt auszieht. »Ich weiß, daß du auf mich gewartet hast.«

14

Die DC9 senkt sich langsam auf die Lagune hinab. Natty, das Gesicht ans Fenster gedrückt, folgt mit den Augen den Umrissen der Ebene, Erde und Gewässern, den hellen Strömen, die auf der grauen und braunen Oberfläche eine bewegliche geographische Karte zeichnen.
»Es regnet«, sagt Istvan.
»Woher weißt du das?«
»Schau diese düsteren Massen an, die über dem Wasser sich bewegen . . . Im Dezember passiert das oft . . .«
Das Flugzeug neigt sich und dreht sich um den linken Flügel. Natty rutscht auf Istvans Lehne, der sich zu ihr neigt, zieht den Sicherheitsgurt wieder enger; sie hat nur so getan, als mache sie ihn zu, um der Stewardeß eine Freude zu machen. Sie nützt die doppelte Bewegung, um sich an seinen Hals zu klammern. Eine Drehung über den rechten Flügel läßt sie sich, während sie sich umarmen, auf das Fenster zuneigen.
»Aber wir werden auf dem Wasser aufsetzen«, sagt sie.
Sie bleiben Wange an Wange, sehen zu, wie sehr schnell die grüne, von Regen gepeitschte Oberfläche näher kommt. Natty hat ihre Hand auf Istvans gelegt, die sich an die Lehne geklammert hat. Sie zwingt ihn, sie zu heben, legt sie auf ihr Knie. Sie spürt, daß sie eisig ist, gegen die lauwarme Seide ihres Strumpfes.
Istvan entspannt sich, als die Räder den Boden berühren.
»Man könnte meinen, wir landen auf einer Insel . . . Wo ist Venedig?«
»Wir nehmen das Schiff«, antwortet Istvan.

Sie laufen unter dem Regen hindurch bis zum Anlegesteg. Ein Riva mit glänzendem Mahagonirumpf schaukelt vor Anker. Ein Mann und ein kleiner Junge schauen zu, wie sie

lange vor den anderen Passagieren ankommen, die seit dem Zollbüro außer Atem sind, auf den nassen Brettern ausrutschen und sich im Vaporetto zusammendrängen.
Istvan fragt den Fahrer des Riva, ob er frei ist:
»Wir gehen ins Gritti, und ich werde Sie eine Woche behalten.«
Natty steht im Boot und versucht am Horizont die Stadt zu erahnen. Sie sieht nur eine düstere Linie, versunken in einem Sprühregen, der sie an die englische Küste erinnert. Sie setzt sich auf die Bank und legt ihren Kopf an Istvans Schulter. »Ich bin glücklich«, sagt sie.
Sie lächelt dem kleinen Jungen zu, gerührt von seinen blonden Locken und seinem engelhaften Aussehen. Ein Gesicht, das ihrem Glück ähnelt.
»Ich heiße Antonio, das ist mein Sohn Giambattista«, sagt der Mann. »Seine Mutter arbeitet den ganzen Tag, die Schule ist geschlossen wegen einer Scharlachepidemie, deshalb behalte ich ihn bei mir. Er ist sehr zurückhaltend, wissen Sie. Er redet nur, wenn er gefragt wird.«
»Ein echter Cupido«, rufen Natty und Istvan im Chor und brechen gleichzeitig in Gelächter aus.
»Sie haben recht«, sagt Antonio. »In Venedig versteckt sich die Liebe nicht.«

Istvan nimmt Natty in seine Arme, während der Riva schneller wird. Sie küßt ihn, leckt auf seinen Lippen den salzigen Geschmack des Schaumes, den der Vordersteven aufwirbelt. Dann gehen sie ein wenig auseinander, um sich anzusehen.
Istvan lächelt Natty an, deren helle Augen die grüne Färbung der Lagune annehmen.
»Natty . . .«
»Sind wir da?«
»Nein. Ich sehe dich an. Wir sind noch weit weg.«

Das Schiff ist nicht langsamer geworden. Natty schrickt zusammen. Eine nicht endenwollende Mauer erhebt sich vor ihnen, unwirklich, im leichten Nebel, rosa und golden in der blassen Sonne. Der Regen, die Wellen, die Wolken sind wie durch Zauberei verschwunden. Und durch Zauberei wird sich sicher auch die Mauer öffnen.
»Istvan!«

Sie kommt zu ihm. Cupido hat sich kleingemacht, um ihr Platz zu machen.
»Warte«, sagt Istvan. »Du wirst es gleich sehen . . .«
Eine Lücke hellen Himmels hat sich geöffnet.
Der Lärm des Motors ist nur noch ein dumpfes Grollen.
»Venedig«, sagt Natty. »Das ist Venedig!«
»Siehst du«, meint Istvan. »Jetzt ist der Himmel blau.«

»Wir fühlen uns sehr geehrt, Sie zu empfangen, ebenso Frau Horwat, Monsieur.«
An der Rezeption des *Gritti* verkündet der Mann, der sein Buch durchblättert, ohne es anzusehen, mit einem Lächeln:
»Ich habe Ihnen die Suite reserviert, die der Graf Visconti während der Dreharbeiten zu *Tod in Venedig* hatte . . .«
Natty wirft Istvan einen fragenden Blick zu, der überzeugt kommentiert:
»Ein wunderbarer Film.«
»Ich habe Hunger«, seufzt Natty.
»Wenn Sie hier zu essen wünschen . . . Der Portier hat Ihnen schon einen Tisch reserviert, für alle Fälle.«
»Das haben Sie gut gemacht«, sagt Istvan.
Sie folgen dem Mann zum Aufzug. Natty sieht sich um, entzückt von der barocken Umgebung. Istvan lacht los und beugt sich zu ihr:
»Hast du diesen Film gesehen?«

Auch sie lacht, ohne zu wissen, warum. Sie antwortet mit einem schnellen Kuß, unter dem desinteressierten Auge des Mannes, der die Tür des Aufzugs aufhält.

Sie halten sich nicht damit auf, den Ausblick zu bewundern, den der Mann von der Rezeption in höchsten Tönen lobte, während er vor einem Fenster des Zimmers stand. Sobald sie endlich allein sind, hebt Istvan Natty hoch und trägt sie zum Bett.

Viel später sitzen sie allein im verlassenen Speisesaal am Rande des Canale Grande, der auch zu dieser Stunde der Siesta verlassen ist.

»Man könnte meinen, diese Stadt ist verlassen«, sagt Natty, ». . . ist uns überlassen worden.«

15

Istvan ist vor Natty aufgewacht, er schlüpft aus dem Bett, zieht die doppelten Vorhänge auf und öffnet die Läden. Er atmet die kalte Luft ein, erinnert sich an einen zu lauen Mai, als er mit einem Mädchen nach Venedig gekommen war, dessen Namen er vergessen hat. Die Feuchtigkeit kroch hinauf ins *Danieli*, in dem er wohnte. Ein Geruch nach Schlamm kam vom Canale Grande her, der genauso widerlich ist wie diese Erinnerung.

Venedig im Dezember paßt zu Natty. Seitdem sie die Lagune im Regen durchquert haben, haben sie keine Wolke mehr gesehen. Die Sonne putzt die Fassaden der Paläste blank. Die Salute, auf der anderen Seite des Canale Grande, scheint ganz nah zu sein, so deutlich sind ihre Umrisse zu sehen.

Natty schläft nackt in dem überheizten Zimmer. Istvan mußte sich an diese Temperatur erst gewöhnen, die ihm normalerweise Kopfschmerzen bereiten würde. Aber Natty liebt die Wärme, und neben ihr hat er keine Migräne. Der Alptraum vom Netz hat Träumen Platz gemacht, in denen er immer wieder Bilder von Natty sieht.

Er betrachtet Natty, wie sie auf dem Bauch schläft, ihr blondes Haar liegt ausgebreitet auf dem Kissen, das sie in den Armen hält. Er horcht auf ihren leichten Atem . . . Er hütet sich, sie zu berühren, aus Angst, sie könnte sich bewegen. Wie kann sie nur gleichzeitig so keusch und so schamlos sein!

Es kommt ihm vor, als ob, wenn er nicht mehr zu ihr hinschaute, sie ihm entfliehen, sich in der Lagune wie ein Wasserwesen auflösen würde.

Hand in Hand, sich umarmend, im Stehen und im Sitzen, trennen sie sich nicht mehr.

»Auch ich hab immer Angst, du könntest im Nebel ver-

schwinden, hinter den Fassaden dieser Geisterpaläste«, hat Natty am Vorabend zu ihm gesagt und damit seine Gedanken erraten. Dann hat sie beruhigend und mütterlich hinzugefügt:
»Aber weißt du, Istvan, wir dürfen uns keine Sorgen machen. Ich bin jetzt sicher, daß ich dich überall wiederfinden würde.«
Immer wieder wundert er sich darüber, daß er noch nie so glücklich gewesen ist. Ganz einfach glücklich. Die großen, überschwenglichen Momente seiner Karriere, die er für die stärksten Glücksgefühle gehalten hatte, die er jemals kennenlernen würde, kommen ihm weit entfernt und unwirklich vor. Manchmal erkennt er erschreckt, daß, wenn Natty so blind gewesen wäre wie er, sie ihr Leben damit hätten verbringen können, sich zu treffen, sich zu verlassen, sich wiederzusehen, ohne daß das Wort Liebe ausgesprochen worden wäre, das er schon einige Zeit leise immer wieder sagt, während er ihr beim Schlafen zusieht.

»Sie sind schön, diese rosa Reflexe auf dem schwarzen Wasser des Kanals.«
Er hat sie nicht kommen hören. Sie steht vor dem Fenster, sieht hinaus, als ob sie friert, eingehüllt in einen Bademantel.
Sie redet sehr schnell, erinnert ihn begeistert an das Programm des Tages.
»Ich möchte auf die Inseln«, sagt sie, genauso wie sie sagen würde, »ich möchte dich lieben.«
Am Vortag, als sie den Strand des Lido mit seinen geschlossenen Badekabinen, seinem schwarzen und eisigen Sand zu trist fand, hat Antonio ihnen vorgeschlagen, sie zu den Glasbläsern von Murano mitzunehmen.
»Dann fahren wir nach Torcello. Wir kommen am frühen Nachmittag heim, bevor es zu kalt wird . . .«

»Gut, wir fahren morgen hin«, hat Natty gesagt, ohne Istvan um seine Meinung zu fragen.
Sie schließt das Fenster, telefoniert, um das Frühstück zu bestellen:
»Wir ziehn uns schnell an! Antonio wartet auf uns!«
Schon hat sie den Bademantel ausgezogen, läuft ins Bad, dreht sich um, um Istvan einen Kuß zuzuwerfen.
Er hat sie noch nie so lebendig gesehen, so spontan und gleichzeitig so erwachsen und überlegt.
Natty nimmt sich nicht die Zeit zu baden. Durch die Tür, die sie offen gelassen hat, sieht er sie in der Badewanne stehen und vorsichtig den Strahl der Dusche handhaben, um sich nicht die Haare naßzumachen.
»Mein ganzes Leben ist da«, sagt er laut.
Natty singt in der Dampfwolke, die sie umgibt.

Sie hat den bunten und häßlichen Clown auf den Tisch gestellt, den sie in Murano gekauft hat.
Sie sitzen im Café Florian vor einer Tasse heißer Schokolade und träumen. Ihr Blick schweift über die Touristen, die auf die Basilika Sankt Markus zueilen. An diesem klassischen Ort der Romantik erinnern sie an zwei deutsche Reisende des letzten Jahrhunderts, den Lehrer und seinen Schüler. Natty hat ihr Cape auf die Stuhllehne geworfen. Zwei alte Venezianer haben von ihrer Tasse Kaffee abgelassen, um ihr nachzuschauen, als sie am Arm von Istvan eintrat.
Vielleicht hielten sie sie für einen Jungen mit ihren nach hinten gesteckten Haaren, ihren Knickerbockern und ihrer schwarzen Lederjacke, ihren Strümpfen und ihren schwarzen Lackschuhen. Istvan kannte diese Kleider nicht. Als sie sich für Torcello angezogen hatte, war er beunruhigt durch die Verwandlung der jungen sportlichen Frau in eine unerwartete Person. Für einen Nachmittag hat sie ihren Körper

ausradiert. Er streichelt ihre Hand, bestürzt darüber, in dieser verschwommenen Weiblichkeit die leidenschaftliche Sanftheit ihrer intimsten Momente wiederzufinden und in ihrem Schweigen die Heftigkeit ihrer Liebe.

»Eigentlich schauen wir nichts an«, sagt Natty endlich. »Weiß du, ich merke, daß der Dogenpalast, die Museen und alles andere mich absolut nicht interessieren. Ich möchte gerne dem Zickzack des Vaporetto von einem Ufer zum anderen des Canale Grande folgen oder an den Fassaden der Paläste vorbeispazieren.«

»Ich liebe unser Zimmer«, sagt Istvan.

»Wir sind sehr schlechte Touristen! Wenn wir wieder nach Venedig kommen, werden wir alles entdecken müssen . . .«

Sie überfliegen die Stadt, die sich in schwarzes Wasser hüllt, sind taub vom Glück ihrer Liebe. So betrachten sie entzückt einen Trauerzug, den sie in der Lagune überholt haben, vor der Insel, auf der der Friedhof San Michele liegt. Sie haben erkannt, daß es sich um eine Beerdigung handelte, als der kleine Giambattista das Kreuzzeichen machte. Antonio ist langsamer gefahren, damit sie den Sarg, die Priester, die Familie in den schwarzen Gondeln sehen konnten, die von Männern in Schwarz gefahren wurden, Fährleuten der Hölle.

Sie sehen nur sich an. Eingeschlossen in ihre heftige, ausschließliche Liebe — die Istvan immer noch nicht Leidenschaft nennt, da er das Wort nicht mag, das ihn an alle die flüchtigen Affären vor Natty erinnert —, sehen sie um sich herum nur eine Kulisse, die von Statisten bevölkert ist. Ein ungeheurer gemeinsamer Egoismus isoliert sie. Sie fühlen sich unangreifbar, unverwundbar.

»Sollen wir in Harry's Bar essen?« fragt Natty.

»Wenn du willst. Aber zuerst fahren wir ins Hotel zurück.«

16

Sie sind sicher schlechte Touristen in Venedig, wie Natty gesagt hat, aber sie zieren die Liste der großen Liebenden, die hier aufeinanderfolgten, stürmische Leidenschaften oder melancholische Träumereien, konventionelle Hochzeitsreisen oder Epen des Schiffbruchs.
Die Stadt verhext sie, verwandelt sie.
Ein Fotograf hat sie auf einer engen Brücke entdeckt, wo man kaum zu zweit hinübergehen kann. Das Polaroidbild zeigt sie Hand in Hand, aneinandergeschmiegt. Sie lacht gerade, weil ein Gondoliere sich in der letzten Sekunde gebückt hat, um unter der Brücke hindurchzufahren, und dabei schrie, daß seine Passagiere dasselbe tun sollten. Istvan lächelt und beugt sich zu ihr.
Natty hat das Foto an ihren Glasclown auf das Nachttischchen gelehnt.
»Was wolltest du mir erzählen . . . bevor die Gondel kam?« fragt sie.
»Ich weiß nicht mehr . . . Sicher, daß ich dich liebe.«
In dem Boot, das Antonio schweigend steuert, werden ihre Worte von dem Geräusch des Motors überdeckt.
Auf dem rot bespannten Sitz der Gondel, die sie nehmen mußten, um den kleinen Kanälen zu folgen, die für Motorboote verboten sind, begleitet ihr Geflüster das Plätschern des schmutzigen Wassers, das die Erdgeschosse der geheimen Paläste tränkt und an den Pfählen der winzigen Brükken nagt, die Gärten aus Schatten verlängern, vom Winter gerötet, von denen man glauben mag, daß sie niemals jemand betreten hat.
Natty steckt ihre Hände unter ihr Cape, träumt von anderen Landschaften, hört das Schnauben von Pferden, die vor eine Troika gespannt sind, im Schnee, ein Bild, das aus einer Zeichnung in einem ihrer Kinderbücher aufgetaucht ist.

Als Istvan nach der Liebe in ihrem Zimmer schlummert, spürt sie am ganzen Körper das Glück, für ihn geschaffen zu sein und sich nur ihm hingegeben zu haben.
Sie hat Istvan noch nie so schön gefunden. Und sie weiß, daß sie seiner würdig ist. Die Koffer voller unnützer Kleider waren zweifellos ein letztes Aufbäumen der unsicheren, unruhigen Heranwachsenden. Eine Maske, die sie nun nicht mehr braucht.
Istvan mag ihr noch so oft sagen, daß Venedig der Ort der Masken, der Äußerlichkeiten ist, dieses Vokabular ist nicht das ihre. Die Wintersonne in einem metallisch blauen Himmel verscheucht die Schatten.
Sie wollte Venedig kennenlernen, da sie so oft diesen Namen gehört hatte. Aber sie ist sicher, daß die legendäre Stadt der Liebe ihr nicht mehr bringt, als ihr irgendein anderer Ort bringen kann. Außer Istvans Gegenwart, allein mit ihr, ist nichts anderes wichtig.

»Einen schönen Tag«, wünscht der immer lächelnde Portier, bevor er eine Liste von Besichtigungsvorschlägen hervorsprudelt, und Natty tut so, als wenn sie aufmerksam zuhörte. Manchmal fragt der Portier erstaunt:
»Wie, Antonio hat Ihnen nicht San Michele gezeigt?«
»Aber doch, . . . da war eine Beerdigung.«
»Aber ja . . .«
Er sieht Istvan und Natty nach, die zur Anlegestelle des Hotels gehen, wo Antonio sie erwartet, der seinen Motor drosselt. In all den Jahren, in denen er nun schon die berühmtesten Verliebten der Welt begleitet, hat er sich selten so gerührt gefühlt, fast bewegt, wie wenn er dieses Paar gehen sieht, dessen Schönheit die ästhetischen Ansprüche erfüllt, die jeder Venezianer in sich trägt, dessen ist er sich sicher.
Er verspürt eine väterliche Seele in sich, wenn er sieht, wie

sie sich anschauen und ohne Anlaß im Hotel lachen, während sie durch die Touristengruppen, die in ihrem Gepäck ertrinken, gehen, ohne sie zu sehen.
Wenn er sieht, wie sie in ihr Zimmer gehen, zu einer Zeit, da die Fremden die Stadt besichtigen, seufzt er und denkt an seine Hochzeitsreise, die er nach Paris ins Voltaire-Hotel am Ufer der Seine gemacht hat.

»Natty, willst du in die *Fenice* gehen? Es ist nur zwei Schritte vom Hotel entfernt. Wir gehen dauernd daran vorbei.«
Sie sind fertig mit dem Essen. Die Lichter des Speisesaals spiegeln sich im Canale Grande. Zwei Gondeln fahren hintereinander auf den leichten Wellen dahin, die das Licht verzerren.
»Was spielt man in dem Theater?«
»Unvermeidlich Vivaldi . . . ich glaubte, daß du Rothaarige liebtest! Vivaldi war sehr rothaarig, meine ich. Der Portier hat mir zwei Plätze angeboten.«
»Wir hatten doch gesagt, daß wir früh ins Bett gehen . . .«
Istvan nickt schulmeisterhaft mit dem Kopf.
»Wie du willst«, meint er. »Aber ich kümmere mich sehr schlecht um deine Bildung . . .«
»Musikalische Bildung«, fällt Natty ihm ins Wort. »Nicht die gefühlsmäßige. Was die musikalische angeht, ist es nicht schlimm. Es gehört zum Lehrplan vom Dupanloup . . .«
». . . wo du jetzt eigentlich sein solltest.«
»Du hast schließlich auch dein Mailänder Turnier geschwänzt . . .«

Istvans Hand streift die Brüste von Natty, die, den Kopf an seine Schulter gelehnt, eingeschlafen ist, dann jedoch die Augen wieder geöffnet und lächelnd einige unverständliche

Worte gestammelt hat. Sie hat ihn einige Zeit angesehen, dann die Augen wieder zugemacht und dabei weiter gelächelt. Er spürt ihren Atem an seinem Hals.
Nur mit Mühe wird ihm klar, daß sie am nächsten Tag ein letztes Mal die Lagune in Antonios Boot überqueren werden, während sie den Stadtmauern den Rücken kehren. Wird der Regen, der eine Woche lang nicht zu sehen war, wieder da sein, um sie bis zum Flughafen zu begleiten?
Sanft macht er sich aus Nattys Umarmung los, steht auf, knipst die Lampe auf dem Schreibtisch an und holt aus dem Schrank das Kästchen, das er am Nachmittag unter einem Stapel versteckt hat, als Natty noch ihr Mittagsschläfchen hielt.
Der Händler alter Schmuckstücke, den ihm der Portier genannt hatte, öffnete seine Pforten sehr unregelmäßig. Zweimal stieß Istvan gegen das Gitter. Doch er hatte nur zehn Minuten gebraucht, um das Armband zu entdecken, das wie für Nattys Handgelenk geschaffen schien.
Er öffnet das Kästchen und betrachtet das Renaissance-Schmuckstück.
»Wird die Person auch würdig sein, es zu tragen?« hatte der Händler gefragt, ein kahlköpfiger Greis in blauem Samt.
»Sie ist eine Prinzessin.«
»Eine echte?«
»Ja.«
»In diesem Fall müssen Sie den Preis wissen. Ich akzeptiere auf jeden Fall die Carte Bleue, was in Venedig bei so einer Summe nicht üblich ist. Ein Vermögen, wie Sie sicher ahnen. Ein Renaissance-Schmuckstück . . . Ein Einzelstück!«
Istvan hatte schulterzuckend darauf verzichtet, die Millionen Lire, die er gesagt bekam, in Dollars umzurechnen.
Er betrachtet Natty, die sich nicht gerührt hat, seit er aus dem Bett geschlüpft ist. Er nimmt das Armband in die

Hand und dreht es unter der Lampe. Morgen, bei ihrem letzten Frühstück, wird er das Kästchen auf das Tablett stellen . . .
Er möchte, daß die Nacht zu Ende ist, um sofort um Nattys Handgelenk den mit einem riesigen Rubin geschmückten Verschluß zu schlingen.
Das Symbol des Armbands aus Gold und Eisen hatte ihn fasziniert. Das Schmuckstück stellt einen eisernen Männerhandschuh dar, der die Hand einer Frau in goldmaschigem kurzem Rock hält. Die Hände sind verschlungen. Eine Ehe aus Roheit und Feinheit, aus Kraft und Anmut:
»Nein«, sagt er sich, während er durch das Zimmer wandert. »Ich werde nicht waren, daß der Tag anbricht.«
Seine Hand muß sich sofort auf Nattys Hand legen, das von seiner Hand lauwarme Armband muß sofort seinen Platz an ihrem Handgelenk finden.
Er geht zum Bett.
Natty hat im Schlafen ihre Lieblingsstellung eingenommen, sie liegt auf dem Bauch, ihre Arme umarmen das Kissen.
Istvan nimmt sanft die linke Hand.
Der Verschluß klickt in der Stille.
Istvans Hand legt sich auf Nattys wie der Eisenhandschuh auf die Goldmaschen.

»Es wird bald regnen«, sagt Antonio und fährt schneller.
»Ganz klar«, meint Natty. »Schließlich fahren wir ja . . .«
Der Riva schneidet durch das ölige Wasser, das eine braune Färbung annimmt und anfängt, sich zu kräuseln.
Natty steht da, ihr Cape im Wind, eine Bugfigur, ihr scheint nicht kalt zu sein. Istvan schlägt dagegen den Kragen seines Mantels hoch.
Je mehr sich das Boot von Venedig entfernt, desto klarer wird es Istvan, daß seine Liebe zu Natty innerhalb weniger

Tage ein Ausmaß angenommen hat, das ihn schwindeln macht und ihm manchmal sogar ein Gefühl der Verrücktheit vermittelt.

»Ich müßte sie jetzt verlassen. Wenn wir nach Paris zurückkehren«, sagt er sich. »Aber das ist unmöglich, ich würde daran zugrunde gehen . . . Dabei müßten wir uns jetzt gleich trennen!«

Natty berührt das Armband wie einen Talisman. Sie hat es seit dem Morgen so oft angesehen, daß sie jede Einzelheit kennt. Als sie es an ihrem Handgelenk gesehen hat, halb wach erst, hat sie geglaubt, daß es zu einem Traum gehörte, und sie hat die Augen wieder zugemacht. Dann hat sie das Schmuckstück mit der rechten Hand umklammert, und ihr ist klargeworden, daß es wirklich war. Istvan stand vor dem Fenster, wandte dem Canale Grande den Rücken zu und schien nicht zu sehen, wie Tränen Nattys Wangen herunterliefen. Sie ist aufgesprungen, hat sich in seine Arme gestürzt und immer wieder mit nervösem Lachen gesagt, daß sie noch nie ein Schmuckstück getragen hätte und nie ein anderes tragen würde.

»Wenn Sie wiederkommen«, sagt Antonio, »brauchen Sie nur eine Nachricht im *Gritti* hinterlassen. So sind Sie immer sicher, daß Sie mich am Flughafen treffen werden.«

»Wer weiß, wann wir wiederkommen?« fragt Istvan.

»Ach ja, Istvan, du mußt mir noch was schreiben, fürs Dupanloup!«

17

Natty hat Istvan am Eingang der Umkleidekabine verlassen. Sie bemüht sich zu lächeln, doch ihre Augen sind voller Tränen.

»Also«, sagt er, »denk dran, daß es ein großer Tag für mich ist.«

Sie umarmt ihn schnell und läuft davon.

Ja, ein großer Tag. Das Ergebnis einer Entscheidung, über der er lange gebrütet und die er abgewogen hat. Bei dieser ersten Runde der internationalen Meisterschaften von Roland-Garros wird er wahrscheinlich sein letztes Match in einem Grand-Slam-Turnier spielen.

Der Gedanke, sich vom Tennis in diesem Stadion zu verabschieden, in dem er einst sein erstes Grand-Slam-Turnier gewonnen hat, ist im Laufe des Winters für ihn immer deutlicher geworden, als er nur noch unwichtige Turniere mit wechselndem Erfolg bestritt. Seit seinem Achtelfinale von Wimbledon im letzten Jahr hat er nichts getan, sagt er sich immer wieder. Nichts. Und dieses letzte Match in Roland-Garros wird er dank der *wild cart* spielen, die die Organisatoren der Grand-Slam-Turniere fünf guten Spielern vorbehalten, um ihnen die Ausscheidungsspiele zu ersparen.

Während seiner schlaflosen Nächte hat er die Frage immer wieder im Kopf hin und her gewälzt. Seine Liebe zum Tennis, das sein ganzes Leben gewesen war, trieb ihn dazu, auszuharren, selbst wenn er in der Plazierung unvermeidlich noch tiefer sinken sollte. Was vor allem zählte, war das nicht zu spielen, ganz egal wie das Niveau des Turniers und die Unsicherheit des Ergebnisses auch sein mochten? Sich wieder dem Publikum der großen Turniere gegenüberzufinden, selbst wenn man seine Schwächen hinter einer guten Laune nach außen verbergen mußte, indem man den Clown spielte, wie Natty sagt? Bestand die Größe nicht

darin, weiterzumachen, selbst wenn seine Mittel geringer geworden waren und bekanntermaßen ein Klassechampion mit fünfunddreißig Jahren alt war? Diese Demütigung zu akzeptieren, nachdem man auf der höchsten Stufe gestanden hat, und nicht etwa um jeden Preis ein großartiges Bild zu hinterlassen?
Ein Kampf zuviel kann einen Boxer leicht für sein Leben zum Krüppel machen oder ihn sogar töten. Man versteht, wenn er aufhört. Aber in Istvans Fall ist der Gedanke, ein letztes großes Match zu spielen, aus seinem Stolz geboren. Sicher weil er sich mit Nattys Augen sieht.
Trotzdem kann er sich nur mit Mühe klarmachen, daß das Match, in dem er in wenigen Minuten seinem Freund Jimmy Connors gegenüberstehen wird, sein letztes sein wird. Natty, die von dieser Abschiedsfeier erst gleichzeitig mit allen anderen informiert wurde, hat ihm gestanden, daß es sie nicht verwundere. Sie hatte es undeutlich vorausgeahnt in diesem Winter. Und doch hatte sie bis zur letzten Minute nicht daran glauben wollen.
Er entfernt die Plane, die die Umkleideräume vom Central trennt. Die Sonne blendet ihn. Er legt die Hand über die Augen. Das Wetter ist schwül. Gewitterstimmung. Er stößt dreimal mit dem Fuß auf den Boden auf, bevor er den Platz betritt.

Als Istvan den ersten Satz mit 6:4 gewinnt, klammert sich Natty an den Arm von Fenwick, der neben ihr auf der Tribüne sitzt.
Istvan hat Connors bezwungen, der dabei in Bestform war.
»Warum will er aufhören?« ruft sie aus. »Frank, haben Sie das gesehen?«
»Er kann sogar noch den zweiten Satz gewinnen. Aber danach . . .«
»Was?« fragt sie empört.

»Die Müdigkeit, Natty . . .«
Es ist selten, daß man auf den Tribünen des Central von Roland-Garros bei einem Match der ersten Runde nicht einen freien Platz sieht.
»Es ist ein Finale-Publikum«, hat Natty gesagt. »Sie sind alle wegen Istvan gekommen!«
Fenwick hat einen Moment lang die Rolle des schroffen Riesen aufgegeben und stimmt mit einem kleinen Lächeln diesem Ausdruck bedingungsloser Bewunderung zu. Er hat Istvans ganze Karriere begleitet und geleitet, seine Größe und seinen Niedergang, und er sieht in Natty, die er als Kind gekannt hat, sein weibliches Pendant.
»Connors gewinnt den zweiten Satz mit 7:5.«
Fenwick wirft Natty, die auf den Central starrt, einen Blick zu. Er legt die Hand auf ihre Schulter.
»Vergiß nicht, daß ich dich hier im Viertelfinale sehen will. Und sogar noch weiter, hoffe ich!«
Sie antwortet nicht, läßt Istvan nicht aus den Augen. Plötzlich wird sie von einem schwindelerregenden Haß auf Connors gepackt, den sie doch immer gemocht hat. Doch instinktiv konzentriert sie ihre ganze Verzweiflung auf Istvans Gegner, der ihn gerade schlägt.
»Du weißt, daß die ganze Presse von dir spricht«, fährt Fenwick fort.
Er weiß nicht, warum er das gesagt hat. Vielleicht um sich an seinen Beruf zu klammern, an den beruhigenden Walzer der zukünftigen Verträge. Doch er erkennt nicht mehr den Ton seiner eigenen Stimme wieder, die zögernd und ängstlich ist.
Er erlebt Istvans Drama. Und dabei hat er schon viele geschlagene Champions gesehen . . . Doch bei Horwat ist das etwas anderes. Vielleicht ist er der letzte Tenniskünstler, der noch nicht vom Computer gesteuert ist. Übrigens ist das die Rechtfertigung für dieses letzte Schauspiel,

diese Wut, die ihm Connors im dritten Satz drei Spiele hat entreißen lassen, der ihm nichts schenkt, der aber dabei sicher begriffen hat, daß Istvans letztes Match eins der härtesten und schönsten in der Tennisgeschichte werden soll . . .
Sein Ellbogen streift Natty. Er neigt sich zu ihr. Er beißt sich auf die Lippen. Er sucht in seinen Taschen nach einem Taschentuch, findet aber nur Akten.
Dann wischt er mit einer Geste, die er noch nie gemacht hat, mit seinen großen Fingern die Tränen auf Nattys Wangen fort.
»Was ist los mit mir?« denkt er, als er merkt, daß er auch weint.
Er reibt sein Gesicht an seinem Jackenärmel.
Und da er sich schämt, sich zu schämen, sieht er sich um, um sicherzugehen, daß niemand F. F. hat weinen sehen . . .
Bestürzt sieht er viele Taschentücher, die heimlich entfaltet werden. Ungefähr fünfzig Meter links steht Rainer Ritter, den man den ganzen Winter nicht in Frankreich gesehen hat, er ist bleich, der Mund verkrampft. Erinnert ihn das drohende Gewitter an sein Match gegen Istvan vom letzten Jahr?
Fenwick war so böse auf ihn, weil er durch seine Ungeschicklichkeit die Werbeoperation des Jahres, R. R.-Natty, Paar des Jahres, verdorben hat, daß er nur die Verzweiflung der zukünftigen Nummer eins angesichts von Horwat bewundern kann, der gerade den vierten Satz verloren hat.
»Jimmy Connors schlägt Istvan Horwat 4:6, 7:5, 6:3, 6:2.«

Das ganze Publikum steht jetzt. Man applaudiert Horwat, als sei er der Sieger des Finale.
Ein Sturm aus Ovationen, aus Applaus, aus tausendfachem: »Horwat!«

Connors ist über das Netz gesprungen, hat Istvan bei den Schultern genommen, ihm einige Sekunden lang in die Augen gesehen, bevor er ihn umarmt.
Der Lärm schwillt an, als der Schiedsrichter, alle Gebräuche mißachtend, von seinem Hochsitz steigt, um auf den Court zu gehen, wo er Istvans Hand drückt. Die unentschlossene Menge wagt nicht, das Gelände zu betreten, doch alle Tennisgrößen haben sich vorgestürzt, R. R. an der Spitze, um Istvan Horwat zu umarmen.
Natty hat Fenwicks Arm nicht losgelassen. Sie zwingt ihn, einige Minuten dem Tumult fernzubleiben. Die Fernsehkameras bleiben in der Verwirrung wie angewachsen stehen. Sie folgen dem Präsidenten Chatrier, der Istvan die goldenen Schlüssel zum Stadion von Roland-Garros überreicht. Die Journalisten drängeln sich, rufen sich in allen Sprachen zu. Natty ist überwältigt und gelähmt und betrachtet diese Mischung aus Lächeln, Tränen und Bewegungen. Sie hört nur noch ein Durcheinander. Im Kopf dreht sich ihr alles. Sie meint, ohnmächtig werden zu müssen.
Dann stößt sie Fenwick zurück, stürzt sich mitten in die Menge, bahnt sich heftig einen Weg und wirft sich Istvan an den Hals, der ihr die symbolischen Schlüssel in die Hand gleiten läßt.

18

»Bereust du es immer noch nicht, daß du den Schläger in den Schrank gelegt hast?« fragt Fenwick.

»Das ist wirklich nicht der Augenblick, um daran zu denken«, erwidert Istvan lächelnd.

Die beiden kennen sich so gut, daß sie es verstehen, Banalitäten abzuwandeln, um zu versuchen — ohne daß es ihnen gelingt —, die Spannung zu brechen, die ihre Nerven unter dem klaren Himmel von Wimbledon aufregt.

»Glücklicherweise hat es heute nacht geregnet«, sagt Fenwick. »In den letzten Tagen hat sich Natty über den trockenen Rasen beschwert. Dabei tun die Rasensprenger, was sie können . . .«

»Ich hätte im Hotel bleiben sollen«, meint Istvan. »Es ist unerträglich. Ich schaue den Court an, aber ich sehe ihn nicht.«

»Du redest Blödsinn«, antwortet Fenwick ruhig. »Nattys Finale . . .«

»Natürlich rede ich Blödsinn.«

Sie verstummen beide beschämt. Sie verstehen sich schweigend. Vorhin hat Fenwick zu Natty gesagt:

»Du bist ins Finale gekommen. Du wirst gewinnen. Es ist das Wimbledon von Natascha Kotany.«

Sie hat einfach geantwortet:

»Ich werde die Tschechin kriegen.«

In der Mobilisierung der Medien rund um die beiden Finalistinnen hat ein Journalist die Formel »Die Ungarin gegen die Tschechin« gefunden. Man erwartet fast, sie auf der Anzeigentafel zu sehen. Mary Collins, die sie vor ihr benutzte, hat Natty trocken geantwortet:

»Ich bin Amerikanerin. Doch das ist unwichtig.«

Dem Reporter des *Guardian*, der ihr gegenüber meinte, daß ihre Gegnerin drei Jahre älter wäre als sie, hat sie im selben Ton hingeworfen:

»Ich zähle die Punkte, nicht die Jahre.«
Seit Istvans Abschiedsmatch in Roland-Garros, wo sie im Halbfinale durch die amerikanische Nummer eins geschlagen wurde, die das Turnier gewinnen sollte, hat sich Natty nur noch auf einen Gedanken konzentriert: sie würde Wimbledon gewinnen.

Die Tschechin, mit zwei zu eins Favoritin, hat den ersten Satz ziemlich leicht gewonnen. Nattys Kurs bei den Buchmachern ist nur fünfzehn zu eins.
Fenwick sagt immer wieder, daß dieser Kurs lächerlich ist, aber trotzdem hat er gesetzt . . . Natty mag bis zum Finale ohne Fehler durchgekommen sein, langsam beginnt er zu zweifeln.
Istvans Angst ist ansteckend.
Mit seiner düsteren Miene wird er ihr Unglück bringen. Ja, er wäre wirklich besser im Hotel geblieben. Man könnte meinen, er sei die Frau eines Fußballers, die gekommen ist, um ihren Helden bei einem Amateurmatch zu ermutigen.
»Den zweiten Satz wird sie kriegen«, sagt Istvan mit Grabesstimme.
»Die Tschechin macht keinen Fehler«, brummelt Fenwick.
»Natty auch nicht!«
»Ja, sie werden noch acht Tage brauchen . . . Hör mir eine Minute zu. Wir werden später noch mal drüber reden . . . Selbst wenn sie das Finale verliert, ist sie schon mit Verträgen überhäuft. Die Sponsoren reißen sie sich aus den Händen. Sie ist schon reich. Was wirst du tun? Du wirst doch nicht ihr Gigolo-Geschäftsmann werden. Der Geschäftsmann bin ich . . . und auch nicht ihr Papa-Liebhaber-Schlägerträger . . . ?«
»Glaubst du, das ist der Augenblick, um darüber zu reden? Schau doch! Sie hat gerade ein As geschlagen. Die Tschechin hat den Ball nicht gesehen! Noch ein Spiel, und sie hat den zweiten Satz!«

Istvan atmet schwer. Er hört den Lärm des Publikums, das Natty begrüßt, die endlich einen nicht endenwollenden und dabei sehr schnellen Ballwechsel beendet hat.
Ein Lärm, der anschwillt, als Natty das Spiel mit einem Rückhand-Cross-Passierball beendet. Istvan hört R.R. wie bei der Orange Bowl schreien: »Das ist die Horwat-Rückhand!«
»Sie wird gewinnen, Frank, sie wird gewinnen!«
»Ja, gut, laß sie spielen, deine Ungarin«, schimpft Fenwick, der vielleicht unbewußt eifersüchtig auf diese Leidenschaft ist. »Ich mach dir einen Vorschlag. Wenn du willst, kannst du mit mir arbeiten. Du kannst dich vor allem um die Geschäfte deiner Meisterspielerin kümmern. Aber in einem Büro . . .«
»Du nervst mich, Frank. Mary Collins hat mir schon vorgeschlagen, für die CBS zu arbeiten . . . Hast du diesen schlauen Lob gesehen?«
»Ich sehe alles. Ich sehe vor allem, daß die Tschechin mit zwei zu null führt. Und Nattys Coach, Fred Stolly, da unten, der mault.«
»Sei ruhig!«
»Langsam, mein Alter. Ich bin nicht verliebt . . .«
»Ich will, daß sie gewinnt!«
Natty ist gerade gleichgezogen, zwei zu zwei.
Fenwick, die Ellbogen auf den Knien, den Kopf in den Händen, sagt kein Wort mehr.
Istvan kommt sich sehr allein und hilflos vor. Er möchte Natty diesem Alptraum entreißen, sie in die Arme nehmen, sie weit weg von diesem nicht bezwingbaren Mädchen tragen, das jetzt mit drei zu zwei führt.
Istvan senkt den Blick. Fenwicks Schuhe kreuzen sich, gehen wieder auseinander, kämpfen gegeneinander. Erst da wird Istvan klar, daß sich der phlegmatische Texaner genauso viele Sorgen macht wie er.

Und er fragt ihn sanft:
»F. F., glaubst du, daß es sinnlos ist?«
Die Schultern des Riesen heben sich. Er antwortet nicht.

Natty hat gerade den zweiten Satz mit 7:5 gewonnen. Sie fragt sich, ob es die Angst ist, die die Tschechin ins Schwitzen bringt: sie hat schon dreimal das Stirnband gewechselt. Natty erträgt ihr mechanisches Spiel nicht. Diese Mechanik wird sie zerstören, einen Berg Blech aus ihr machen. Ja, nach diesem dritten und letzten Satz wird sie am Boden sein. Sie denkt an Istvan, der irgendwo in diesem Publikum ist, das sie nicht sieht. Hat er begriffen, daß der tschechische Roboter angefangen hat zu rosten? Es ist ein Vorgefühl, das sie aus dem Innern dieses Kampfes hernimmt . . .
Nun, du wirst sehen, Istvan, mein Liebster.
Wie ein Mann. Ich werde spielen wie ein Mann.

Auf der anderen Seite des Netzes wird der Widerstand schwächer. Natty führt mit 4:3. Dann 5:3, nach Volleyaufschlägen, die die Tschechin in eine verwirrte Läuferin verwandeln. Fenwick hüstelt, wird von einem stummen Lachen geschüttelt. Er stößt Istvan mit dem Ellbogen in die Seite:
»Nur in Wimbledon reißt man in so einem Fall keine Witze. Du wirst doch wohl nicht weinen!«
»Sie kriegt sie, Frank!«
»Sei still, ich werde abergläubisch . . .«
Der Lärm auf den Tribünen begleitet einen Doppelfehler von Natty.
Dann geht es nach der nicht endenwollenden Angst schnell:
»Miss Kotany, Siegerin mit 4:6, 7:5, 6:3.«
Fenwick bewegt seine Masse in dem üblichen Gedränge, er murmelt etwas, tastet nach seinen Paketen aus Akten in den Taschen seiner ausgebeulten Jacke:
»Nummer eins. Sie ist Nummer eins.«

19

»Er ist ein Reifennarr«, meint Natty. »Er starrt das Auto an, als betrachte er eine Frau!«
»Aber nein, er sieht dich an!«
Die Scheibe wird heruntergedreht. Istvan reicht die Schlüssel.
»Volltanken.«
Natty öffnet auf ihrer Seite das Fenster. Der Junge mit dem Kraushaar und dem grünen Overall dreht sich mit einem Schwamm in der Hand um die Kühlerhaube. Er beugt sich zu Natty. Offensichtlich erkennt er sie. Seine Nase, die er an der Windschutzscheibe plattdrückt, erinnert Natty an einen Horrorfilm, den sie vor langer Zeit, vielleicht mit Istvan, gesehen hat . . .
Der Junge rückt den Scheibenwischer wieder an seinen Platz, wühlt in seiner Tasche und holt einen Notizblock hervor, den er Natty gibt:
»Ein Autogramm bitte, Mademoiselle Kotany.«
Natty schreibt ihren Namen. Er dankt ihr lächelnd. Dann geht er um das Auto herum, um den Schein entgegenzunehmen, den ihm Istvan reicht.
»Danke«, sagt er, als er das Kleingeld zurückgibt. »Und gute Fahrt, Monsieur Kotany.«
Natty sitzt erstarrt da und wagt es nicht mehr, Istvan anzuschauen.

Der Strudel zieht ihn mit wachsender Macht in das Netz des Alptraums. Er will schreien. Sein Mund füllt sich mit Wasser. Seine eigenen sich verdrehenden Augen sehen ihn an, vervielfachen sich durch die Menge von Meeresungeheuern, die zum erstenmal aus dem Abgrund aufgetaucht sind und darauf warten, daß sich die Beute in den Maschen verfängt. Doch sobald sich das Netz über ihm geschlossen hat, macht der Schrecken einer seltsamen Ruhe Platz. Er ist wie betäubt, hat keine Lust mehr zu kämpfen oder zu schreien. Die unzähligen grünen Augen hypnotisieren ihn. Er läßt sich betäuben, lähmen. Er genießt diese Anästhesie wie einen Tod, den er gesucht hat. Er macht keinerlei Anstrengung, das Maschennetz zu lockern, das ihn erstickt. Er findet sich völlig mit seinen leeren Lungen ab. Er braucht nicht mehr zu atmen. Befreit von jeder Lebensnotwendigkeit, läßt er sich im Wasser treiben, dessen Aufgewühltheit sich mit einemmal beruhigt hat. Er ist einige Sekunden eisig, dann vergeht dieses Gefühl. Alles ist schwarz. Seine Augen bedrohen ihn nicht mehr. Die Ungeheuer verschwinden mit seinem Blick im Nichts.

Endlich hat er das Telefon abgenommen. Er braucht einen Moment, bis er Thieus unnachahmliche Stimme erkannt hat, die drängend sagt:
»Es ist Miss Natty. Sie ist in Budapest . . . Am Flughafen.«
Er schließt die Augen, sucht vergeblich nach der Ruhe des Alptraums. Seine Hände verkrampfen sich um den Hörer. Er zittert. Er muß seine Stimme beherrschen. Er atmet schwer, dann gelingt es ihm, herauszubringen:
»Natty, mein Liebling, ich verstehe dich sehr schlecht . . .«
Sie spricht schnell:
»Das Flugzeug nach Paris wird gleich starten, mein Liebster. Ich komme. Drei Tage ohne dich, ich war verloren . . .«
»Sandor . . . und Erzebet geht es gut?« stammelt er.
»Ja . . . Geht es dir besser? Ich liebe dich, ich liebe dich . . . Istvan . . .«
Die Verbindung ist unterbrochen.
Er, der die Lüge haßt, mußte ein ganzes Drehbuch erfinden, um drei Tage lang allein bleiben zu könen, bevor er die herzzerreißendste Entscheidung seines Lebens traf. Zuerst sich wieder einmal an die Existenz von Nattys

Großeltern erinnern. Die Pflicht betonen, die die neue Nummer eins der Frauen hätte, sie zu besuchen, um mit ihnen ihre Freude zu teilen. Dann eine Riesenwut erfinden, damit sie im letzten Moment alleine fuhr.
Grotesk, aber nötig.
Im Badezimmerspiegel sieht er wieder die Augen der Ungeheuer des Alptraums. Sie haben alle hypnotische Macht verloren. Sie sind nur müde. Ihr Blick wird lang, verzweifelt.
Istvan macht sich daran, voller Genauigkeit die üblichen Bewegungen auszuführen, um diesen fürchterlichen Tag zu beginnen.
Es bleibt ihm wenig Zeit zu verschwinden.
Um methodisch einen Zustand zu organisieren, der unumkehrbar sein wird: ihre Abwesenheit, die Verstümmelung, die große Leere.

Am Tag zuvor hat er mit Mary Collins in New York telefoniert. Er nahm den Vorschlag an, den sie ihm in Wimbledon gemacht hatte. Istvan Horwat würde für die CBS das Turnier von Flushing Meadow kommentieren. Er würde sofort zu ihr fahren, um mit dieser neuen Arbeit vertraut zu werden. Er braucht nur noch einmal anzurufen, um seine Ankunft von der Concorde um Viertel vor neun bestätigen zu lassen, so daß sie ihn am Kennedy Airport abholen kann . . .
Das Netz . . .
Er denkt, daß, wenn er sich umbringen würde, er genau dieselben Vorbereitungen treffen würde, mit der rituellen Genauigkeit alltäglicher Verrichtungen.
Sich eine Haltung der Erneuerung unter der Dusche geben.
Das unermüdliche Schnurren des Rasierapparates ertragen, ohne auf die Ringe, die kleinen Falten in den Augenwinkeln zu achten. Sich locker anziehen . . .
Es ist schon zu heiß im August in New York . . .

Natty wird in Flushing Meadow gerade neunzehn werden. Er denkt an das Fest, das er dort mit ihren Freunden für ihren Geburtstag organisiert hatte.
Dann fängt sein Herz an schneller zu schlagen, als er erkennt, daß er sie wird wiedersehen müssen, da sie ja im Turnier spielt . . .
Ja, aber sie werden nicht mehr zusammen sein. Und von weitem zu sehen, wie sie sich entwickelt, wird das Schrecklichste von allem sein. Seine Einsamkeit wird unerträglich werden. Um so mehr, als sie vielleicht nicht allein bleiben wird. An Bewerbern wird es nicht fehlen, sobald man weiß, daß es zwischen ihr und Istvan aus ist . . .
Er darf nicht mehr an Natty denken, auf keinen Fall mehr. Er darf sein Leiden nicht vorhersehen.
Er, Istvan, muß grausam lügen, damit diese einzigartige Liebe sich nicht auf ein Bild reduziert, das ihrer unwürdig ist: der alte Champion, der sich im Palast der jungen Ruhmreichen einquartiert hat.
»Nein, Natty, du liebst weder einen Gigolo-Geschäftsmann noch einen Papa-Liebhaber-Schlägerträger . . .«

»Hallo, Mary, Sie . . .«
»Nein, ich hab nicht geschlafen. Ich hab auf Ihren Anruf gewartet. Ich werde da sein. Auf bald.«
Sie wird da sein. Sicher für lange Zeit.
Hat sie schon an die Einladungen zur Hochzeit von Mary Collins, Radiostar bei der CBS, mit ihrem Kollegen Istvan Horwat, der Ex-Nummer eins der Tennisweltspitze, gedacht?
Soll es doch schnell gehen.
Natty . . .
»Thieu, geben Sie dieses Paket Miss Natty.«
»Sie kommt bald . . . Erwarten Sie sie nicht zum Essen?«
»Ich bin in Eile. Sie wird verstehen.«

»Ich will mein Leben nicht mit Dir verbringen. Ich mag Dich gern, aber es ist nicht die große Liebe . . . Mein Leben besteht aus vielen Dingen . . .«
So fing der erste Entwurf an, den er zerrissen hat. Die Lüge war zu groß. Das Opfer wurde unwürdig.
»Ich liebe Dich, Natty, ich habe immer nur Dich geliebt, wir sind beide verrückt . . .«
Zerrissen. Das war nur zu wahr.
»Natty, Du wirst bald neunzehn, Du wirst jahrelang die Nummer eins sein. Ich, ich . . .«
Ich, ich . . . Scheußlich. Zerrissen.
»Natty, Dein Ruhm liegt vor Dir. Ich will nicht neben Dir der Zeuge dessen werden, was ich war, als Du geboren wurdest . . .«
Lächerlich. Zerrissen.
Papierfetzen, die in der Hand zerknüllt werden.
Tränenbrei.

»Wie, Thieu, ein Geschenk? Aber wo ist er denn? Was macht er?«
»Er hat nicht ›Geschenk‹ gesagt. Er hat gesagt ›Geben Sie ihr dies Paket. Sie wird verstehen.‹ Er war in Eile . . .«
Natty geht in Istvans Zimmer. So leer und so riesig wie der Central von Roland-Garros an einem Winterabend.
Sie beißt in das Einwickelpapier, das ungeschickt zusammengeklebt ist.
Ein Tennisball fällt heraus und rollt zum Bett.
Eine Seite zeigt die Spur des Bisses, klar zu sehen auf dem braunen Papier:
»Dein Leben gehört Dir, Natascha. Ich sage Dir auf Wiedersehen, wie ich den Grand-Slam-Turnieren Adieu gesagt habe. Es sieht so aus, als könne die CBS nicht ohne mich auskommen . . .«
Sie zerknüllt das Blatt.

Sie sieht Istvan wieder, wie er in Wimbledon als Zuschauer saß. »Sie wird verstehen«, hat er zu Thieu gesagt.
Natty sieht nur noch den schwarzgestreiften Ball am Fuße des Bettes.
Mit der Handfläche läßt sie ihn dreimal aufspringen, bevor sie mit den Fingerspitzen die gelbe Frucht schält, die nicht die ganze Tinte des Füllers aufgesogen hat.
Sie liest: »Für Natascha Kotany . . .«
Sie dreht ihn dreimal in ihrer Hand. Drei Buchstaben sind schon verwischt, aber sie erweckt sie wieder zum Leben. Die Inschrift ist jetzt klar zu lesen:
»Für Natascha Kotany — Istvan Horwat.«